I0577580

LE RELIQUAIRE DE MADELEINE

LES CHRONIQUES DE MADELEINE
TOME DEUX

GARY MCAVOY

LITERATI
EDITIONS

ISBN (imprimé) : 978-1-954123-31-1
ISBN (ePub) : 978-1-954123-30-4

Publié par :
Literati Editions
PO Box 5987
Bremerton WA 98312 USA
Courriel : info@literatieditions.com
Visitez le site Web de l'auteur : www.garymcavoy.com

PROLOGUE
CARCASSONNE, FRANCE – 1209-1244

Dix mille des croisés les plus redoutés du pape Innocent III avaient déjà envahi la forteresse cathare de Béziers, tuant le double d'hommes, de femmes et d'enfants alors que la croisade des albigeois ravageait la région du Languedoc, dans le sud de la France. Le prochain assaut majeur aurait lieu dans l'ancienne cité fortifiée de Carcassonne, le joyau de la province d'Occitanie.

Raymond-Roger Trancavel, vicomte de Carcassonne, apprit que les troupes du pape se rapprochaient de la ville et, à la hâte, il mit en place plusieurs stratégies défensives. Tout d'abord, il fit fuir tous les Juifs de la ville, sachant qu'une mort certaine les attendait s'ils tombaient aux mains de l'armée catholique. Il alerta ensuite les cathares, un petit ordre mystique influent considéré comme hérétique par l'Église catholique, en les exhortant à quitter la ville. Peu d'entre eux le firent, préférant tenter leur chance derrière les solides défenses de la ville lourdement fortifiée.

Longtemps partisan discret du mouvement cathare pacifique, Trancavel tenta de trouver un arrangement avec l'armée qui approchait afin d'épargner sa ville et ses habitants, mais les commandants du pape refusèrent toute rencontre. Ses terres – et sa vie – étaient désormais en jeu. Mais il lui restait une dernière mission à accomplir pour respecter un serment prêté des années auparavant.

Accompagné de gardes du corps loyaux et d'un petit noyau de troupes régimentaires, Trancavel rendit discrètement visite à un ami de confiance, Raymond VI, comte de Toulouse, emportant avec lui une petite boîte en bois contenant le légendaire trésor des cathares. La boîte, richement sculptée, était un reliquaire sacré qui lui avait été transmis par Godefroy de Bouillon, conquérant et premier souverain du royaume de Jérusalem et seigneur de Bouillon, en France. Godefroy était de descendance mérovingienne, une lignée qui remontait jusqu'à Marie Madeleine, à qui le reliquaire avait été acheté après qu'elle l'avait personnellement transporté de Jérusalem en France alors qu'elle et d'autres apôtres fuyaient les Romains. Trancavel revint bientôt à Carcassonne pour se tenir aux côtés de son peuple – et mourir avec lui – tandis que les croisés menaient leur guerre sanglante. Mais, avant de mourir, il confia le reliquaire à son ami Raymond VI afin qu'il le garde en lieu sûr.

Après la mort de Trancavel et la chute de Carcassonne, Raymond VI organisa plusieurs campagnes de résistance contre les croisés, mais il perdit Toulouse et fut excommunié par l'Église. Des années plus tard, il parvint à récupérer ses terres, mais avant de mourir, il transmit le reliquaire sacré à son fils, Raymond VII, qui succéda à son père comme comte de Toulouse en 1222.

Comme son père, Raymond VII était favorable aux juifs et aux cathares, et à cause de son incapacité à supprimer ces deux factions, il tomba lui aussi en disgrâce auprès de l'Église. Mais la guerre menaçait de nouveau, car le roi de France cherchait à rétablir ses droits en Languedoc. Raymond VII perdit ses batailles contre les armées du roi et fut finalement contraint de signer le traité de Paris, cédant une grande partie de ses biens à la couronne. Pour s'assurer que le roi n'acquerrait pas le saint reliquaire qui lui avait été confié, Raymond prit des dispositions secrètes pour le transférer aux chefs cathares, de fervents adeptes de Marie Madeleine. Le légendaire trésor sacré était désormais entre les mains de ses derniers gardiens.

DANS LES ANNÉES QUI SUIVIRENT, les cathares hérétiques continuèrent de subir une défaite après l'autre dans le sillage des croisades du pape, et les derniers survivants du mouvement, quelque quatre cents âmes, finirent par se réinstaller dans le château de Montségur, un sommet fortifié au pied des Pyrénées, à environ quatre-vingts kilomètres au sud de Toulouse. Mais leurs jours étaient comptés, car les croisés albigeois bloquaient le pied de la montagne, attendant leur heure pour mettre fin une fois pour toutes au fléau de l'hérésie.

Après dix mois de sièges acharnés, en mars 1244, les cathares acceptèrent enfin de discuter des conditions de leur reddition avec les commandants du pape qui attendaient en bas. Cependant, à l'insu des croisés, quatre des soldats cathares les plus compétents, appelés « parfaits », avaient secrètement descendu la montagne, emportant avec eux le reliquaire sacré, qu'ils avaient finalement caché dans une grotte près de Périllos, à une journée de route à l'est de Montségur.

Raymond VII, comte de Toulouse, fut alors informé par l'un des courageux parfaits échappés de l'emplacement secret du reliquaire. Pour s'assurer que celui-ci serait connu des futurs collaborateurs fidèles, tout en étant protégé, Raymond fit appel à l'un des cartographes les plus réputés de l'époque, Pietro Vesconte. Il envoya également un petit groupe de soldats de confiance pour accompagner Vesconte et le parfait sur le site de la grotte. Pendant que les troupes installaient leur base pour camper quelques jours, Vesconte en profita pour explorer la grotte dans son entier et mettre sur papier un dessin complexe de sa configuration et l'emplacement exact du reliquaire caché.

Sa mission accomplie, Vesconte retourna à son atelier pour terminer la carte sur un parchemin solide avant de la découper et de la recomposer sous forme d'un casse-tête ingénieux afin d'empêcher l'observateur lambda de comprendre sa solution, et encore moins son but, sans un effort substantiel.

En testant le casse-tête, Vesconte s'assura qu'en pliant et repliant les panneaux de manière spécifique, trouver la solution qui révélerait l'emplacement secret du légendaire trésor des cathares nécessiterait beaucoup de réflexion et d'effort.

CHAPITRE
UN

AUJOURD'HUI

Debout au centre de la vaste « cathédrale » de la grotte de Lombrives, les trois jeunes hommes se préparaient pour leur descente, les cliquetis de leur équipement étant les seuls sons qui résonnaient dans une caverne souterraine par ailleurs silencieuse.

Deux des trois hommes, Karl Dengler et Lukas Bischoff, étaient déjà des spéléologues chevronnés, leurs compétences ayant été acquises au cours d'un entraînement rigoureux en tant que grenadiers de montagne d'élite, l'équivalent dans l'armée suisse des équipes SEAL de la marine américaine. Le troisième homme, Michael Dominic, débutait dans ce sport et était plus qu'intimidé par l'énorme labyrinthe souterrain qui s'étendait sur quarante kilomètres sous la vallée de l'Aude. En tant que prêtre jésuite travaillant au Vatican, il n'était jamais descendu plus profond que le sous-sol des archives secrètes de l'Église.

— Jusqu'où allons-nous ? demanda Dominic à ses camarades, déglutissant avec difficulté, des perles de sueur couvrant son front.

Dengler, un athlète blond d'un mètre soixante-douze en

excellente condition physique, sentit l'hésitation de son ami, mais ne put s'empêcher de faire monter la tension.

— Pas loin, Michael. À peine huit cents mètres... profond, très profond dans le sol, sous des milliards de tonnes de terre, de granit et de calcaire. Excitant, n'est-ce pas ?

Lukas, un brun d'un mètre quatre-vingt et d'un bon quatre-vingt-six kilos, regarda Dominic pour voir sa réaction.

Le prêtre se contenta de fixer Dengler avec un curieux mélange de nervosité et d'incrédulité.

— Merci pour cet optimisme déconcertant, Karl.

Il avait accepté leur invitation à s'essayer à la spéléologie afin d'élargir un peu ses horizons, à la fois pour découvrir les merveilles naturelles de la région et pour faire un peu d'exercice. Maintenant, il se demandait si cette excursion amusante qu'ils avaient promise n'allait pas au-delà de ce qu'il avait envisagé.

La Cathédrale de Lombrives, la plus grande et la plus large grotte d'Europe en volume, est assez grande pour contenir intégralement la cathédrale Notre-Dame de Paris, et plus encore. Mais sans être pour autant la plus grande caverne du vaste réseau de grottes qui serpente dans la région du Languedoc, dans le sud de la France. Cette distinction revient à l'imposante salle de l'Empire de Satan, quatre fois plus grande que la Cathédrale.

Un vaste bassin d'eau stagnante, d'un vert émeraude, brillamment éclairé par les rayons de lumière qui pénétraient par des puits de jour ouverts dans le toit de la salle, formait un natatorium verdoyant pour les salamandres pâles et les grenouilles ibériques originaires de la région.

Dengler et Lukas contrôlèrent une nouvelle fois l'équipement de Dominic avant de se frayer un chemin à travers le lac souterrain peu profond et au-delà de la galerie, dans les recoins de la caverne.

— J'ai regardé le plan de la grotte et bien que ce soit principalement une voûte horizontale, il y a quelques passages verticaux délicats. Je vais prendre la tête. Michael, tu restes derrière moi, et Lukas sera l'arrière-garde.

— L'arrière-garde ? ! demanda Dominic avec une légère inquiétude. De quoi nous protégeons-nous ? !

— Eh bien, commença Dengler, espiègle. Les grottes horizontales abritent souvent des animaux qui cherchent un abri contre les intempéries et les prédateurs, comme les chauves-souris, les ratons laveurs et les ours.

— DES OURS ? ! s'écria Dominic, le mot résonnant dans la grande salle.

— Chut ! murmura Dengler. Tu vas les réveiller.

Dominic prit une profonde inspiration, rougissant alors que Karl et Lukas riaient.

— Ne t'inquiète pas, Michael, le rassura Dengler. Les ours des cavernes ont disparu dans cette partie de la France. Mais tu trouveras peut-être des représentations d'eux sur les murs, car ces cavernes ont servi d'abri à des tribus au paléolithique, il y a quelque quarante mille ans. Et pour ce qui est des chauves-souris, eh bien, il y en a dans presque toutes les grottes.

Pataugeant dans l'eau jusqu'aux chevilles, les trois hommes restèrent près des parois, veillant à ne pas écraser de troglobies aqueux à mesure que leurs pas les menaient plus loin dans la grotte. Des formations géologiques datant de millions d'années frappaient le regard à chaque tournant. D'innombrables stalactites pendaient du plafond et des colonnes effilées de stalagmites, formées d'eau calcifiée s'écoulant d'en haut au cours d'éons, s'élevaient par intermittence du sol. Des cristaux et autres minéraux scintillants se formaient dans les coins et recoins, attirant ceux qui avaient l'œil pour les trésors naturels.

Émergeant de l'eau, leurs cuissardes dégoulinant d'écume, l'équipe se dirigea lentement vers les chambres au fond de la grotte alors que la voûte s'abaissait, rétrécissant le passage.

—Vous savez, commença Dominic, faisant la conversation pour apaiser son anxiété. Cette grotte fait partie de celles dont on dit qu'elles contiennent le Saint Graal, caché par les cathares au XIIIe siècle. Si je dois supporter que vous, les deux tourtereaux, me harceliez dans une grotte infestée de chauves-souris, le moins que vous puissiez faire est de m'aider à le chercher, tant qu'on est là.

Dengler et Lukas se regardèrent, leur soif d'aventure se lisant dans leurs yeux.

— Le Saint Graal ? demanda Dengler. Tu es sérieux ?

Alors qu'ils marchaient, les lampes frontales LED de leurs casques projetaient des ombres sinistres le long de leurs chemins respectifs, donnant l'illusion de silhouettes nébuleuses tapies dans l'obscurité.

Le moment idéal pour une histoire, pensa Dominic.

Il commença à expliquer l'héritage historique des nombreuses grottes du Sabarthès, célèbres pour leur rôle dans la perpétuation des traditions orales du Saint Graal et autres grands trésors supposés y être enterrés.

Il leur parla des légendaires cathares, une secte gnostique de colons byzantins pacifiques qui s'étaient opposés au dogme de l'Église de Rome et avaient créé leur propre mouvement chrétien dualiste dans la ville française voisine d'Albi, ce qui leur valut le nom d'albigeois.

En 1209, jurant d'écraser l'hérésie qui balayait le Languedoc au cours d'une brutale campagne d'inquisition, le pape Innocent III avait lancé la croisade des albigeois, qui avait duré vingt ans, se livrant à ce que beaucoup considéraient comme l'un des premiers génocides perpétrés par l'Église catholique. Les croisés avaient fini par anéantir le catharisme, ainsi que la vie de centaines de milliers de ses adeptes.

La reprise de la croisade en 1244 avait déjà pratiquement anéanti tous les bastions du catharisme, poussant les derniers adeptes de la secte – un groupe de résistants de quelque quatre cents hommes, femmes et enfants – à se réfugier dans une forteresse en haute montagne du nom de Montségur.

Parmi les hommes restants, environ deux cents s'étaient soumis au Consolamentum, une cérémonie baptismale sacrée par laquelle des âmes ordinaires devenaient « parfaites » aux yeux de leurs frères cathares. Connus sous le nom de parfaits, ces hommes renonçaient aux attraits ordinaires du monde physique, et embrassaient une plénitude spirituelle tempérée par une austérité inflexible.

Les cathares étaient également connus pour posséder un trésor d'une grande valeur qui, au fur et à mesure que leur nombre diminuait, avait été transmis aux membres survivants avec un seul objectif : s'assurer qu'il ne tombe jamais entre les mains impies de l'Inquisition. Mais le véritable trésor des cathares était bien plus que l'or, l'argent et les pierres précieuses qu'ils avaient acquis au fil du temps. Le véritable trésor était, selon la rumeur, un objet d'une grande importance spirituelle, non seulement pour les albigeois eux-mêmes, mais pour toute la chrétienté : un reliquaire contenant les ossements de Jésus-Christ. Cette croyance hérétique était certainement un motif de plus pour que l'Église s'efforce de les éliminer.

Parce qu'elle était perchée en haut d'un sommet, l'imprenable forteresse montagneuse représentait un formidable défi pour les croisés du pape – une armée forte de dix mille hommes – et vaincre ce piton bien défendu s'était avérée presque impossible. Les cathares avaient déjà résisté à quelque dix mois d'assauts incessants, mais la ténacité des troupes de l'Église avait fini par avoir raison des défenseurs de Montségur et, alors que les conditions de leur reddition étaient en cours de négociation, quatre des parfaits les plus compétents avaient descendu secrètement, à la faveur de l'obscurité, un versant de la montagne moins bien gardé, emportant avec eux la légendaire relique sainte. Avec l'aide de sympathisants qui attendaient au pied de l'escarpement, ils avaient emporté le reliquaire loin de Montségur et l'avaient caché dans l'une des nombreuses grottes de la région.

— Cette région-ci, répéta Dominic avec précision. Et très probablement, cette grotte-ci.

Dengler et Lukas tombèrent sous le charme du récit de Dominic, des visions des *Aventuriers de l'Arche perdue* tournant dans leur tête tandis qu'ils s'enfonçaient dans la grotte.

Lukas inclina la tête et dit :

— Mais ce n'est pas possible. Jésus est ressuscité.

Michael savait que chaque prêtre, chaque chrétien, serait d'accord avec ce garde suisse. Mais il garda le silence. Sa découverte, l'été dernier, d'un manuscrit sur papyrus caché dans les archives secrètes de l'Église lui avait fourni des informations qu'il gardait pour lui, conformément aux souhaits exprimés par le pape. Pourtant, les rumeurs continuaient de circuler au sujet d'un tel reliquaire, et la propension de Michael pour la vérité entretenait la flamme de son désir de découverte. D'autres avaient déjà spéculé en ce sens, comme lors de la découverte de ce qu'on avait appelé l'ossuaire de Jacques, dont beaucoup pensaient qu'il contenait les ossements de Jésus, ou du moins ceux de sa famille, dans le quartier de Talpiot à Jérusalem. Mais le lieu de cette découverte n'était pas celui requis, comme il l'avait découvert grâce au manuscrit de Madeleine. Sa Sainteté avait promis au père Michael Dominic de garder le secret et il en resterait ainsi.

Lukas plissa les yeux vers les coins sombres.

— Mais de l'or et des pierres précieuses, rien que ça, ça vaudrait la peine d'être enterré dans une grotte.

— D'autres auraient déjà trouvé quelque chose, dit Dengler d'un air sceptique.

— Tu ne penses pas que les cathares l'auraient laissé à la vue de tous, si ? répliqua Dominic avec un sourire narquois.

À l'approche de la première pente verticale, Dengler grimpa à mains nues pour amarrer une corde de traverse. Pour le confort de Dominic, il installa une échelle pour éviter que son ami novice n'ait trop de mal pendant l'ascension, puis il tendit la traverse entre les deux murs avant de faire descendre la corde dans une fente étroite. Alors qu'ils descendaient, la paroi s'élargit rapidement pour révéler le prochain relais plusieurs mètres plus bas, au-dessus d'un puits époustouflant. Quelques relais supplémentaires émaillèrent la descente et ils se retrouvèrent dans une autre galerie magnifique, la lumière de leurs lampes frontales dansant sur les formations de cristal qui dépassaient des murs de la galerie.

— Alors, qu'est-il arrivé aux cathares après leur reddition ? demanda Lukas en admirant les splendeurs de la vaste cavité, leurs lampes frontales dansant sur les murs scintillants.

La réponse de Dominic fut lugubre.

— Les croisés du pape avaient construit un immense bûcher au pied de Montségur, et ils exigèrent que tous les parfaits renoncent à leurs croyances hérétiques lorsqu'ils descendraient de la montagne. Préparés au martyre, ceux qui refusèrent avancèrent volontairement dans le bûcher ardent, impénitents, assurés d'une vie divine dans l'au-delà. Les quelques cathares restants furent libérés, entretenant ainsi la légende du reliquaire à travers les générations suivantes. Il est assez connu, ou du moins certains spécialistes le croient, que Marie Madeleine et ses compagnons d'infortune ont fait sortir de Jérusalem un reliquaire, que certains considèrent comme un ossuaire contenant les restes du Christ, alors qu'ils fuyaient les

Romains. Quel que soit son contenu réel, on pense que quelque chose a été emporté secrètement et dissimulé. Pendant des siècles, des gens ont essayé sans succès de trouver le reliquaire dans ces grottes. Mais il doit bien être quelque part, alors gardez les yeux ouverts, ajouta-t-il, malicieusement.

Désignant une grande fissure verticale entre deux rochers géants, Dengler les fit avancer.

— Notre itinéraire nous mènera le long de cette cheminée, qui débouche sur une faille au sommet. Suivez-moi.

Au début, la fissure s'avéra facile à escalader, mais la faille déboucha bientôt sur une chute intimidante de dix mètres, suivie d'une pente abrupte. Dengler fixa une corde à deux amarres naturelles situées plus haut dans la crevasse, puis il plaça deux

spits au sommet de la voie pour permettre une descente en rappel. Les autres le suivirent consciencieusement.

Au bas de la pente, il fallait ramper entre deux dalles de calcaire, et ils se contorsionnèrent dans quelques flaques d'eau. Dix mètres plus loin, le passage s'élargissait au niveau d'une fosse, suivie d'une descente de quatre mètres jusqu'au sol là où la grotte s'élargissait, mais était encore trop étroite pour les accueillir tous. Ainsi, un par un, ils avancèrent en rampant par un étroit boyau qui virait vers la gauche, puis vers la droite, et s'achevait par un délicat méandre en oblique menant à un autre court à-pic.

Dominic se sentait de plus en plus claustrophobe, comme toute personne peu habituée à la difficulté que représente cette sensation d'enfermement en spéléologie. Bien qu'il se maintînt en bonne forme physique grâce à ses footings quotidiens, l'exiguïté des lieux et ses articulations douloureuses étaient éprouvantes.

— Les gars, grogna-t-il en se débattant dans la brèche, l'équipement autour de sa taille grinçant contre une paroi de grès. Ça va au-delà de ce à quoi je m'attendais. Vous êtes sûrs qu'on va pouvoir sortir d'ici ?

— Aucun problème, Michael, dit joyeusement Dengler. Il suffit de ressortir par où nous sommes entrés.

Ils continuèrent de ramper, grimper, tomber et se serrer dans la caverne pendant un certain temps jusqu'à ce qu'ils arrivent enfin à une voûte d'une taille impressionnante d'où partaient plusieurs voies – dont une sortie qui menait tout droit à la forêt luxuriante par laquelle ils étaient arrivés.

En découvrant cette voie plus facile pour s'échapper de cet espace confiné sous terre, l'expression du visage de Dominic passa de l'inquiétude à l'optimisme.

— Alléluia ! murmura-t-il tout bas.

Puis d'une voix plus forte :

— C'était super, les gars – des heures d'exercice ponctuées de moments de terreur. Vous avez vraiment dû faire tout cet entraînement pour devenir gardes suisses ?

— Ce n'était rien, dit Lukas avec assurance. Essaie de descendre en rappel une falaise rocheuse de trois cents mètres en pleine tempête de neige.

— Sans façon, dit simplement Dominic, qui préférait les défis quotidiens de la traduction de manuscrits anciens dans le confort civilisé des salles de lecture du Vatican.

Enroulant sa corde et en récupérant son matériel, Dengler eut une idée.

— Si jamais tu veux partir à la recherche de ce trésor cathare, Michael, compte sur nous. C'est le genre d'aventure qu'on aime bien, n'est-ce pas, Lukas ?

Croisant le regard de son compagnon, Lukas hocha la tête avec un sourire.

— Dépêchons-nous. Nous devons être de retour au Vatican avant demain midi. Je suis de garde à la porte.

Leurs explorations terminées pour ce long week-end passé en France, l'équipe traversa les bois, contourna la montagne et rejoignit la Jeep Wrangler de Dengler. Ils rangèrent leur matériel dans le coffre et montèrent dans la voiture pour le trajet de douze heures vers Rome.

— Pas de coffre rempli d'or ou de pierres précieuses, soupira Lukas en s'asseyant et en repensant à leur journée.

Michael sourit, intérieurement ravi de n'avoir fait aucune découverte ce jour-là. L'existence d'un reliquaire contenant les ossements de Jésus pourrait être aussi préjudiciable à l'Église et à ses légions de croyants que la découverte, l'été dernier, du parchemin secret qui affirmait son existence. Même s'il cherchait la vérité, il préférait aussi sa vie tranquille d'archiviste et ne pas être confronté à un autre dilemme de ce genre.

— Du moins, pas cette fois, ajouta Karl avec un sourire.

CHAPITRE

DEUX

Alors que les puissantes cloches de la basilique Saint-Pierre bourdonnaient pour la sixième et dernière fois, le frère chauve et corpulent se leva lentement de la chaise en bois qu'il avait occupée durant les dernières heures, avant l'aube.

Bien que son corps endolori eût besoin d'être soulagé de l'intense concentration que sa tâche exigeait, il ne pouvait pas risquer de gaspiller le temps précieux qu'il allait passer seul dans la tour des Vents.

Il déambula dans la pièce exiguë et faiblement éclairée, autant pour détourner son attention du document accablant derrière lui que pour imposer un calme discipliné à son esprit surmené. La pièce était imprégnée de silence et d'une odeur de renfermé et sa poitrine oppressée ajoutait à son besoin d'air frais.

Soulevant le verrou et tirant le loquet de métal terni, le frère ouvrit la lourde porte et sortit dans la salle de la Méridienne déserte, avec sa fresque colorée représentant une tempête sur le lac de Galilée ornant le mur sud. Un rayon de soleil matinal éclatant pénétrait par la bouche ouverte du

Triton qui dominait la scène, projetant son faisceau sur la ligne méridienne noire qui divisait en deux un cercle blanc sur le sol en marbre. C'était dans cette pièce au sommet de la Torre dei Venti, construite à l'origine en 1582 par le pape Grégoire XIII en tant qu'observatoire que le calendrier grégorien avait été conçu, changeant à jamais les moyens par lesquels le monde civilisé consignerait son histoire. Mais l'histoire serait encore davantage remodelée si les informations contenues dans le document que le frère venait de lire étaient un jour révélées.

Respirant à fond, le frère fatigué traversa le hall dans ses sandales en cuir et sortit sur le toit-terrasse de la tour. De là, on pouvait admirer le panorama le plus époustouflant de Rome, son Panthéon bien-aimé éclipsant la ligne d'horizon alors que l'aube baignait la ville intemporelle. Les contours nets des bâtiments, leurs toits de tuiles ocre et leurs clochers dorés semblant ne faire qu'un sur le vaste horizon masquaient le flux boueux du Tibre, Rome elle-même étant représentée sur l'une des fresques antiques qui ornaient les murs de la pièce.

Mais le frère Calvino Mendoza ne songeait pas à se réjouir en ce début de matinée. Pour lui, la ligne d'horizon au-delà des murs du Vatican prenait une allure menaçante alors qu'il réfléchissait à la découverte explosive qu'il venait de faire.

TROIS

Quelques heures plus tard, ce matin-là, deux gardes suisses portant l'uniforme quotidien moins formel du corps, le bleu et noir, saluèrent avec élégance la Jeep Wrangler qui approchait de la porte Sainte-Anne, l'entrée principale de la Cité du Vatican utilisée par les employés, les visiteurs et les commerçants. Reconnaissant les trois occupants du véhicule, le garde principal en service leva la barrière et leur fit signe de passer, souriant au sergent de la garde Karl Dengler qui conduisait son SUV sur la Via di Belvedere.

Une fois garés en face de la banque du Vatican, à côté du bureau de poste, Dengler, Dominic et Lukas déchargèrent leur matériel de spéléologie.

— Merci pour ce bon moment, les gars, dit Dominic d'un ton las, épuisé par le long voyage. Je ne suis pas sûr de recommencer, mais pour une première expérience, c'était quelque chose.

Dengler le regarda d'un air perplexe, ne sachant pas si la déclaration de Dominic était sincère ou non.

— Nous te ramènerons dans les grottes bientôt, Michael, tu verras.

En leur faisant un signe de la main, Dominic retourna à son appartement de la Domus Santa Maria, la maison d'hôtes du Vatican, puis il laissa tomber ses affaires sur le sol et s'écroula sur le lit.

Son alarme le réveilla quarante-cinq minutes plus tard, après le petit somme dont il avait besoin avant de se rendre au bureau. Ses matinées commençaient habituellement par un footing rapide dans Rome, avant que les touristes ne sortent en masse et que les commerçants ne commencent leurs rituels matinaux d'ouverture. Mais il n'avait ni le temps ni l'envie de courir aujourd'hui.

Après s'être douché, Dominic enfila une soutane noire propre et attacha les trente-trois boutons – un pour chaque année de la vie du Christ sur terre, car rien ne manquait de symbolisme dans les protocoles religieux – jusqu'au col officier blanc amidonné qui enserrait son cou. Satisfait de ce qu'il vit dans le miroir, il quitta son appartement et se dirigea vers les Archives secrètes.

L'*Archivio Segreto Vaticano*, connu dans le monde entier sous le nom plus mystérieux d'Archives secrètes du Vatican, était depuis plusieurs centaines d'années l'unique lieu de stockage de la collection apparemment infinie de documents officiels de l'Église.

Toutes sortes de livres et de papiers acquis depuis le XIIIe siècle – traités politiques et religieux, registres comptables, dossiers personnels et correspondances des papes et de la Curie, l'organe directeur du Vatican pour les questions ecclésiastiques et séculières – étaient répartis sur quelque quatre-vingt-cinq kilomètres linéaires d'étagères dans la vaste section souterraine connue sous le nom de « Galerie des étagères métalliques » et ailleurs dans l'enceinte étroite du Vatican. Au fil du temps, le volume des documents s'était répandu dans des couloirs, des allées et des pièces annexes, comme une rivière qui trouverait son propre lit, au fur et à mesure que de nouvelles pièces s'ajoutaient aux collections.

En tant que préfet adjoint, ou *scrittore*, des Archives, Michael Dominic avait, à l'âge de trente ans, vu l'ambition de sa vie se réaliser bien avant qu'il ne s'y attende. Aidé depuis son enfance par l'influence de son protecteur et mentor, le cardinal Enrico Petrini, aujourd'hui secrétaire d'État du Vatican, Dominic réalisait pleinement le poids du privilège que représentait pour lui son affectation au Vatican si tôt dans sa carrière religieuse. À sa naissance, sa mère, Grace, était la gouvernante du presbytère de l'ancien père Petrini dans le diocèse de Brooklyn, à New York. Durant son enfance, tout ce qu'elle lui avait dit sur son père était qu'il était parti peu après sa naissance et le sujet s'arrêtait là. Ce vide avait été solennellement comblé par Enrico Petrini, qui était intervenu pour favoriser la formation de Michael en tant que jeune homme, ce qui l'avait finalement conduit à l'université, au séminaire et à des études supérieures durant lesquelles il avait étudié le médiévisme classique, la paléographie et l'informatique : trois domaines qui le rendaient particulièrement qualifié pour servir au sein de l'une des bibliothèques institutionnelles les plus importantes du monde.

PASSANT LE PALAIS DU GOUVERNORAT, Dominic traversa les jardins papaux, cueillit et savoura une pomme d'automne mûre dans les arbres bordant le Stradone dei Giardini sur son trajet vers le bâtiment de la Bibliothèque Apostolique. Une pluie fraîche était tombée pendant la nuit, ravivant les couleurs éclatantes des arbres, des buissons et des fleurs, exhalant une douce odeur de pétrichor sur les nombreux hectares d'espaces verts du Vatican qui avaient favorisé les méditations contemplatives des papes durant des siècles.

Bondissant dans l'escalier du bâtiment des archives, Dominic se retrouva nez à nez avec son supérieur, le frère Calvino Mendoza, préfet des archives secrètes.

— *Buongiorno*, Cal ! s'écria Dominic joyeusement.

Vêtu de l'habit marron distinctif de l'ordre des frères franciscains, un simple cordon blanc entourant sa taille généreuse, le frère Mendoza salua son assistant avec un sourire forcé, sa personnalité habituellement dynamique étant étrangement sombre.

— Je vois que vous êtes de retour après l'exploration des grottes françaises, Miguel, murmura-t-il.

Mendoza aimait donner des surnoms affectueux à ses proches, traduisant en l'équivalent portugais leur nom, en hommage à son pays natal, le Brésil.

— Est-ce que ça fait de vous un spéléo officiel maintenant ?

— Pas vraiment, dit Dominic avec un sourire en coin, essayant d'alléger l'humeur maussade de son ami.

Mendoza esquissa un sourire, puis redevint morose.

— Eh bien, ne faites pas une croix dessus, car *la caverne dans laquelle vous avez redouté de pénétrer contient le trésor que vous recherchez.*

Le frère était également connu pour ses citations lapidaires appropriées à chaque occasion.

— En parlant de trésors, qu'avez-vous prévu pour nous aujourd'hui ? demanda Dominic.

— Ah, oui. Aujourd'hui, vous allez travailler avec l'équipe des nouvelles technologies. Peter a mis en place notre partie du projet dans le laboratoire de numérisation. Pouvez-vous vérifier avec lui ce qu'on doit lui fournir ?

— Bien sûr, Cal. Mais quelle nouvelle technologie ? Ça a l'air fascinant.

— Oh, Miguel, soupira Mendoza en roulant des yeux.

Vous savez que la technologie m'ennuie à mourir. Demandez à Peter ou Toshi pour les détails.

Dominic se dirigea vers le laboratoire de numérisation souterrain où il assistait depuis un an Peter Townsend et Toshi Kwan, les deux scientifiques responsables de l'équipe chargée de fabriquer des versions numériques des manuscrits historiques des Archives secrètes du Vatican, afin de les rendre accessibles aux chercheurs du monde entier. En raison du manque d'espace et de personnel pour les aider, les salles de lecture des Archives ne peuvent accueillir qu'une centaine de chercheurs par mois. Grâce à une base de données numérique en ligne mise à la disposition des étudiants et des chercheurs, des millions de manuscrits auparavant inaccessibles peuvent désormais être étudiés par toute personne disposant d'un ordinateur et d'un accès autorisé.

Dominic entra dans le laboratoire et se fraya un chemin dans le dédale des caméras numériques, des scanners, des tables lumineuses et des consoles garnies de manuscrits anciens, jusqu'à ce qu'il trouve l'homme qu'il cherchait.

— Salut, Toshi, qu'est-ce que tu as là ? demanda Dominic au jeune informaticien.

Toshi Kwan, un brillant cryptanalyste spécialisé dans la stéganographie, l'art de cacher des informations dans des informations était au cœur du travail du laboratoire. De nombreux manuscrits historiques – les lettres des papes à leurs amours secrètes écrites en code, par exemple, ou les communiqués secrets adressés aux autres dirigeants du monde – étaient truffés de sens cachés élaborés par des cryptographes médiévaux afin d'éviter toute divulgation potentiellement préjudiciable aux ennemis des papes.

— Salut, Michael, content de te voir ! répondit Kwan. Tu vas adorer ce nouveau projet dans lequel nous nous sommes lancés, *In Codice Ratio*, ou ICR. Il s'agit d'une entreprise unique en son genre qui consiste à transcrire automatiquement les anciens manuscrits rédigés à la main du Vatican en texte lisible par ordinateur à l'aide d'un système avancé de reconnaissance optique de caractères, ou ROC. C'est totalement inédit.

Kwan poursuivit en expliquant que l'équipe de l'ICR avait initialement demandé l'aide de plus d'une centaine d'étudiants dans deux douzaines de lycées italiens pour identifier manuellement un ensemble de caractères spécifiques à partir d'un échantillon de milliers de parchemins manuscrits du XIIIe siècle. Il souligna qu'il était beaucoup plus facile pour l'œil humain de distinguer les caractères et les symboles parmi la grande variété de traits qui constituent les modèles d'écriture manuscrite que pour des programmes informatiques automatisés. Par conséquent, le haut degré de précision fourni par l'ensemble des données enregistrées avait rendu beaucoup moins difficile pour les ordinateurs de « lire » les manuscrits rédigés à la main à l'aide de la ROC maintenant entraînée, ce qui les rendait plus accessibles aux chercheurs en quête de mots et de phrases précises.

Son enthousiasme était contagieux et l'intérêt de Dominic grandissait à mesure que Kwan parlait.

— Nous parlons ici de documents importants, Michael : des lettres de et à destination de rois, de reines et autres dirigeants mondiaux et religieux, la correspondance officielle de la Curie, des avis juridiques ecclésiastiques et séculiers, et un riche éventail d'autres communications historiques qui n'avaient jamais été retranscrites auparavant, et encore moins vues à l'époque moderne. Rendre transcriptibles des sources de connaissance aussi profondes provenant de civilisations et de cultures passées était primordial pour développer la recherche, l'un des principaux objectifs servis par les Archives secrètes.

— C'est un projet remarquable, s'exclama Dominic. Mais

aussi, un peu inquiétant. Combien de temps avant que je me retrouve au chômage ? !

Kwan rit.

— Je pense que tu en as pour quelques vies, Michael. Il y a encore beaucoup à faire pour nous, simples mortels, avant que la singularité technologique ne survienne.

Dominic était impressionné, connaissant bien la difficulté de transcrire des manuscrits obscurs en grec ancien, latin, araméen et autres langues courantes dans toutes les régions et à toutes les époques depuis le Ier siècle. Son propre travail impliquait des traductions souvent difficiles, car les *scrittori* des Archives secrètes s'efforçaient d'interpréter et d'indexer les millions de documents qui leur étaient confiés. Et ce processus à lui seul nécessiterait plusieurs vies d'une armée de spécialistes.

Les Archives ne comptaient qu'un personnel à temps plein de quelque dix-huit *scrittori* et assistants, l'équipe chargée de transcrire, d'indexer et de classer la vaste collection de documents des Archives : plus de trente millions de manuscrits qui s'enrichissaient d'un million de plus par an. Pour se faire une opinion, une section des Archives, connue sous le nom de Divers, contenait quinze énormes armoires en peuplier appelées les *armadi*. Chaque *armadio* contenait en moyenne dix mille liasses de documents qui n'avaient jamais été examinés. Inventorier une seule liasse nécessitait le travail à plein temps de deux spécialistes pendant une semaine. Pour enregistrer les dix mille liasses d'une seule armoire, il faudrait donc près de deux cents ans. C'était le principal obstacle auquel était confrontée la petite équipe de personnel dévoué du service des Archives, et il n'était pas insignifiant.

Pas plus tard que l'été précédent, Dominic, par un pur hasard, était tombé sur une lettre qui avait déclenché une série d'événements qui l'avaient finalement conduit à découvrir un manuscrit original de Marie Madeleine – un document qui, s'il avait été révélé publiquement, aurait changé à jamais le cours des croyances religieuses à travers l'histoire. Cependant, à la demande du pape, ce document avait été enfermé dans l'énigmatique Riserva, une pièce sécurisée où les documents les plus sensibles du Vatican étaient conservés sous clé.

Dominic avait personnellement caché le manuscrit au plus profond de l'une des *armadi*, les grandes armoires Borghèse en peuplier, où il était sûr que personne ne pourrait le dénicher.

Que Dieu aide celui qui le trouverait. Et que Dieu aide l'Église s'il le révélait.

CHAPITRE

QUATRE

Le centre de conférences de l'hôtel Waldorf Astoria de Rome Cavalieri était en pleine effervescence alors que débutait la Conférence mondiale sur le journalisme d'investigation, qui se tenait tous les deux ans.

Puis qu'un déjeuner de linguine à la sauce au homard serait servi dans la salle Terrazza degli Aranci, Hana Sinclair, représentant le journal parisien *Le Monde*, jeta un coup d'œil à la vaste salle de banquet. Un mur entier de fenêtres allant du sol au plafond offrait une large vue panoramique sur Rome, avec un océan de tuiles de couleur ocre à perte de vue. La salle était si lumineuse – ses tables et ses chaises habillées de blanc jetant une lueur rayonnante dans la pièce – que de nombreux participants portaient des lunettes de soleil. Chaque table comportait dix cartons indiquant la place de chacun et l'organisme qu'il représentait.

Comme elle le remarqua en déambulant, la table d'Hana accueillait un groupe éclectique de collègues, dont des journalistes d'investigation très en vue du *New York Times*, du *Financial Times* de Londres, du *Guardian*, du *Wall Street Journal*, de *The Intercept* – et un carton qu'elle trouva curieusement

25

déplacé : Signor Massimo Colombo, directeur général de l'Agenzia Informazioni e Sicurezza Interna, ou AISI, l'agence de renseignement et de sécurité intérieure italienne. Intriguée, et avant que quiconque n'ait pris place, Hana déplaça le carton de Colombo à côté du sien.

Les invités s'assirent et les présentations furent faites autour de la table.

— Dites-moi, signor Colombo, demanda Hana, après s'être présentée. Comment se fait-il que vous soyez ici ? Vous envisagez une nouvelle carrière ?

Colombo se pencha en avant et rit, ce qui étira les lourdes poches sous ses yeux sombres.

— Non, mademoiselle Sinclair, j'aime beaucoup mon travail actuel, merci. Je suis ici en tant qu'invité du président de la conférence, un vieil ami. L'AISI s'intéresse beaucoup à la manière dont les journalistes d'investigation tels que vous obtiennent des informations, et aux derniers outils que vous utilisez pour ce faire. Sur ce point au moins, nous poursuivons les mêmes objectifs. Je suis particulièrement intéressé par l'atelier de cet après-midi sur le monde des services criminels. Le crime organisé – en fait, toutes les entreprises criminelles – dépendent d'une vaste gamme de services annexes qu'ils obtiennent de petites entreprises de comptables, d'avocats, de banquiers et de sociétés légitimes agissant comme blanchisseurs d'argent – toute personne qui peut offrir ne serait-ce qu'un mince vernis de respectabilité.

— Comme quoi ? demanda Hana.

— Eh bien, saviez-vous que les guichets automatiques représentent à eux seuls des millions de dollars chaque mois en transferts transfrontaliers d'argent liquide par les barons de la drogue ?

— Les distributeurs de billets ? Comment sont-ils impliqués dans le blanchiment d'argent ?

— Eh bien, par exemple, vous avez une équipe de dealers

de rue à New York. Une fois leurs ventes de drogue effectuées, en liquide, évidemment, ils font de petits dépôts dans différentes banques de Manhattan, généralement moins de deux mille dollars chacun, qui atterrissent sur plusieurs comptes appartenant à des personnes en Argentine, par exemple. Ainsi, leurs associés à Buenos Aires utilisent leurs cartes pour retirer l'argent de ces comptes en pesos, allant de guichet en guichet dans différents endroits, retirant les mêmes petits montants. C'est désormais un énorme business et cela évite les risques d'avoir à déplacer de grandes quantités d'argent liquide à travers de nombreuses frontières internationales.

Hana était impressionnée, car elle n'avait jamais réfléchi à ce concept auparavant.

— Et je suppose que les banques ont aussi leur part du gâteau, dit-elle.

— Oh oui, répondit Colombo. Qu'elles en soient conscientes ou non, les banques sont complices de cette activité illégale. Mais beaucoup de ces distributeurs appartiennent à des sociétés privées bien financées : des façades pour les cartels de la drogue, créées dans ce seul but, le blanchiment des gains illicites de la rue.

— Je vois pourquoi l'atelier d'aujourd'hui sur le monde des services criminels vous intéresse, dit Hana.

Puis une pensée la frappa.

— Il se trouve que je n'ai rien de prévu à cette heure-là. Puis-je me joindre à vous ?

— Bien sûr, dit Colombo. Ce serait un plaisir d'escorter une si belle femme. Tout le monde m'enviera.

Hana rougit devant le compliment.

Cet homme est italien jusqu'au bout des ongles, pensa-t-elle.

Le déjeuner terminé, ils échangèrent leurs cartes de visite et convinrent de se retrouver plus tard dans la salle Sala San Pietro pour le forum.

~

ALORS QU'IL CHERCHAIT un folio particulier dans la section Divers pour un client qui attendait dans les salles de lecture, l'iPhone de Michael Dominic sonna dans sa poche. Il le sortit et appuya sur l'icône verte.

— Salut, Michael, c'est Hana !

Le cœur de Dominic fit un bond en entendant la voix de son amie. Son image apparut instantanément dans son esprit, et cette seule pensée le fit sourire.

— Hana ! Où es-tu ? Dis-moi que tu es en ville !

— En fait, oui, dit-elle en se recoiffant distraitement comme s'il pouvait la voir. J'ai pris l'avion tard hier soir pour une conférence d'une semaine ici, à Rome Cavalieri. Je me suis dit que si tu étais libre, on pourrait dîner ensemble ce soir.

— J'en serais ravi. À quelle heure ?

— Que dirais-tu de huit heures ?

— Va pour huit heures. Où ?

— La Pergola, ici à l'hôtel. Je t'invite.

— Bien sûr, La Pergola ! Le salaire d'un prêtre ne suffirait pas à payer une entrée là-bas.

Hana rit.

— Je te retrouve au bar, Michael. À tout à l'heure.

Bien qu'ils soient restés en contact par téléphone et par e-mail, cela faisait de nombreux mois que Dominic n'avait pas vu son amie et il se réjouissait de ces retrouvailles. Les aventures qu'ils avaient vécues l'été précédent – la découverte du papyrus de Madeleine, l'enlèvement et le sauvetage d'Hana et la récupération de millions de dollars en or nazi – avaient créé un lien spécial, comme Dominic n'en avait jamais connu.

Mettant de côté ces pensées chaleureuses et songeuses, il retourna à sa tâche. La récente publication des documents confidentiels du pape Pie XII avait entraîné une rafale de demandes de la part d'universitaires pour étudier son rôle dans la complicité de l'Église avec les nazis pendant la Seconde Guerre mondiale. Bien que Pie XII soit sur le long et complexe chemin de la sainteté, ce processus avait été considérablement ralenti par la publication de millions de documents relatifs à sa papauté. Affirmant qu'ils n'avaient rien à cacher de l'histoire, les dirigeants du Vatican avaient choisi d'attendre que les chercheurs aient la possibilité de mieux comprendre les décisions de Pie XII au cours d'une période tendue et tumultueuse pour l'Église.

Et un érudit en particulier attendait une liasse de ces documents dans la salle de lecture Pie XI des Archives secrètes.

CHAPITRE

CINQ

— Ah, Michael, je suis vraiment content de vous voir ! Qu'est-ce que vous avez pour moi, alors ?

Le Dr Simon Ginzberg, professeur émérite de l'Université juive Teller de Rome et chercheur en résidence au Vatican, était assis à la table recouverte de cuir noir, attendant que Dominic dépose plusieurs lourds dossiers de documents qu'il avait rapportés des archives pour ses recherches.

— Bonjour, Simon ! dit le jeune prêtre. Cela devrait vous tenir occupé pendant un moment.

Il posa la pile de dossiers sur la table, puis s'assit.

— Comment se présente votre projet ?

Ginzberg, qui avait survécu au camp de concentration de Dachau lorsqu'il était enfant, pendant l'Holocauste, effectuait depuis un an des recherches sur les activités du pape Pie XII concernant un grand nombre des principaux maréchaux d'Adolph Hitler, et sur la complicité présumée du pape dans l'inaction pendant que des millions de Juifs étaient envoyés dans divers camps de concentration. Le débat était passionné, non seulement dans la communauté des chercheurs en histoire, mais aussi au Vatican, où les défenseurs acharnés de

Pie XII s'opposaient à ceux qui cherchaient à se réconcilier avec la communauté juive – en fait, avec le monde entier – en admettant au moins une certaine forme de collaboration avec le Troisième Reich. En attendant que la lumière soit faite sur les documents réels de cette période, la bataille faisait rage.

Et c'est là qu'intervenait le travail de Ginzberg. Il était l'un des rares chercheurs de premier plan dans ce domaine depuis qu'il avait obtenu l'année précédente un accès anticipé limité aux archives de Pie XII, son objectif n'étant pas tant de critiquer le rôle de l'Église dans l'histoire que de le clarifier.

— C'est un travail de longue haleine dans une histoire complexe et politiquement sensible, Michael, dit le vieil homme, sa main osseuse caressant la barbe soigneusement taillée qui encadrait son visage. J'espère être encore en vie pour en voir la fin, mais il y a tellement de choses ici...

Il baissa les yeux sur la table, étendant ses bras sur deux épais classeurs remplis de la correspondance personnelle de Pie XII et de papiers officiels, une simple fraction de ce qui était maintenant disponible.

— Au fait, Hana est en ville pour une conférence cette semaine. Je dîne avec elle ce soir, dit Dominic. Ce sera génial de la revoir.

— Ah, la délicieuse Mlle Sinclair, dit Ginzberg, souriant par réflexe. Transmettez-lui mes salutations. Sur quoi travaille-t-elle en ce moment ?

— Ce sera fait, merci. Elle ne l'a pas dit, mais je suis sûr que je vais en entendre parler quand nous nous verrons.

— Oh, Michael... j'allais oublier. Vous vous souvenez de mon intérêt pour les croisades, non ? Auriez-vous l'amabilité de trouver pour moi ce que vous avez sur Guillaume de Sonnac, dix-huitième Grand Maître des Templiers vers 1250 ? C'était un historien assidu des croisades, et des chroniques des Templiers en particulier, et j'aimerais examiner les archives personnelles qu'il a pu laisser, et chercher les liens particuliers qu'il aurait pu avoir avec les comtes de Toulouse. Il n'y a pas d'urgence, rassemblez seulement ce que vous pouvez quand vous aurez le temps, d'accord ? Vous savez où me trouver.

EN RETOURNANT À SON BUREAU, Dominic découvrit Calvino Mendoza affalé sur sa chaise de bureau, affichant un regard de détresse. Le frère ayant généralement un air angélique était visiblement déstabilisé.

— Je peux vous aider en quoi que ce soit, Cal ? demanda Dominic. Vous n'avez vraiment pas l'air dans votre assiette aujourd'hui.

Mendoza leva les yeux vers lui, déprimé.

— Miguel, je ne sais pas par où commencer, dit-il. Je suis tombé sur quelque chose dans la Riserva qui m'a profondément troublé. Je n'avais jamais vu ce manuscrit auparavant, et je... je ne sais pas trop quoi en penser.

Avant même qu'il n'ait terminé, Dominic avait été saisi d'effroi, soupçonnant qu'il savait ce à quoi le frère faisait référence : un papyrus singulièrement unique que Dominic avait caché là l'été précédent.

La main tremblante, Mendoza passa le manuscrit à Dominic.

— J'ai trouvé ce folio sur l'étagère supérieure de l'*armadio*, avec une traduction que quelqu'un avait déjà fournie. Il est apparemment de la main même de sainte Marie Madeleine, Miguel, et parle de choses si sacrilèges... ma foi est ébranlée jusqu'en ses tréfonds.

Dominic réfléchit à la meilleure façon de gérer l'incident. Il n'avait pas informé son supérieur de sa découverte antérieure de cet important document ni des événements qui avaient entouré sa révélation.

— Cal, je dois vous avouer quelque chose..., commença doucement Dominic.

Il poursuivit en décrivant comment il avait initialement trouvé une lettre d'un prêtre de la paroisse française de Rennes-le-Château, ce qui l'avait conduit à poursuivre ses recherches et à découvrir le rapport du légat du pape selon lequel ce prêtre avait fait chanter l'Église à cause du contenu explosif du document. Dominic raconta comment lui et Hana Sinclair avaient découvert le papyrus de Madeleine dans le grenier d'une nièce de l'assistante du prêtre et comment il avait traduit le document. Il lui narra les terribles événements qui s'étaient déroulés par la suite dans l'entrepôt de Tor Bella Monaca et finalement la rétrogradation du cardinal Dante à cause de sa collaboration avec l'Oustacha, un groupe clandestin apparenté aux nazis par ses principes et ses pratiques.

— Sa Sainteté elle-même a pris la décision d'archiver secrètement le manuscrit, Cal, avec des instructions explicites de ne parler à personne d'autre de sa découverte. Je suis vraiment désolé de ne pas avoir pu partager cela avec vous à l'époque.

Mendoza resta sans voix, les traits tirés, de légères larmes coulant sur ses joues rebondies.

— Je ne vous blâme pas, Miguel, renifla-t-il. Surtout si l'on tient compte des directives personnelles du pape. Mais outre l'importance historique évidente du manuscrit, le fait est que son contenu parle à tous les chrétiens de la terre. Comment peut-on cacher cette preuve au monde ? Comment aller de l'avant dans une foi inébranlable, étant donné l'affirmation de Madeleine selon laquelle la résurrection corporelle du Christ n'a pas eu lieu ?

Dominic avait lui-même été confronté à cette crise spirituelle en découvrant le manuscrit. Tout au long de sa vie, il avait accepté le dogme de l'Église et, plus tard, son rôle de prêtre comme une voie nécessaire pour satisfaire son penchant à fouiller dans l'histoire et à acquérir des connaissances. Depuis toujours, sa foi avait été davantage une hypothèse acceptée qu'un postulat incontestable, tandis que son intellect cherchait la vérité, sans se rendre compte que tous deux pouvaient entrer en collision. Lorsqu'il avait trouvé ce manuscrit, sa croyance en la bonté inhérente à la religion n'avait pas faibli face à ce mensonge, mais avait été renforcée avec cette nouvelle connaissance. Mais pour ceux qui avaient une foi inébranlable comme Cal... Dominic soupira. C'était la raison pour laquelle il s'était conformé à la directive du pape sans regarder en arrière. Maintenant, il n'avait pas de réponse à apporter à son ami.

— Je pense que c'est quelque chose de profondément personnel pour chaque individu, Cal, se risqua-t-il. Le christianisme est bien plus qu'un unique miracle, et beaucoup le comprendraient, et accueilleraient la vérité, comme je l'ai fait. Mais ce serait profondément perturbant pour d'autres. Le pape avait ses raisons de cacher un document aussi explosif.

— Oui, dit sobrement le frère. Il est clair que l'Église aurait de fortes objections à sa publication pour d'autres raisons également, étant donné les conséquences évidentes pour l'avenir de l'institution. Je trouve tout cela tellement triste et conspirationniste. Comme si tout ce en quoi j'avais cru toute ma vie s'était tout simplement évaporé.

Dominic se leva pour éteindre son ami en larmes. Il n'avait pas voulu que Mendoza apprenne l'existence du manuscrit de Madeleine ainsi. Ce que ce frère dévot pourrait faire de ce savoir, cependant, était le plus préoccupant.

SIX

L e représentant spécial d'Interpol auprès de l'Union européenne, Conrad Spiegler, était l'orateur principal du forum sur le monde des services criminels lors de la Conférence mondiale sur le journalisme d'investigation.

Après le déjeuner, Hana Sinclair et Massimo Colombo prirent place au dernier rang de la salle Sala San Pietro du Cavalieri de Rome, désireux d'en savoir plus sur le blanchiment d'argent et l'évasion fiscale au nom de leurs structures respectives. La salle était remplie de journalistes et d'autres groupes intéressés par le point de vue de M. Spiegler sur la façon dont la criminalité d'entreprise coûtait, rien qu'aux gouvernements d'Europe de l'Est, plus de 220 milliards d'euros chaque année en impôts perdus à cause des riches et des cartels de la drogue qui cachaient leur argent dans des comptes offshore.

— Tous les grands pays du monde ont un secteur solide qui fournit des services d'évasion fiscale offshore aux sociétés et aux particuliers, nota M. Spiegler. Des comptables, des avocats, des experts en création de sociétés et une foule d'autres spécialistes conçoivent des stratagèmes alambiqués et à peine légaux pour masquer les véritables propriétaires des sociétés et leurs actifs. Et les lois favorables aux entreprises dans ces paradis offshore lient ensuite les mains des forces de l'ordre dans presque tous les pays, puisque la plupart de ces endroits ont également des lois strictes sur le secret, tout comme la Suisse, le Lichtenstein et les îles Caïmans.

Pendant que Spiegler poursuivait, Hana prenait des notes sur son mince bloc-sténo de reporter, tandis que Colombo était assis patiemment, écoutant une grande partie de ce qu'il savait déjà en tant que directeur de l'agence de sécurité intérieure de l'Italie. Il se tourna vers Hana.

— Travaillez-vous sur un projet particulier en ce moment qui traite de ce sujet, mademoiselle Sinclair ? chuchota-t-il.

— Je vous en prie, appelez-moi Hana, répondit-elle doucement. En fait, depuis plusieurs mois, je travaille sur un article d'investigation sur la résurgence d'un groupe peu connu appelé l'Oustacha, dont les racines odieuses en Croatie remontent à la Seconde Guerre mondiale.

— Oh, nous connaissons très bien cette organisation, confirma Colombo. Elle nous a causé des problèmes sans fin, de manière modeste, mais sérieuse. Nous devons en parler plus tard, si vous êtes d'accord. Peut-être partager ce que chacun de nous en sait – enfin, dans la mesure du possible, bien sûr, étant donné les restrictions évidentes liées à la sécurité nationale. Et s'il vous plaît, appelez-moi Max.

Hana regarda l'homme avec plus d'estime. La Providence lui avait fourni une source irréprochable.

— Oui, cela me plairait beaucoup, Max, dit-elle. Peut-être pourrions-nous prendre un verre après le forum ?

∿

LE TIEPOLO LOUNGE & Terrace du Rome Cavalieri est une belle salle cossue ornée d'œuvres d'art et de sculptures vénitiennes de bon goût, de peintures de la Renaissance et de plafonds en bois voûtés au-dessus d'un plancher foncé. Lorsque Hana et Colombo entrèrent dans le salon, Jaffa, le pianiste résident, interprétait un morceau de jazz populaire sur un piano à queue Petrof en ébène lustré, la pièce maîtresse de la pièce.

Bien que le salon se remplît rapidement après la fin des activités du jour de la conférence, Colombo repéra un salon intime pour deux dans le coin au fond qui répondrait à leur besoin de discrétion. Ils s'installèrent dans des fauteuils en cuir vert militaire et, voulant se faire plaisir après leur longue journée de collecte d'informations, ils commandèrent l'une des spécialités de la maison, le cocktail Chestnut, un mélange mousseux de vodka aromatisée à la poire, de cacao blanc et de crème fouettée à la châtaigne.

— Cette boisson signifie trente minutes de plus sur le tapis de course pour moi, dit Hana en affichant un sourire enjoué.

— Disons une heure, nous pourrions en prendre deux ! répondit Colombo en riant. Alors, Hana, demanda-t-il. Comment avez-vous découvert l'Oustacha ?

Hana leva les yeux au plafond, se rappelant sa première rencontre avec la sinistre organisation.

— L'été dernier, j'étais en mission spéciale pour enquêter sur les flux de l'or nazi et autres biens juifs volés dans les systèmes bancaires suisse et français. J'ai pris contact avec un agent d'Interpol nommé Petrov Gović, dont le père, Miroslav, était l'un des fondateurs et dirigeants de l'Oustacha originale sous l'État indépendant de Croatie au milieu des années 1940 – qui, comme vous le savez peut-être, était étroitement aligné sur le parti nazi et servait à l'époque de gouvernement intérimaire pour la Croatie. Gović et moi avions convenu d'un rendez-vous pour une interview un soir dans un entrepôt à l'extérieur de Rome, dans un quartier louche appelé Tor Bella Monaca, et comme une idiote, j'y suis allée seule.

À la mention de Tor Bella Monaca, les sourcils de Colombo se froncèrent de surprise, car il connaissait la réputation de TBM, la capitale de la drogue à Rome.

Hana avala une longue gorgée de son cocktail.

— Quand je suis arrivée, poursuit-elle en essuyant la mousse sur ses lèvres avec une serviette, j'ai été choquée de découvrir qu'il s'agissait de l'homme qui nous avait suivis, mon collègue et moi, la semaine précédente – à Rome, à Paris, et même dans le train pour Rennes-le-Château, un petit village du sud de la France. Au début, j'ai supposé qu'il me surveillait pour un problème en lien avec Interpol, mais il s'est avéré que son plan était de me retenir en otage en échange d'un ancien manuscrit irremplaçable possédé par le Vatican. Leur but était apparemment d'utiliser ce manuscrit pour faire chanter l'Église contre une grande quantité d'or détenue dans les coffres de la Banque du Vatican.

Colombo, les yeux écarquillés, était maintenant très intéressé.

— Ça devait être un sacré manuscrit. Quel genre d'informations contenait-il ?

Le visage d'Hana devint solennel.

— J'ai bien peur de ne pas pouvoir entrer dans les détails, Max. J'ai donné ma parole de garder ça confidentiel.

— Alors, comment avez-vous réussi à vous échapper ? demanda-t-il, changeant de tactique.

— J'ai été secourue par mon cousin et deux autres gardes suisses compétents, ainsi que par mon collègue de recherche, le père Michael Dominic.

— Vous avez eu beaucoup de chance. Nous connaissons ce Petrov Gović, dit Colombo d'un ton sombre, en regardant Hana . Nous savions qu'il était l'agent de liaison croate auprès d'Interpol, bien sûr, mais l'AISI n'était pas du tout au courant de son affiliation au réseau de l'Oustacha jusqu'à l'événement dont vous parlez. Je me souviens que ça a fait la une des journaux à l'époque. Gović et son homme de main ont été tués, ce qui a été attribué par la presse à un trafic de drogue qui avait mal tourné. Mais la police italienne a considéré qu'il s'agissait d'une opération en marge d'Interpol : la théorie d'Interpol était que Gović avait mal joué dans une combine concernant l'Oustacha.

Alors qu'elle avalait une nouvelle gorgée, Colombo regarda Hana dans les yeux et il finit par la reconnaître.

— Attendez... n'êtes-vous pas la fille du baron Armand de Saint-Clair ? Oui, maintenant je sais où j'ai vu votre nom.

— Coupable, inspecteur Colombo, dit Hana avec un sourire en coin. J'ai eu beau essayer d'éviter la publicité après cette terrible expérience, la presse italienne a été très insistante. Alors, si je peux me permettre, pourquoi vous intéressez-vous à l'Oustacha ?

Colombo fit une pause, réfléchissant à ce qu'il était en mesure de divulguer.

— Eh bien ... en dehors de ce qui est évident – une organisation terroriste recrutant des agents dans les principaux pays européens – nous nous intéressons à leurs opérations de blanchiment d'argent. À l'instar d'Al-Qaïda ou de Daesh au Moyen-Orient, ce groupe est largement nomade, sans base opérationnelle bien définie, rien à voir avec l'Oustacha de la Seconde Guerre mondiale qui avait formé un gouvernement fantoche à Zagreb. La Novi Oustacha d'aujourd'hui est composée de cellules régionales dans à peu près toutes les grandes capitales – Rome, Paris, Berlin, Kiev, Madrid... Ses ramifications s'étendent partout, et ses membres, dont le nombre croît rapidement, sont farouchement ultranationalistes. Partout où vous voyez des manifestations néonazies ces jours-ci, vous pouvez être sûre que l'Oustacha en est soit proche, soit directement responsable. Très probablement la deuxième option.

— Franchement, je n'avais jamais entendu parler d'eux avant l'incident de l'été dernier, déclara Hana. Je n'avais aucune idée de l'ampleur du phénomène. Ils doivent certainement rester discrets.

— Le financement de cette organisation est ce qui nous préoccupe le plus pour le moment, ajouta Colombo. Outre les actifs conservés depuis ses débuts – or, devises, propriétés, œuvres d'art volées et, comme vous le dites, l'ancien butin nazi qui s'est retrouvé en Amérique du Sud et autres havres de paix – nous savons que des sociétés et des institutions légitimes et bien financées, ayant des sympathies pour les conservateurs, voire l'extrême droite, versent à l'Oustacha des contributions importantes par le biais de sociétés-écrans exonérées d'impôts. Nous avons même des raisons de croire que certains éléments de l'Église sont de connivence avec ces personnes, mais je vous demande de ne pas partager cette information et surtout de ne pas la publier.

— Bien sûr, Max, déclara Hana, déjà consciente de ce fait, ça restera entre nous. Mais auriez-vous des noms précis de membres actuels de l'Oustacha que vous pourriez révéler ? Je ne les publierai pas nécessairement, mais je pourrais essayer de les contacter pour des interviews, si c'est possible.

Une fois de plus, Colombo fit la grimace en réfléchissant à ce qu'il était en mesure de divulguer, et si ce pourrait être utile ou nuisible à son agence.

— Laissez-moi y réfléchir, Hana, et je reviendrai vers vous, dit-il. En attendant, il y a bien un individu que vous connaissez peut-être aussi déjà puisque vous avez rencontré son père : un jeune homme nommé Ivan Gović. Nous pensons qu'il est chef de cellule en Argentine, mais il a des liens avec de nombreux collaborateurs de l'Oustacha ici, en Italie et en France. Notre homologue pour la sécurité extérieure, l'AISE, a des agents à Buenos Aires qui nous ont informés que le jeune Gović était dévasté par la mort de son père et qu'il pourrait représenter une menace pour les personnes impliquées dans l'incident de l'entrepôt TBM. Soyez-en consciente, Hana, lorsque vous commencerez à frapper aux portes de cette organisation. Votre nom n'a peut-être jamais été lié à elle publiquement, mais ils pourraient devenir soupçonneux si vous commencez à fouiner, ou suspecter votre implication s'ils comprenaient la vraie nature de ce que Gović tentait de faire.

— Je ferai attention, Max, et je vous remercie de l'avoir mentionné, dit-elle, son visage affichant une certaine inquiétude.

Un tel avertissement, surtout venant de quelqu'un qui était régulièrement aux prises avec le crime organisé, n'était pas à prendre à la légère.

Lorsque le serveur s'approcha de leur table, Colombo lui demanda l'addition.

— Je pense qu'un seul verre suffira pour ce soir, dit-il en souriant à Hana. S'il vous plaît, permettez-moi de vous inviter.

— *Molto grazie*, Max. J'ai été ravie de vous rencontrer, et merci beaucoup pour cette conversation. Si je peux vous aider en quoi que ce soit, à tout moment, n'hésitez pas à m'appeler.

Ils se levèrent et se serrèrent la main.

— Ce fut un plaisir, Hana. Et oui, j'espère que nos chemins se croiseront à nouveau. Tenez-moi au courant de vos progrès, d'accord ? Et, en attendant, faites attention à vous.

CHAPITRE
SEPT

Le dépôt souterrain des Archives secrètes du Vatican est un vaste bâtiment construit sous la vaste étendue du Cortile della Pigna, la cour des Pommes de pin, au nord de la tour des Vents. Compte tenu de son utilisation relativement sporadique par le personnel, l'ensemble de l'espace – y compris la Galerie des étagères métalliques, la section Divers et d'autres zones de stockage – est éclairé par une lumière ambrée qui ne s'active que lorsque des mouvements sont détectés par des capteurs placés stratégiquement, et qui s'éteignent lorsque les mouvements cessent. Il n'y a pas de fenêtres ni de néons afin d'éviter que le spectre ultraviolet n'endommage les parchemins et papiers anciens délicats.

Alors que Dominic déambulait dans la galerie et se dirigeait vers l'un des terminaux d'indexation souterrains, des flaques de lumière ambrée inondaient son trajet dans les longues allées sombres. L'expérience lui rappela le temps passé dans la grotte de Lombrives le week-end précédent, où tout était noir au loin et où il ne pouvait voir que ce que la lampe de son casque éclairait. Il frissonna à ce souvenir. Au moins, ici, il n'avait pas à ramper.

Depuis le terminal d'indexation, il pouvait déterminer en gros la zone où l'on pouvait trouver la plupart des documents, du moins ceux qui avaient été catalogués, dont les écrits de Guillaume de Sonnac demandés par Simon Ginzberg. C'était une tâche ardue, d'autant plus que les archivistes précédents, depuis des siècles, avaient choisi au hasard les documents à indexer et ceux qui ne méritaient apparemment pas d'être catalogués à l'époque.

Dominic trouva une section entière consacrée aux Templiers, ce qui était logique, puisque leur histoire s'étendait sur quelque deux cents ans, et que l'indexer selon d'autres critères que l'époque aurait rendu la continuité au mieux incompréhensible. C'est donc par là qu'il commença à parcourir la galerie, en s'aidant de l'éclairage ambré vacillant pour le guider.

C'était la partie de son travail que Dominic préférait : fouiller dans des dossiers cachés qui n'avaient peut-être pas été vus par quiconque depuis des siècles, voire depuis qu'ils avaient été écrits par les anciens scribes eux-mêmes. Les fonds historiques du Vatican n'étaient rien d'autre qu'une chasse au trésor sans fin dans le passé. Personne ne savait vraiment ce qui était stocké ici, la grande majorité des documents étant encore inexplorés, suscitant l'intérêt de Dominic comme rien ne l'avait fait auparavant.

En jetant un coup d'œil dans les profondes étagères, il remarqua que les folios des Templiers avaient été rangés par siècle. Ginzberg ayant mentionné que Guillaume de Sonnac avait vécu aux alentours de 1250, il sortit deux folios : de grands volumes en forme de boîte, aux reliures rigides de chaque côté et noués avec de la ficelle de chanvre, identifiés en latin par les mots *Tertius Decimus Saeculum* – XIIIe siècle. Il les apporta à la table de lecture la plus proche et, de peur d'être plongé dans l'obscurité en l'absence de mouvement dans les allées, il alluma la lampe de lecture. Puis il enfila les gants de coton blanc qu'il gardait dans sa poche.

L'aventure commence, songea-t-il. Ouvrant la première boîte, il en sortit une pile de papiers de taille et d'épaisseur variables – correspondances, requêtes, indulgences limitant la punition des péchés, registres comptables, factures de vente – toute une documentation sur la période s'offrait à lui, écrite pour la plupart en latin et en français, deux des nombreuses langues que Dominic maîtrisait.

Il lui fallut un certain temps pour parcourir les papiers de la première boîte, ne trouvant rien de la main de Guillaume de Sonnac ou le mentionnant. Il la mit de côté et ouvrit le second volume.

Il y trouva l'abondance habituelle de documents, mais cette boîte-ci contenait également une grande et solide liasse de pages reliées, de toute évidence une sorte de journal, sur le devant duquel avait été imprimé à la main et en français : *Histoire des Templiers*. En dessous, le nom de Guillaume de Sonnac était inscrit. *Eurêka !* songea Dominic. *Exactement ce que Simon cherche. Il a bien dit que de Sonnac était l'historien des Templiers...*

Excité par cette découverte, il mit le journal de côté et passa en revue les nombreux papiers restants dans la boîte à la recherche de tout ce qui pourrait intéresser Simon. Il y avait un ensemble fascinant d'ordres militaires datés de 1244 à 1250, ce qui les situait de la fin de la croisade des albigeois jusqu'à la Septième Croisade et les batailles de Damiette et Mansourah en Égypte. Dominic était aux anges.

En retirant d'autres papiers de la boîte, il trouva au fond un document de forme étrange : neuf panneaux de parchemin reliés par une sorte de matériau flexible attaché aux bords de chaque panneau. L'objet devait mesurer trente centimètres de côté, mais une fois sorti de la boîte et déplié, deux des panneaux restaient à la verticale dans l'un des coins, tandis que l'autre manquait. Dominic n'avait jamais rien vu de tel et se demandait à quoi cela pouvait bien servir. À première vue, il s'agissait d'une sorte d'œuvre d'art fabriquée dans un parchemin noir et caramel aux marbrures abstraites. Il y avait une minuscule signature au bord d'un des panneaux : Pietro Vesconte.

Il décida d'en parler à Simon pour avoir son avis sur cette pièce unique, quoique ce fût.

CHAPITRE
HUIT

— Je crois que j'ai trouvé ce que vous cherchiez, Simon. Dominic posa le journal des Templiers sur la table devant Ginzberg. Les yeux chassieux du vieil homme ravi brillèrent en lisant la couverture.

— Mon Dieu, Michael, vous êtes merveilleux. Vous avez trouvé le journal de Guillaume ? ! Qui avait la moindre idée de son existence avant cet instant ? Pouvez-vous imaginer à quel point cela sera précieux pour les travaux universitaires sur les croisades ?

Ginzberg était pleinement satisfait et Dominic était heureux de voir la joie sur le visage de son ami.

— Il y a beaucoup d'autres documents en bas si vous pensez en avoir besoin, mais, comme vous le savez, vous ne pouvez travailler que sur trois à la fois.

Ils regardèrent tous deux la table, envahie par le travail de Ginzberg sur deux autres liasses de documents qu'il avait demandées au bibliothécaire à l'accueil.

— Oui, oui, je connais les règles, marmonna le vieil homme. Je pense que ce journal va me tenir occupé pendant un certain temps, Michael, et je vous suis immensément reconnaissant d'avoir pris le temps de le trouver. Mais juste pour que je sache, que pourrait-il y avoir d'autre d'intéressant dans les archives le concernant ?

— Eh bien, maintenant que vous demandez..., commença Dominic en étalant l'objet de forme étrange qu'il avait trouvé enfoui au milieu des documents de Sonnac. Je n'ai aucune idée de ce que cela peut être. Avez-vous déjà vu quelque chose de ce genre ?

Ginzberg mit de côté les autres documents qui se trouvaient devant lui et rapprocha l'objet. Il l'examina attentivement, le souleva, plia délicatement les panneaux de huit centimètres de côté d'avant en arrière et regarda ce qui se trouvait sur chacun d'eux.

— C'est étrange, en effet, dit-il, plongé dans ses pensées. À première vue, il semble s'agir d'une sorte de casse-tête original. Les dessins de chacune de ces sections ou panneaux ne sont pas alignés avec ceux des panneaux adjacents. Et ils semblent tous être reliés par un matériau fibreux.

Il l'approcha de ses yeux, ajustant ses lunettes de lecture

pour l'examiner de plus près.

— Ce matériau dur, qui ressemble à de la corde, doit être du catgut, Michael. L'utilisation du catgut – principalement tiré des intestins de mouton, même si n'importe quel animal herbivore peut être utilisé – remonte à l'Égypte ancienne et aux Babyloniens. C'est une corde flexible et durable qui était typiquement utilisée pour les arcs et les instruments de musique.

— J'ai remarqué qu'il y a une signature sur l'un des panneaux ici, dit Dominic en désignant l'une des sections.

— Ah, oui. Pietro Vesconte. Vesconte était l'un des cartographes italiens les plus importants de la fin du XIIIe et du début du XIVe siècle, mais je n'ai jamais rien vu de lui qui ressemble à ce curieux objet. Beaucoup de ses cartes originales se trouvent aujourd'hui dans des bibliothèques et des musées du monde entier, notamment à la Bibliothèque nationale de France à Paris et au Museo Correr à Venise et, maintenant, semble-t-il, ici au Vatican. Quelle découverte fantastique, Michael. Félicitations !

— C'est fascinant, n'est-ce pas ? Je vais devoir passer du temps dessus dans mes moments de liberté, peut-être voir si je peux déchiffrer ce qu'il signifie.

— Faites donc ça, dit Ginzberg, avec un clin d'oeil. Pendant ce temps, je vais passer du temps avec mon nouvel ami, Guillaume de Sonnac. Je suis encore tout excité par votre découverte de son journal.

— Pour ce qui est du reste des Archives, Simon, il y a aussi ce qui semble être des ordres militaires datant de la croisade des albigeois concernant quelques-unes des batailles auxquelles de Sonnac a participé. Gardez ça à l'esprit pour votre prochaine recherche de documents. Faites-le-moi savoir.

— Merci, Michael, vous êtes trop aimable.

Alors qu'il s'éloignait, Dominic savait exactement ce qu'il allait faire de sa nouvelle énigme.

CHAPITRE

NEUF

L a Pergola, seul restaurant de Rome ayant trois étoiles au Michelin, était situé au sommet d'une grande colline surplombant la Ville éternelle. Le dôme de la basilique Saint-Pierre, brillamment éclairé, dominait un paysage nocturne à couper le souffle.

À l'intérieur, il ressemblait moins à un restaurant qu'à un musée bien fourni, avec des tapisseries anciennes représentant des scènes de la Rome antique accrochées aux hauts murs et de riches colonnes en acajou soutenant un plafond suspendu magnifiquement marqueté, et il offrait à ses clients une cuisine exquise dans un cadre grandiose.

Juste derrière les portes de La Pergola, Hana était assise dans le salon Tiepolo du Cavalieri, occupée à résoudre un casse-tête sur l'appli Monument Valley de son iPhone en attendant l'arrivée de Michael. Les casse-tête la fascinaient depuis son plus jeune âge, quand elle était au pensionnat international de St Stephen's à Rome, où elle excellait en mathématiques, en logique et en analyse critique.

Ayant grandi dans un milieu privilégié en Suisse, Hana n'était guère impressionnée par les étalages de richesse, ce qui expliquait en partie pourquoi elle avait anglicisé son nom de famille de Saint-Clair à Sinclair lorsqu'elle s'était lancée comme reporter pour *Le Monde*. Il était bien plus gratifiant d'être reconnue pour ses propres talents que pour être la descendante d'une grande famille de la banque suisse. Si son grand-père n'avait pas possédé une suite à l'année au Cavalieri, elle aurait probablement logé dans un hôtel plus modeste. Mais puisque sa conférence de la semaine se tenait ici, c'était plus pratique.

— Te voilà ! dit Dominic en s'approchant d'elle dans le salon, un sac à dos en bandoulière sur l'épaule de son blazer bleu foncé. Bon sang, je suis tellement content de te revoir !

Hana fit un large sourire, puis elle se leva et ils s'étreignirent longuement.

— Je ne peux pas te dire à quel point j'avais besoin d'un câlin aujourd'hui, dit-elle, ses yeux vert pale brillants plongés dans ceux de Dominic. Et pas de n'importe qui, vois-tu, et tu es toujours aussi beau. Pour je ne sais quelle raison, tu es beaucoup plus séduisant quand tu ne portes pas cette robe de prêtre !

— C'est réciproque, sauf pour la robe, répond-il en riant. Mais il se trouve que je transporte ma soutane et mon col partout où je vais.

Il souleva alors son sac à dos, pour montrer que ses vêtements de rechange le suivaient partout.

— On ne sait jamais quand quelqu'un peut avoir besoin d'un prêtre en tenue. C'est quoi, ça?

Hana baissa les yeux sur l'application de casse-tête de son téléphone.

— Ah, juste un truc pour penser à autre chose qu'aux journalistes d'investigation. C'est une chose d'en être une, mais c'en est une autre de se faire expliquer comment l'être par un certain nombre de personnalités lors d'une conférence comme celle-ci. Au moment où tu crois tout savoir, quelqu'un arrive et t'apprend quelque chose de nouveau.

Dominic rit.

— Haha ! Bel axiome. Bon, on a le temps de prendre un verre avant ?

— Bien sûr, j'ai réservé le dîner pour 20 h 30 avec cette idée en tête.

Hana fit signe à la serveuse, commanda une vodka martini et Dominic un Birra Moretti.

— Tu sais, dit-il. J'avais oublié ton intérêt pour les énigmes, et il se trouve que je suis tombé sur une grosse aujourd'hui, et ce n'est pas qu'une métaphore.

Il raconta à Hana qu'il avait plus tôt fait des recherches aux Archives pour le compte de Simon Ginzberg qui s'intéressait à un chevalier templier en particulier, et qu'il avait découvert l'objet inhabituel fait de panneaux de Pietro Vesconte, dont Simon pensait qu'il pouvait être une sorte de casse-tête.

— J'adorerais le voir, Michael, dit-elle. S'il a suscité l'intérêt de Simon, il attisera certainement le mien.

Elle avait rencontré Simon par l'intermédiaire de Dominic lors des événements de l'été précédent et avait admiré son dévouement dans sa quête de connaissance de l'histoire juive.

— Eh bien, tu as de la chance, dit-il en fouillant dans son sac à dos. Je me rends compte que je n'aurais pas dû le sortir du Vatican, mais j'avais l'intention d'essayer de le résoudre moi-même.

Dépliant l'objet, il le posa sur la petite table.

— Comme c'est un parchemin résistant, nous n'avons pas vraiment besoin de gants. Fais juste attention de ne rien renverser dessus.

Ils écartèrent tous deux leurs verres.

Dominic lui montra comment les panneaux semblaient changer de place lorsqu'on les tournait et les pliait, ce qui modifiait les raccords entre les dessins de chaque panneau adjacent.

— Il y a ce que Simon pense être des filaments de catgut le long des bords de chaque panneau, et comme tu peux le voir, plus on plie les panneaux, plus ils semblent se connecter et se déconnecter comme par magie. Cela m'a vraiment intrigué, même si je n'ai pas encore passé beaucoup de temps dessus. Mais Simon et moi avons remarqué qu'il était signé par Vesconte.

Il lui montra la minuscule signature sur l'un des panneaux.

Hana prit l'objet et regarda attentivement chaque face des panneaux.

— Il y a davantage de texte ici. C'est assez petit..., dit-elle en montrant un autre panneau. Il est écrit *Grotte du Trou de la Caune*. En français.

— Attends, j'ai fait de la spéléologie le week-end dernier avec Karl et Lukas. Et bien que je ne l'aie pas vu, Karl s'est référé à une carte des grottes qui nous a guidés à travers les cavernes. Peut-être qu'il aura une idée de ce que ça représente.

— Tu as fait de la spéléologie ? !

Hana faillit s'étouffer avec son martini et éloigna le verre de la carte en faisant semblant de ne pas pouvoir reprendre sa respiration.

Dominic avait l'air contrarié.

— Je sais, même moi, ça m'a surpris. Mais oui, c'était plutôt amusant et un bon exercice. Juste un peu intimidant quand on sait à quelle profondeur on se trouve sous terre. Et ne crois pas que l'idée d'un tremblement de terre ne m'a pas traversé l'esprit. Je peux presque voir les gros titres : «*Prêtre enterré vivant, abandonné par Dieu*».

Ils rirent tous deux à cette image.

Tout en parlant, Hana tripotait les panneaux, les repliant

les uns sur les autres, puis les dépliant perpendiculairement, jusqu'à ce que la forme de l'objet soit complètement transformée.

— C'est une sorte de casse-tête très astucieux, Michael. Il me rappelle un jouet mécanique populaire appelé l'échelle de Jacob. On en a même trouvé un du même genre dans la tombe de Toutankhamon en 1922, cette construction remonte au moins à l'Égypte ancienne. Puis-je le garder quelques jours, pour l'étudier moi-même ?

— Bien sûr. Tu es plus experte que moi, de toute façon. Assure-toi simplement de ne pas avoir de crème ou autre chose sur les mains quand tu le touches et range-le dans le coffre entre-temps. Même si je ne pense pas qu'on ait à s'inquiéter que quelqu'un essaie de le voler, fit remarquer Dominic en repensant à leur dernière aventure. Je l'ai retiré des archives sans permission. Je vais devoir aller me confesser à mon retour...

Hana leva les yeux vers lui et gloussa au moment où le maître d'hôtel s'approchait d'eux.

— Votre table est prête, *signorina*. Vous pouvez laisser vos boissons, on vous les apportera.

En se levant, Dominic saisit rapidement son iPhone et prit une photo du puzzle pour le montrer plus tard à Karl. Hana le plia délicatement et le glissa dans son sac alors qu'ils se dirigeaient vers La Pergola pour le dîner.

— Je vais commencer par le consommé à la réglisse, puis le filet de bar à l'arôme de menthe Pouliot, dit Hana, sûre d'elle, au serveur. Michael ?

— Hmm. Je pense que je vais laisser tomber le pigeon aujourd'hui... Pourquoi pas le turbot aux asperges et au codium ?

— Très bon choix, *signore*, approuva le serveur. Il est

accompagné de salsifis noirs et de champignons *cardoncello* dans du foin.

— Eh bien, qui pourrait passer à côté d'une bonne assiette de foin ?

— Tu as un grand sens de l'humour, Michael, nota Hana en riant. Ta mère était comme ça ?

— Oui, répondit-il. Mais nous, les Jésuites, sommes de toute façon très drôles. C'est dans l'ordre des choses, étant donné nos observations judicieuses des failles de la condition humaine.

— Et très humbles, aussi, rétorqua Hana.

— J'aurais quand même aimé connaître mon père, dit Michael avec nostalgie. Et savoir quels traits de caractère il aurait pu me transmettre. Ma mère a fait de son mieux, bien sûr, et Rico a toujours joué son rôle de figure masculine. Mais il y a toujours eu ce vide étrange que personne ne pouvait combler. C'était surtout dû au fait que j'avais vu ma mère souffrir de ne pas avoir de compagnon pour s'occuper d'elle et partager le poids de mon éducation – et ce n'était pas facile. Je suppose que je ne comprendrai jamais pourquoi il est parti après ma naissance. Un enfant se sent coupable, tu sais ? Du genre, qu'est-ce que j'ai fait de mal pour qu'il parte ?

Hana posa doucement sa main sur la sienne.

— Ce n'est ni ta faute ni ta responsabilité de trouver des raisons, Michael. Qui sait quelles étaient ses motivations ? Personne ne sait jamais totalement ce qui l'anime. Je suis certaine que ça n'avait rien à voir avec toi. Qui pourrait ne pas aimer un petit garçon ? Il devait avoir des circonstances atténuantes pour disparaître comme il l'a fait. Parle-moi de ta mère. Comment était-elle ?

— C'était une mère merveilleuse, dit Dominic, ses yeux s'emplissant de larmes. Elle s'appelait Grace – ce qui lui correspondait parfaitement. Elle était incroyablement altruiste, travaillait dur et faisait tout ce qu'elle pouvait pour moi. Mais elle était très catholique, voire puritaine à certains égards. Elle avait cette étrange petite habitude de découper les images de personnes nues dans les bibles illustrées ! Je me demande souvent si ce n'est pas la raison pour laquelle j'avais des problèmes dans les rapports intimes, et peut-être même une partie de la raison pour laquelle je suis devenu prêtre.

Son regard était maintenant lointain, se perdant au-delà d'Hana, sur les toits de tuiles en terre cuite de la ville.

Les yeux toujours rivés à Michael, Hana retira sa main qui était posée sur celle de l'homme assis à côté d'elle, maintenant distant, tourmenté par ses pensées. L'instinct maternel d'Hana se réveilla avec force et une boule se forma dans sa gorge, l'émotion l'étouffant. À cet instant-là, elle n'aurait pu aimer un homme plus profondément que Michael Dominic, elle voulait le soulager de son fardeau, apaiser ce garçon perdu depuis longtemps. Mais elle se retint, sachant que ce chemin était impraticable. Elle devait respecter sa vocation, une existence qui ne pourrait jamais l'inclure sous une forme autre que l'amitié. Le désir, la douleur, la submergeait.

CHAPITRE

DIX

L e secrétaire d'État du Vatican, le cardinal Enrico Petrini, était assis à son bureau dans le palais du Gouvernorat, le combiné du téléphone à la main, attendant impatiemment que l'archevêque de Buenos Aires prenne la communication.

— Cardinal Dante, finit par répondre la voix hautaine.

— Bonjour, Fabrizio, c'est Enrico, dit Petrini. J'appelle pour m'assurer que vous serez présent au consistoire la semaine prochaine. Le *camerlengo* me dit que vous n'avez pas encore confirmé votre présence et je voulais personnellement vous informer que je me réjouis de votre venue ici.

Dante répondit d'une voix glaciale :

— Naturellement, je serai là, Votre Éminence. Je m'excuse pour la négligence de mon secrétaire à informer le *camerlengo*. Je vais rectifier cela et je vous verrai à mon arrivée à Rome lundi. (Il marqua une pause.) Y a-t-il autre chose ?

— Non, ce sera tout.

Petrini raccrocha brusquement. Les deux hommes entretenaient une relation acerbe, aggravée par le fait que quelques mois plus tôt, le pape avait remplacé Dante par Petrini

56

comme secrétaire d'État. La rétrogradation de Dante et son bannissement dans la capitale argentine avaient été un choc pour le cardinal aristocrate, qui voyait son vaste pouvoir au Vatican réduit à pratiquement rien, sinon qu'il disposait encore de quelques espions bien placés dans la bureaucratie tentaculaire de l'institution. Il n'était pas du tout satisfait d'être en Amérique du Sud, loin du sommet de l'influence dont il profitait autrefois.

Il attribuait en grande partie la responsabilité de sa situation à ce bâtard indiscret de père Michael Dominic, dont la collaboration avec Sinclair avait fait échouer ses plans soigneusement élaborés pour le manuscrit de Madeleine. S'ils n'avaient pas interféré dans sa revendication légitime de l'autorité, les choses seraient désormais bien différentes. Mais il était là, exilé dans un archevêché paumé qui ne présentait que peu d'intérêt pour lui.

Cela lui rappela une citation : « Tout le monde, tôt ou tard, s'assied au banquet des conséquences. » Dante avait jusque-là attendu son heure, mais le consistoire de la semaine suivante à Rome pourrait fournir l'occasion de mettre en avant ses récriminations.

Toujours vêtue de ses vêtements de deuil noirs, des mois après que son mari avait été mystérieusement tué à Rome dans un incident lié à Interpol, Ludmila Gović était assise dans sa cuisine à La Plata, un quartier croate situé dans la banlieue sud de Buenos Aires, et buvait du thé à la grenade avec son fils. La pièce était froide et tranquille. La lumière grise du jour entrait par une petite fenêtre carrée près de la table à laquelle ils étaient assis.

— Nous avons attendu assez longtemps, Ivan, dit-elle gravement, un soupçon de cruauté dans la voix. Il est de ton devoir de venger le meurtre de ton père. Le *gadovi* qui a fait ça doit être puni.

— Oui, *majka*, je sais, répondit laconiquement son fils. Mais ce doit être fait en temps et en heure. Mes collègues attendent que je donne le signal, dès que notre ami de Buenos Aires m'en dira plus.

Ivan Gović, âgé de vingt-huit ans, fils de l'ancien agent de liaison d'Interpol croate Petrov Gović, avait repris le rôle clandestin de son père en tant que *vođa ćelija*, chef de cellule de la Novi Oustacha, une résurgence moderne de l'organisation terroriste fasciste de la Seconde Guerre mondiale et du gouvernement d'obédience nazie de l'État indépendant de Croatie. Alors que l'objectif initial de l'Oustacha, farouchement catholique, n'était rien moins que de persécuter activement des centaines de milliers de Juifs, de Serbes et de Tsiganes afin de garantir une Croatie racialement plus pure, les ambitions de la Novi Oustacha d'aujourd'hui n'étaient pas très éloignées de celles de la précédente, mais à une échelle beaucoup plus vaste et en utilisant plus largement leur influence politique. Soutenus secrètement par des complices d'extrême droite au sein de la hiérarchie de l'Église, les objectifs de l'organisation actuelle étaient axés sur l'ultranationalisme, une forte opposition à l'immigration, la suprématie raciale et une résistance active contre les démocraties libérales partout dans le monde.

De discrètes cellules de la Novi Oustacha étaient particulièrement actives en France, en Allemagne, en Italie, au Royaume-Uni et aux États-Unis – en fait, partout où l'on trouvait des minorités ethniques non autochtones et un nombre disproportionné de demandeurs d'asile. Les gouvernements et les forces de l'ordre n'étaient que vaguement conscients de l'ampleur de l'infiltration de l'organisation dans leurs pays et juridictions respectifs. Au sein de l'Église, circonspecte de nature, les meneurs étaient des évêques et des cardinaux ultraconservateurs dont l'identité et les sphères d'influence étaient un secret soigneusement gardé par les dirigeants de l'Oustacha.

En tant que nouveau chef de la cellule de Buenos Aires, Ivan Gović était impatient de faire ses preuves, motivé non seulement par l'idéologie de base de l'Oustacha, mais aussi par un désir farouche de punir la mort de son père. Et il y avait une personne d'influence à qui il pouvait demander de l'aide pour assouvir ces deux désirs.

— Son Éminence va vous recevoir, Señor Gović, déclara la secrétaire du cardinal Dante en escortant le jeune homme dans la suite opulente de l'archevêque, dans les bureaux administratifs de la cathédrale métropolitaine, à la limite ouest de Buenos Aires.

ONZE

Le sergent de la garde Karl Dengler venait de terminer son service de jour, où il avait aidé l'équipe chargée de préparer la visite du pape en Amérique du Sud le mois suivant à régler des problèmes de sécurité de dernière minute. Bien que Dengler ne fasse pas partie du voyage, il avait coordonné les protocoles de protection avec les huit agents en civil de la Garde suisse qui accompagneraient le pape, et une trentaine d'autres officiels, à São Paulo, Lima, Bogota et Buenos Aires. Comme il était d'usage, les forces de l'ordre locales assureraient l'essentiel de la sécurité.

Alors qu'il retournait à la caserne, Dengler reçut un SMS de Michael Dominic :

Es-tu libre pour dîner ? Dengler répondit que oui et suggéra qu'ils se retrouvent dans une heure à leur endroit habituel, le Ristorante dei Musei, juste au nord du mur du Vatican.

Le restaurant était rempli de clients bavards lorsque Dominic arriva, et les odeurs qui se dégageaient de la cuisine lui mirent l'eau à la bouche quand il franchit la porte. Les arômes de la sauce tomate mijotant, richement infusée avec de l'ail et des feuilles de basilic frais, lui rappelaient ses trattorias de quartier préférées dans le Queens.

Dengler était assis à une table près de la fenêtre, devant une bouteille de Lambrusco déjà ouverte et entamée, et il regardait autour de lui, observant les gens. Un beau jeune homme assis au bar ne cessait de jeter des coups d'œil dans sa direction.

— À quoi tu penses ? demanda Dominic en s'asseyant.

Dengler rit.

— Un gars au bar flirte avec moi. Je fais de mon mieux pour l'ignorer. Si Lukas était là, on devrait peut-être partir, vu la scène qu'il me ferait probablement. Il est un peu surprotecteur, tu comprends.

Après avoir regardé les menus, ils commandèrent tous deux le *Speciale del Giorno*, des *rigatoni al pomodoro*, accompagnés de courgettes grillées et d'antipasti.

Dominic se servit un verre de vin rouge, puis raconta à Dengler sa journée inhabituelle, expliquant comment il était tombé sur un curieux casse-tête en cherchant des documents sur les croisades pour le Dr Ginzberg, et parlant enfin de l'offre d'Hana d'essayer de résoudre l'énigme.

— D'après toi, qu'est-ce que ça pourrait être, Karl ? Tu as déjà vu quelque chose de ce genre ? demanda Dominic, en montrant à Dengler les photos du casse-tête sur son téléphone. Hana a dit que le mot «grotte» est mentionné, en français.

Il montra les lettres sur un panneau arrière.

— Eh bien, dit Dengler. Le Trou de la Caune est réellement une grotte quelque part dans le sud de la France. Je ne l'ai pas explorée moi-même, mais j'en ai entendu parler sur des forums de spéléologie en ligne. Apparemment, elle est censée avoir un lien avec sainte Marie Madeleine, comme toute cette région.

Marie Madeleine ? Encore ? songea Dominic

— Et en regardant le diagramme lui-même, poursuivit Dengler, malgré les bords des panneaux qui ne coïncident pas tant que le casse-tête n'est pas résolu, cela me semble vraiment être une carte de grotte. C'est beaucoup plus rudimentaire que les plans de grottes d'aujourd'hui, mais je suppose que c'est normal si c'est aussi vieux que tu le dis. Hé ! On devrait explorer la grotte du Trou de la Caune lors de notre prochain voyage !

Dominic grimaça.

— Pas si vite, homme des cavernes. Laissons à Hana le temps de comprendre, si elle en est capable, puis nous parlerons des prochaines étapes. L'idée de rester à nouveau coincé dans l'une de ces crevasses perdues ne m'inspire pas vraiment.

Dengler rit.

— Michael, tu dois savoir que tu es entre de bonnes mains avec Lukas et moi. D'où te vient cette peur, d'ailleurs ?

Dominic regarda son ami avec un calme anxieux, se rappelant un moment tétanisant de son enfance.

— Quand j'avais environ dix ans, oncle Rico – tu le connais sous le nom de cardinal Petrini, mais il n'était alors qu'un curé de paroisse – m'a emmené pêcher à la mouche sur la rivière Ausable dans le nord de l'État de New York. Nous pêchions normalement dans des eaux peu profondes, mais, un jour, nous nous sommes retrouvés près du pied d'une grande chute d'eau, avec de forts courants provenant du bassin à sa base. J'ai glissé sur une pierre moussue, j'ai perdu l'équilibre et j'ai été pris dans un tourbillon qui m'a entraîné sous l'eau et m'a ballotté dans tous les sens comme une machine à laver. C'était terrifiant et, depuis, j'ai eu des épisodes périodiques de ce que l'on appelle «bathophobie» – la peur des profondeurs. Je suppose que cela inclut maintenant aussi les grottes.

Dengler était sincèrement compatissant.

— Nous ne te mettrons jamais en danger, Michael. Il n'y a rien de comparable à l'exploration du monde souterrain. Tu t'y habitueras en un rien de temps ; sache que je serai toujours là pour toi. Et qui sait où cette carte pourrait nous mener ? Il pourrait y avoir un grand trésor perdu enterré là ! En y réfléchissant bien, pourquoi quelqu'un se donnerait la peine de réaliser une telle carte, sous forme de casse-tête, pour ensuite la cacher dans les archives secrètes du Vatican ? Elle doit sûrement avoir une certaine importance.

— Bon point, répondit Dominic, repensant à l'emplacement du casse-tête parmi les documents des Templiers du XIIIᵉ siècle. Je devrais peut-être reparler à Simon, voir si Guillaume de Sonnac a mentionné quelque chose à ce sujet dans son journal.

Dengler remplit leurs verres de Lambrusco tandis que le serveur apportait leurs plats.

— Au fait, le pape part en Amérique du Sud le mois prochain, donc le reste du Vatican fera l'école buissonnière, comme d'habitude, avec des obligations allégées pour tout le monde. C'est peut-être le bon moment pour visiter ta grotte.

Dominic leva les yeux au ciel.

— Encore une fois, il ne sert à rien de faire des projets si on ne sait pas où on va, non ?

À ce moment-là, l'iPhone de Dominic vibra dans sa poche. En le sortant, il trouva un texto de Hana : **J'ai résolu l'énigme ! Quand pouvons-nous nous voir ?**

Stupéfait, il leva les yeux vers Dengler.

— Ta cousine est remarquable – elle est déjà venue à bout du casse-tête ! Tu veux venir la voir avec moi après le dîner ?

Dengler sourit.

— Bien sûr que oui ! Allons-y !

Dominic lui répondit par texto : **Karl et moi serons là dans l'heure.**

64

DOUZE

— Votre Éminence, dit Ivan Gović en entrant dans le somptueux bureau de l'archevêque de Buenos Aires. Ravi de vous revoir.

En un geste plébéien de respect, il prit la main tendue de l'évêque et embrassa son anneau.

— De même, Ivan, dit le cardinal Dante avec le plus léger des sourires. Comment votre mère s'en sort-elle ?

— Pour être honnête, Éminence, elle ne va pas bien. La mort de mon père l'a laissée marquée et amère, même plusieurs mois après la tragédie. C'est pour cette raison que je suis venu vous voir.

Dante avait entretenu une longue et lucrative relation d'affaires avec le père d'Ivan, Petrov Gović, l'ancien agent de liaison croate auprès d'Interpol qui, comme le cardinal le savait en toute discrétion, était également un chef de cellule basé à Lyon, en France, pour l'ultra-catholique Novi Oustacha. Petrov avait fourni à Dante un certain nombre de services clandestins au fil des ans : enquêtes sur des antécédents, écoutes téléphoniques douteuses, profilage d'autres cardinaux et d'employés potentiels du Vatican – y compris lorsqu'il s'agissait occasionnellement d'intimider les ennemis de Dante si la situation l'exigeait. En compensation de ces services, Dante avait puisé dans les énormes réserves d'or nazies secrètement dissimulées dans les coffres de la Banque du Vatican – un or dont Gović avait besoin pour financer les plans d'expansion de l'Oustacha dans toute l'Europe occidentale.

Au cours de la dernière mission de Gović pour le cardinal Dante, alors secrétaire d'État, l'agent de l'Oustacha avait enlevé Hana Sinclair pour échanger sa vie contre un manuscrit original que l'on pensait avoir été écrit par Marie Madeleine, à l'époque possédé par le père Michael Dominic. Cet objectif risqué, mais lucratif, avait été déjoué lorsque Dominic, avec l'aide de trois gardes suisses – dont le cousin d'Hana – avait pris d'assaut l'entrepôt où Hana était retenue en otage, tuant Petrov Gović et son homme de main dans la foulée.

L'or caché promis à l'Oustacha avait alors été discrètement distribué aux héritiers de leurs propriétaires légitimes, des Juifs tués des décennies plus tôt. Malheureusement pour Dante, son rôle dans la dissimulation de l'or nazi et le complot avaient été découverts et le pape l'avait démis de ses hautes fonctions, promouvant Enrico Petrini au poste de secrétaire d'État.

Donc, Dante, impénitent et impitoyable, avait aussi des comptes à régler.

— En quoi puis-je vous être utile, Ivan ? demanda le cardinal.

— Éminence, commença Gović. Je voudrais en savoir plus sur les responsables de la mort de mon père. La dernière fois que nous nous sommes rencontrés, vous m'avez conseillé d'attendre jusqu'à ce que vous puissiez recueillir davantage de faits concernant cette affaire. Les avez-vous maintenant ?

Dante avait réfléchi aux conséquences qu'il y aurait à révéler ce qu'il savait de cette affaire à ce jeune homme perturbé. Qu'avait-il à y gagner ? Y avait-il une opportunité pour Dante de redresser les torts qu'il avait lui-même subis ? C'était possible. Bien qu'il ne soit pas sage de se venger ouvertement du cardinal Petrini pour l'instant, il pourrait contribuer à exposer son pupille, le père Dominic, comme étant le principal acteur de toute cette affaire. Quant aux associés de Dominic, Gović pourrait gérer cette partie-là seul.

— Ne m'avez-vous pas dit un jour, dit Dante, que vous aviez une source à l'intérieur de la Garde suisse ?

Ivan Gović afficha un sourire suffisant.

— Oui, Éminence. Nous avons un membre compétent de notre organisation à l'intérieur des *Cohors Helvetica*. Pourquoi me demandez-vous ça ?

Du tiroir de son bureau, Dante sortit une feuille de papier à lettres vierge, puis prit son stylo. Il nota deux noms – le père Michael Dominic et la journaliste du *Monde* Hana Sinclair – puis il tendit le papier à Gović.

— On m'a dit que ces deux-là avaient tenu un rôle dans l'opération de l'entrepôt, Ivan. À vous de découvrir s'ils ont quelque chose à voir avec la mort de votre père. Vous pourriez, cependant, vous renseigner auprès de votre ami de la Garde suisse...

Dante fixa d'un air entendu les sombres yeux slaves de Gović, et en resta là.

— Je comprends, Éminence. Merci de m'avoir consacré du temps, et pour votre franchise dans cette affaire. Ma mère vous sera reconnaissante de votre générosité.

— Je préférerais que cela reste entre nous, Ivan, répondit Dante, d'un ton prudent. Mes propres sources à Rome comptent aussi rester anonymes.

« Oh, encore une chose. Si vous êtes libre pendant quelques jours, j'aimerais que vous m'accompagniez au consistoire, la semaine prochaine, à Rome, avec ma suite. Étant donné vos compétences uniques, il y a une ou deux tâches que j'aimerais vous confier, là-bas, des services, tout comme votre courageux père m'en a rendus au fil des ans. Et cela pourrait vous donner l'occasion d'en apprendre davantage sur sa mort. Mon secrétaire se chargera de votre voyage et de votre hébergement, bien sûr, mais je considérerais comme une faveur que vous acceptiez mon offre.

— Votre Éminence, je ne sais pas quoi dire, dit Gović avec empressement, les yeux écarquillés par l'intérêt. Je serais honoré de vous aider, de quelque manière que ce soit.

— Bien. Maintenant, transmettez mes salutations à votre mère. Et dites-lui que votre famille bénéficiera de places VIP pour la visite du pape le mois prochain. En attendant, Ivan, je vous souhaite une bonne nuit.

UNE PLUIE BATTANTE frappait les hautes fenêtres de style Queen Anne de l'hôtel particulier de Madison Avenue du cardinal Jorge Bell, archevêque de New York, alors qu'un violent orage passait sur la ville assombrie.

Assis dans l'un des fauteuils en cuir de la bibliothèque de son manoir de mille quatre cents mètres carrés, une pile de bûches de noyer odorantes flambant dans la grande cheminée, le cardinal regardait le feu en sirotant un excellent cognac Napoléon Montmartre dans un verre en cristal. Dans le coin, une horloge comtoise victorienne venait de sonner six heures.

Le téléphone sonna. Bell s'attendait à cet appel, mais la sonnerie brutale perturba néanmoins la sérénité de la pièce. Malgré l'atmosphère paisible, la tension dans le cou et les épaules de l'homme augmenta lorsqu'il décrocha.

— Cardinal Bell à l'appareil, répond-il prudemment.

— Bonsoir, Jorge. C'est Dante.

— Bonjour, Fabrizio, répondit Bell, une pointe d'effroi dans la voix. Que puis-je faire pour vous ?

— J'ai besoin de certaines informations provenant de vos dossiers archidiocésains, dit Dante sans ambages. Ça ne devrait pas être trop difficile à trouver, j'imagine, mais j'aimerais que vous considériez cela comme urgent et confidentiel.

— Et de quel genre d'information avez-vous besoin, Éminence ?

— Tout d'abord, vous devez m'assurer que cela restera entre nous. Personne d'autre ne doit être au courant.

— Vous avez ma parole, bien sûr.

— Très bien, alors. Lorsque le cardinal Petrini était curé dans votre archidiocèse – dans le Queens, je crois – il a eu longtemps une gouvernante du nom de Grace Dominic, qui, si j'ai bien compris, a eu un enfant hors mariage alors qu'elle vivait au presbytère de Petrini. C'est inhabituel, je vous l'accorde, mais c'était une autre époque. Ça date d'une trentaine d'années. Je veux que vous trouviez les certificats de naissance et de baptême de cet enfant, qui s'appelle Michael Dominic. Apparemment, il a été toute son enfance sous l'étroite protection du père Petrini. Tout ce que vous pourriez trouver d'autre pourrait aussi être utile.

— Utile à quelle fin, Fabrizio ? Nous parlons du secrétaire d'État du Vatican actuel. Je ne voudrais pas me retrouver dans son collimateur.

— Alors, ne vous faites pas prendre, cracha Dante. Et peu importe la raison pour laquelle je veux ces informations, Jorge, trouvez-les. Et envoyez-moi gentiment un e-mail quand vous les aurez. Au fait, qu'en est-il de vos problèmes juridiques ? Avez-vous besoin d'une aide particulière ?

Dante faisait référence au scandale d'abus sexuels dans l'archidiocèse de New York impliquant plus de cent membres du clergé ayant Bell à leur tête.

— Ce sont des moments difficiles pour nous tous, Fabrizio. Mais nous gérons la situation aussi bien que possible. Ce serait beaucoup plus supportable sans ces maudits médias pour nous harceler. Cette publicité fait de ma vie un affreux cauchemar, pour être tout à fait franc.

— Nous avons tous nos fardeaux, Jorge, dit Dante, ennuyé par les plaintes de son collègue. Puis-je compter sur vous pour me transmettre cette information ? Vous vous joindrez à moi pour un dîner à Rome la semaine prochaine. La liste des invités pourrait vous surprendre.

— Je vais voir ce que je peux faire, Éminence, et comme toujours, j'attends avec impatience votre dîner. D'ici là, bonne nuit.

Bell raccrocha. Il se leva pour se servir un peu plus de cognac, puis se rassit et continua de fixer le feu.

Qu'est-ce que ce salaud manigance ? se demanda-t-il.

CHAPITRE
TREIZE

près le dîner, Dominic et Dengler prirent la Jeep Wrangler pour traverser la ville et se rendre au Rome Cavalieri. Il était encore tôt, autour de vingt-deux heures, et comme le couvre-feu pour les gardes suisses est à deux heures du matin, ils avaient largement le temps de prendre un verre après le dîner et de discuter du casse-tête de Vesconte.

Le voiturier se chargea du véhicule à leur arrivée, et ils prirent l'ascenseur jusqu'au septième étage, se dirigeant vers la suite Palermo en angle au bout du couloir. Ils sonnèrent et Hana ouvrit la porte, rayonnante de fierté.

— De toutes les énigmes que j'ai résolues dans ma vie, celle-ci était l'une des plus difficiles, dit-elle en les prenant dans ses bras et en leur souhaitant la bienvenue. Et vous n'allez pas croire ce que ça a révélé.

Après les avoir escortés dans l'élégant appartement de quatre cent cinquante mètres carrés, Hana leur servit trois verres de prosecco et ils prirent place dans le salon. Le casse-tête était posé dans sa forme originale sur la table basse, non résolu.

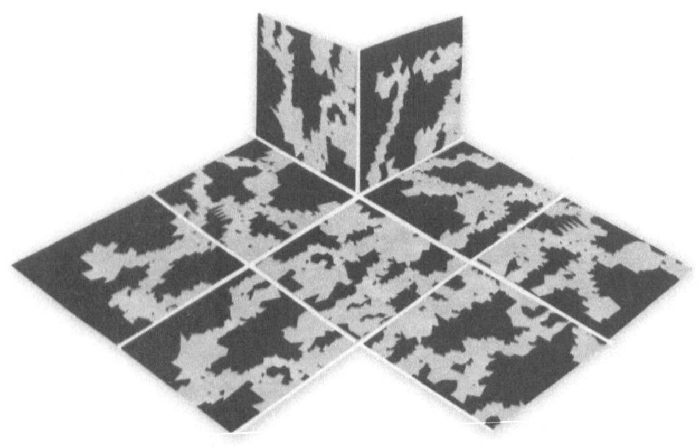

— Sachez, dit-elle en rejetant en arrière ses cheveux châtains, que j'ai manqué deux ateliers de la conférence aujourd'hui, tant j'étais absorbée par la résolution de ce casse-tête. Mais je ne savais pas par où commencer. La manière astucieuse dont les filaments de catgut sont enfilés le long de chacun des bords des panneaux permet pratiquement n'importe quelle combinaison. Pendant un moment, j'ai continué à penser de manière linéaire, comme si l'objectif était de le mettre à plat. Mais ces deux panneaux d'angle verticaux rendaient la chose impossible. J'ai alors cherché sur Internet des casse-tête tridimensionnels inhabituels et j'ai trouvé un brillant fabricant de casse-tête en Grèce du nom de «Pantazis the Megistian». Son site web proposait un casse-tête tout aussi complexe, plusieurs en fait, qu'il avait lui-même conçus. Je lui ai envoyé une photo du nôtre et il s'est montré très enthousiaste.

« Il m'a expliqué que Pietro Vesconte avait découpé la carte en neuf panneaux carrés, qu'il les avait apparemment réarrangés dans le désordre pour en augmenter la complexité, puis qu'il avait fixé de fins fils d'intestin de mouton flexibles sur les bords adjacents de chaque panneau, selon un modèle astucieusement repositionnable. Pour le rendre particulièrement difficile, au lieu de poser les neuf panneaux à plat, Vesconte en a placé deux à la verticale dans un coin, créant ainsi un hémicube partiel – un polyèdre abstrait ne présentant que deux faces d'un cube à six faces – tout en laissant le neuvième emplacement vacant. J'ai donc commencé à plier et replier, en pensant en trois dimensions...

Hana commença à plier un panneau après l'autre, retournant certains panneaux latéralement, d'autres l'un sur l'autre, comme le permettait le catgut.

Dominic et Dengler regardèrent avec fascination la carte autrefois plate prendre une nouvelle forme, celle d'une tour cylindrique carrée.

— Et voilà ! dit-elle fièrement. J'ai fini par obtenir ceci !

Le puzzle reconstitué montrait six panneaux faisant face à l'observateur, avec un panneau sur le dessus et deux panneaux derrière la section arrière supérieure, la carte entière ne tenant que sur la tranche de deux panneaux.

— Vous pouvez voir que tous les chemins contigus sont maintenant raccords au niveau des angles, dit Hana en les désignant. C'est vraiment d'une conception ingénieuse. Il ne reste plus qu'à comprendre ce que ça signifie réellement, quel est le but. Où mène le chemin, et qu'y a-t-il au bout ? D'ailleurs, où est le bout ?

Bouche bée d'admiration, Dominic était totalement subjugué.

— Comment, au nom du ciel, as-tu réussi à comprendre ? demande-t-il pour la forme. C'est vraiment un travail impressionnant, Hana.

— Et c'est bien la carte d'une grotte, j'en suis certain maintenant, dit Dengler avec enthousiasme en examinant de près l'objet, puis en prenant une photo des panneaux réarrangés. Pendant que Michael et moi dînions, j'ai cherché sur Google la grotte du Trou de la Caune. C'est une grotte assez connue, non loin de Périllos, dans le sud de la France, à deux heures de route de Rennes-le-Château, où vous avez découvert le manuscrit de Madeleine l'été dernier. En fait, la rumeur veut que Marie Madeleine ait visité Périllos, ou ait même séjourné dans cette grotte à un certain moment.

— Demain, je demanderai à Simon s'il a trouvé une quelconque référence à ce sujet dans le journal de Guillaume de Sonnac, dit Dominic. Ça aiderait beaucoup.

Dengler regarda Dominic d'un air entendu en haussant les sourcils, impatient.

— Oui, Karl, je sais..., dit Dominic avec un soupir. La carte est maintenant complète. Mais nous devons en apprendre davantage avant de foncer, tu ne crois pas ?

Dengler sourit, inclina la tête et leva les mains, vaincu.

Attrapant la carte terminée, Dominic la retourna et l'examina de plus près à la recherche de points d'entrée et de sortie visibles, s'attendant à trouver un «X » marquant quelque part l'endroit. Mais il n'y avait rien d'évident au-delà de l'apparent chemin en dents de scie à travers la grotte sombre, en supposant que c'était ce que le dessin représentait.

Il rangea soigneusement la carte assemblée dans son sac à dos.

— Merci beaucoup pour ton temps et tes efforts, Hana. Si cela mène à quelque chose, tu seras la première à le savoir.

— Peut-être qu'Hana aimerait venir avec nous quand nous explorerons la grotte ! proposa Dengler.

— Je trouverais ça fascinant, dit-elle. Je me suis déjà trop investi pour dire non ! Organise ça et dis-moi juste quand, Karl. Je suis en ville pour encore une semaine environ, mais je pourrais prolonger mon séjour si nécessaire. Si le père Dominic ici présent peut le faire, eh bien...

Hana sourit, laissant la remarque en suspens.

Dominic jeta un coup d'œil à sa montre.

— Oh, bonté divine, regardez l'heure...

Ils rirent tous tandis qu'Hana les raccompagnait à la porte.

— Sérieusement, ça pourrait être amusant, dit-elle. Envoyez-moi un message demain avec tout ce que Simon pourrait trouver, d'accord ?

— Tu parles, répondit Dominic. Si Simon a quelque chose de pertinent à ajouter au sujet de la carte, la semaine prochaine pourrait être le bon moment pour se rendre en France, juste après le consistoire.

Dengler leva le poing en signe de victoire, un large sourire lui plissant le visage.

Dominic donna une accolade chaleureuse à Hana lorsqu'ils se séparèrent, et Dengler fit de même. Ils récupérèrent leur véhicule auprès du voiturier, quittèrent l'hôtel et retournèrent au Vatican.

LE LENDEMAIN MATIN, Karl Dengler et Lukas Bischoff étaient dans le vestiaire de la caserne de la Garde, en train de revêtir leur uniforme du jour, lorsque Dengler évoqua ce qui s'était passé la nuit précédente dans l'appartement de sa cousine.

— Tu aurais dû la voir, Lukas. Hana a résolu ce casse-tête en un rien de temps, et la carte qui est apparue lorsqu'elle a été assemblée a révélé un itinéraire particulier à l'intérieur de la grotte du Trou de la Caune, en France, près de Périllos – un itinéraire qui pourrait mener à quelque chose d'important appartenant à Marie Madeleine ! Michael va voir le Dr Ginzberg aujourd'hui pour savoir s'il en a appris davantage, mais, apparemment, nous nous rendrons tous là-bas en fin de semaine prochaine pour vérifier.

Dengler, toujours enthousiaste à l'idée d'une expédition de spéléologie, poursuivit en parlant de l'équipement nécessaire pour le voyage et des autres préparatifs. Lukas écoutait attentivement.

Mais il n'était pas le seul à être attentif. Le vestiaire est assez calme à cette heure de la journée, mais de l'autre côté des casiers, le sergent Dieter Koehl enfilait son propre uniforme. Tout en s'habillant, Koehl écoutait distraitement les conversations de ses collègues.

Lorsqu'il entendit parler d'une carte et d'une grotte, puis de Marie Madeleine – ainsi que de l'expédition de spéléologie prévue en France – ses oreilles se dressèrent. Il continua à écouter.

CHAPITRE

QUATORZE

Plus tard ce matin-là, Simon Ginzberg était assis dans son bureau du palais Caprioli de l'université Teller à Zagarolo lorsque Michael Dominic l'appela sur son portable.

— Bonjour, Simon, dit Dominic lorsque Ginzberg répondit. Vous serez au Vatican aujourd'hui ?

— Je suis prêt à partir, Michael. Vous avez besoin de quelque chose en particulier ?

— Oui. Avez-vous eu le temps d'examiner le journal de Guillaume de Sonnac ?

— En fait, oui, dit le vieil homme avec enthousiasme. Et je pense qu'il y a quelque chose que vous voudrez voir... une discussion sérieuse à propos du casse-tête – et c'est bien une carte, une carte menant à un objet extraordinaire. Mais je préférerais ne pas en discuter au téléphone. Pouvez-vous me retrouver dans la salle de lecture Pio dans une heure ?

— Bien sûr, c'est d'ailleurs la raison pour laquelle j'appelais. À tout à l'heure, alors.

Dominic raccrocha.

• • •

Simon Ginzberg était plongé dans ses pensées, assis à sa table habituelle dans la salle de lecture des Archives secrètes, concentré sur le journal ouvert de Guillaume de Sonnac. L'érudit polyglotte n'avait aucun mal à traduire le journal, entièrement écrit en occitan, au fil de sa lecture. Il avait inséré de petites bandes de papier non acide entre les pages pour marquer les endroits qu'il voulait montrer à Dominic et son bloc était rempli de notes jetées à la hâte concernant ses recherches.

Dominic salua l'homme plus âgé, puis prit un siège en face de lui.

— Qu'avez-vous trouvé, Simon ? demanda-t-il, les yeux écarquillés par l'impatience.

— Eh bien, commença Ginzberg. Je dois d'abord vous parler du contexte avant l'arrivée de Guillaume, et de la façon dont il est entré en scène. Vous connaissez bien sûr les comtes de Toulouse, la grande famille qui a régné sur la ville de Toulouse et ses vastes comtés au sud de la France, n'est-ce pas ?

Dominic hocha la tête.

— Le personnage central qui nous intéresse ici, poursuivit Ginzberg, est le comte Raymond VII, un ancien chef de la croisade des albigeois qui a fini par être excommunié pour n'avoir pas réussi à supprimer le mouvement cathare et avoir accordé aux Juifs les mêmes libertés qu'à ses autres administrés. En 1242, il se rebella sans succès contre le roi Louis VIII de France et fut donc contraint d'accepter l'autorité française sur Toulouse et toutes ses terres.

Tout en parlant, Ginzberg feuilletait le journal de Guillaume, se référant à diverses entrées manuscrites sur les pages marquées.

— Il se trouve, poursuivit-il, que Raymond était en possession d'un grand secret, réputé être le légendaire trésor perdu des cathares. Alors que leur nombre diminuait au fil des batailles perdues, certains chefs cathares proches de Raymond, reconnaissants pour son soutien bienveillant à leur mouvement, confièrent au comte un reliquaire sacré ayant appartenu à Marie Madeleine. Nous parlons ici, Michael, du reliquaire que Marie Madeleine mentionne dans le manuscrit de sa main que vous avez découvert il y a quelque temps – celui qui contient les ossements du Christ en personne ! Vous vous souvenez de son souhait qu'il soit enterré avec elle, mais apparemment, cela ne s'est jamais produit. Le reliquaire sacré avait depuis été transmis par des générations de fidèles de Madeleine, jusqu'à ce que Godefroy de Bouillon, premier souverain du royaume de Jérusalem, l'acquière en France. Après lui, il fut protégé par d'autres personnages historiques : Raymond-Roger Trancavel, vicomte de Carcassonne, puis le seigneur du royaume, le comte Raymond VI de Toulouse, qui le légua ensuite à son fils, Raymond VII. Comme le fils finit par craindre que le roi de France ne s'en empare – puisqu'il avait déjà acquis toutes les terres d'un bout à l'autre de Toulouse – Raymond finit par le restituer aux derniers chefs cathares de Montségur, dont les parfaits s'étaient discrètement échappés et l'avaient caché dans une grotte quelque part en Languedoc pendant le siège de Montségur.

Ginzberg était maintenant totalement pris par son histoire, le regard enflammé, en reformulant les faits historiques tels que Guillaume de Sonnac les avait notés de sa propre main dans l'ancien journal étalé sur la table.

— Les sièges perpétuels de Montségur n'étaient pas de bon augure pour la communauté survivante des cathares et, après dix mois de batailles, Raymond VII apprit où le reliquaire avait été secrètement enterré. Le comte tenait absolument à ce que l'histoire retienne l'endroit où le trésor sacré avait été caché – la grotte du Trou de la Caune, près de Périllos – et il avait fait appel aux services de Pietro Vesconte, le célèbre cartographe italien, pour tracer le chemin dans la grotte sous forme d'un casse-tête impossible à résoudre. Alors qu'il était sur le point de mourir, Raymond confia la carte à son ami Guillaume de Sonnac, le Grand Maître des Templiers, afin qu'il la garde en lieu sûr. Je ne peux que supposer la suite, déclara Ginzberg. L'Église a dû finir par récupérer l'histoire des Templiers dans ses efforts exhaustifs pour acquérir tous les documents relatifs aux affaires de l'Église. C'est ainsi qu'elle a été cachée ici, sans que personne ne le sache, dans les Archives secrètes, pendant des centaines d'années – jusqu'à ce que vous la découvriez.

Ginzberg sourit, satisfait d'avoir raconté l'histoire écrite par Guillaume concernant le reliquaire et la carte suffisamment bien pour que Dominic la comprenne. Et, comme toujours lorsque Ginzberg révélait l'étendue de son savoir dans une narration aussi claire, Dominic regardait son ami, émerveillé.

— C'est tout simplement époustouflant, Simon, s'exclama-t-il en secouant la tête.

Il sortit ensuite la carte en forme de casse-tête de son sac à dos pour la montrer à Ginzberg.

— Mon Dieu, Michael, c'est extraordinaire, dit-il, émerveillé par cette construction. Et tellement génial pour cette période de l'histoire. Donc, cette solution est l'œuvre de notre jeune Hana, n'est-ce pas ?

— Oui, elle y a consacré du temps, et a même été jusqu'à contacter un maître du casse-tête en Grèce qui l'a aidée à comprendre sa solution complexe. Mais Guillaume mentionne-t-il où se trouve l'entrée de la grotte ? Et l'endroit exact où est enterré le reliquaire ? La carte elle-même ne précise pas ces éléments cruciaux.

Le visage de Ginzberg s'illumina d'un large sourire.

— En fait, oui !

Le vieil homme tourna gaiement les pages du journal vers

une page qu'il avait marquée, se servant de son doigt pour localiser le passage.

Ginzberg traduisit les instructions :

— L'objet une fois terminé tourné de biais vers celui qui le tient, l'entrée de la grotte se trouvera au coin de la base avant. Le reliquaire est enterré dans le plus haut de deux passages en cul-de-sac sur le panneau supérieur, comme les doigts d'une main. Quatre pierres en forment le réceptacle.

Tenant la carte comme indiqué, Dominic traça le chemin avec son doigt pendant que Ginzberg lisait, jusqu'à ce qu'il atteigne le panneau supérieur.

— Je le vois, ici. Mais qu'en est-il de ces « quatre pierres qui forment le réceptacle »? demanda-t-il. Quel genre de réceptacle ce pourrait être ?

— Je doute que ce soit une boîte quelconque. Dans ce cas, à l'intérieur d'une grotte, j'imagine qu'il s'agit d'une crevasse protectrice, peut-être un trou recouvert ou une sorte de réceptacle en pierre, déclara Ginzberg, frémissant d'impatience. Je suppose que nous ne le saurons pas tant que quelqu'un n'aura pas exploré cette grotte.

Il regarda Dominic dans les yeux, dans l'expectative.

— Alors, dites-moi, Michael, vous avez l'intention de visiter cette grotte sacrée ?

— Maintenant, oui, répondit-il, avec un enthousiasme tempéré, toujours rongé par sa peur des espaces confinés. Et j'ai l'équipe parfaite pour m'aider : des amis de la Garde suisse qui sont des spéléologues chevronnés. Même Hana veut participer à la quête.

— Tout cela est très excitant, dit Ginzberg. Si j'en étais capable, je vous accompagnerais certainement, mais je crains d'avoir passé l'âge pour de telles aventures.

Dominic regarda le vieil homme avec bienveillance.

— Je vous ferai savoir quand nous partirons, Simon, et vous serez le premier à le voir si nous y trouvons quelque chose. Croisez les doigts.

Ginzberg devint pensif.

— Michael, êtes-vous préparé à ce que vous pourriez trouver là-bas ? Aux conséquences que ça pourrait avoir ? Si vous trouvez vraiment un reliquaire censé contenir les ossements du Christ, qu'est-ce que cela signifiera pour vous ? Et pour le monde ?

Dominic imita l'attitude solennelle de son ami.

— Je suis incapable de le dire, Simon. Je suppose que nous devrons attendre que je tienne réellement l'objet entre mes mains, s'il est toujours là-bas. En théorie, cependant, une telle découverte aurait sûrement des conséquences considérables – et c'est un euphémisme. Voyons comment se déroule notre expédition. Nous pourrons alors réfléchir aux conséquences philosophiques.

QUINZE

L a caserne de la Garde suisse pontificale était constituée d'un ensemble d'anciens bâtiments de trois et quatre étages reliés entre eux, construits au XVe siècle sur ordre du pape Sixte IV, qui avait anticipé la nécessité de recruter des mercenaires suisses fiables pour la protection de la Cité du Vatican et du pape lui-même. Les cent dix gardes qui y vivaient, dont beaucoup avec leurs épouses et leurs enfants qui pouvaient tous circuler à leur guise dans l'enceinte du Vatican, jouissaient du même confort et des mêmes conditions modestes qu'en Suisse avant d'être envoyés comme soldats dans les forces de sécurité pontificales.

La grande cuisine du premier étage de la caserne était gérée par un chef français qui, avec l'aide de cinq religieuses albertines de Pologne, fournissait trois repas par jour aux gardes et à leurs familles, un menu gastronomique comprenant des recettes italiennes, allemandes et suisses, afin d'aider les troupes à se sentir chez elles.

Le sergent Dieter Koehl, garde suisse depuis dix ans, était

assis seul à une petite table de la cantine et savourait un traditionnel *Älplermagronen* suisse – un copieux gratin de pommes de terre, de fromage, de macaroni, de crème et d'oignons, accompagné de l'incontournable compote de pommes – quand une des albertines s'approcha de sa table.

— Excusez-moi, sergent Koehl, dit-elle en allemand. Mais vous avez un appel téléphonique à la réception. Dois-je prendre le message pour vous ?

— Non, ma sœur, je vais prendre l'appel. *Danke schön*, répondit Koehl.

Il se leva de table et se dirigea vers la réception de la cantine.

Il décrocha et répondit :

— Ici le sergent Koehl.

— Bonjour, Dieter. C'est Ivan Gović. *Za dom-spremni.*

— *Za dom-spremni*, Ivan, chuchota discrètement Koehl, répondant par le traditionnel salut oustachi. Ça faisait longtemps. J'ai été désolé d'apprendre pour ton père.

— Oui, merci, c'est pour cette raison que je t'appelle, en réalité. Je me demande... tu connais les personnes impliquées dans l'incident de l'entrepôt de Tor Bella Monaca ? Celui concernant mon père ?

— Je me souviens de l'incident, oui, un sauvetage après l'enlèvement de la fille d'un des amis les plus proches du pape, un homme très important... un banquier suisse, je crois.

— Eh bien, on t'a donné des informations erronées, Dieter, dit brusquement Gović, dissimulant lui-même la vérité. C'était une opération approuvée par Interpol, une histoire de protection au cours de laquelle mon père a été tué, soi-disant par accident. Peu importe, je veux juste connaître davantage de détails... ma mère en a besoin pour les formulaires d'assurance-vie. Par hasard, tu connaîtrais les gardes qui étaient présents sur les lieux ?

— Oui, bien sûr. Ils étaient trois, et ils ont tous reçu des décorations pour leurs actes de bravoure.

Govic grinça des dents en entendant ces mots, mais il garda son sang-froid.

— Et... leurs noms ? demanda-t-il timidement.

— Voyons voir, commença Koehl. Le sergent Karl Dengler était là, ainsi que les caporaux Lukas Bischoff et Finn Bachman. Et l'un des *scrittori* des Archives secrètes était impliqué, le père Michael Dominic. Je suis sûr qu'ils pourront t'aider à en savoir plus. Ce sont tous des hommes formidables, même si la rumeur veut que Dengler et Bischoff soient des *warme Brüder*, ce que personnellement je n'approuve pas. Mais, en fin de compte, nous sommes tous frères dans la Garde, alors que chacun fasse ce qui lui plaît. Quant au père Dominic, je ne le connais pas très bien.

Govic prit note de tous les noms.

— Merci, Dieter, je t'en suis très reconnaissant. Y a-t-il autre chose que tu pourrais me dire à leur sujet ?

— Eh bien, pas plus tard qu'hier, je les ai entendus parler dans la caserne d'une expédition de spéléologie qu'ils prévoient en France. Ils auraient trouvé une carte qui les mènerait à un objet lié à sainte Marie Madeleine. Je ne l'ai pas cru moi-même, bien sûr, mais ils partent tous la semaine prochaine.

Govic était intrigué.

— Ont-ils mentionné où se trouvait cette grotte ? Et qu'est-ce qu'ils voulaient dire par « tous » ?

— Près de Périllos, non loin de Carcassonne, si je me souviens bien. Je ne me rappelle pas le nom de la grotte, même si je suppose que je pourrais le découvrir.

— Vraiment ? Je suis simplement curieux.

— Bien sûr, je ne vois pas pourquoi je ne pourrais pas. Quant à savoir qui y va, d'après ce que j'ai pu entendre, il s'agira de Lukas et Karl, du père Dominic et de Hana, la cousine de Karl.

Gović se réjouit en silence de ces nouvelles informations. Mais il avait besoin que Koehl reste proche de lui pendant qu'il réfléchissait à ce qu'il fallait faire.

— Au fait, Dieter, je serai à Rome la semaine prochaine. Le cardinal Dante m'a invité à un dîner dans son palazzo. Il y aura beaucoup de personnes importantes. Tu veux être mon invité ?

Koehl fut décontenancé par l'invitation, n'ayant jamais été en si bonne compagnie auparavant, ni dans la maison d'un cardinal aussi éminent.

— Bien sûr, Ivan, je serais honoré !

— Je t'enverrai les détails par SMS quand j'arriverai, alors. C'est quoi ton numéro de portable ?

Les deux hommes échangèrent leurs coordonnées et raccrochèrent.

Après avoir terminé son repas, le sergent Koehl retourna à son appartement dans la caserne pour passer du temps avec sa femme et sa fille avant de reprendre son service de patrouille à la porte Sainte-Anne.

La vie est belle, pensa-t-il en regardant sa petite fille jouer avec ses amies dans la cour de la caserne. Le Vatican était un poste infiniment plus intéressant que celui de spécialiste en explosifs et munitions de l'armée suisse en Afghanistan. S'il n'avait plus jamais à s'occuper de la neutralisation d'une bombe, cela lui conviendrait parfaitement.

Koehl pensa à la Novi Oustacha, à la manière dont il conciliait son affiliation à l'idéologie ultra-catholique du groupe et ses propres opinions très conservatrices, tout en restant fidèle à la devise de la Garde, «*Acriter et Fideliter*» – courageux et fidèle – pour la protection du Saint-Père et du Vatican. Il savait que l'appartenance à de tels groupes extérieurs était parfaitement interdite, mais sa famille comportait une longue lignée de partisans de l'Oustacha avant lui, et c'était donc plutôt une ancienne tradition masculine depuis la guerre. Après tout, il était important de protéger sa foi à tout prix. Quant aux sombres exploits de l'Oustacha pendant la guerre, eh bien, c'était une autre époque. Leurs objectifs étaient différents maintenant. Il parierait sa vie là-dessus.

CHAPITRE
SEIZE

Des vagues noires et rouges pouvaient être aperçues dans les aéroports et les gares alors que quelque deux cents cardinaux du monde entier arrivaient à Rome les jours précédant le consistoire secret convoqué par le pape.

Généralement organisé chaque année, le «consistoire secret» n'avait pas été baptisé ainsi en raison de sa nature clandestine, mais parce que son public se limitait au pape et à ses cardinaux, à l'exclusion des membres de l'Église de rang inférieur et des laïcs qui pouvaient être invités aux consistoires publics.

Les débats prévus lors de la prochaine réunion dans la basilique Saint-Pierre comprenaient un discours de Sa Sainteté sur l'état de l'Église en général et des paroisses qui la composaient dans le monde entier – qu'elles méritent des éloges ou des condamnations – ainsi que la nomination de plusieurs nouveaux cardinaux.

Les restaurants et les magasins qui entouraient le Vatican connaissaient une activité intense pendant les consistoires, car les cardinaux et futurs cardinaux étaient souvent accompagnés d'un cortège de personnes de leur diocèse d'origine. Les logements en location présentaient un intérêt particulier pour les cardinaux en visite, car ces réunions permettaient aux princes de l'Église d'apprendre de première main les derniers ragots – qui était promu ou déchu, chacun cherchant à obtenir davantage de pouvoir ou une position plus influente, et quel scandale, ancien ou nouveau, méritait qu'on prenne ses distances – de sorte que la recherche des meilleures locations pour des dîners intimes était une priorité pour tous.

LE PALAZZO CARAVAGGIO, dans le quartier de la Via Condotti, à Rome, comptait parmi les palais les plus resplendissants du quartier le plus en vogue de la Ville éternelle. Pour un homme de noble naissance et dont la richesse remontait à des générations tel que le cardinal Fabrizio Dante, le prix de deux mille euros par nuit n'était pas un problème et il ne prévoyait de toute façon de ne rester qu'environ une semaine. De plus, ce n'était pas comme si cela sortait de sa poche. Le Vatican payait généreusement le logement, les déplacements et les divertissements officiels des cardinaux, comme il sied à un prince de l'Église. Au sein de la Curie, la résidence d'un cardinal était le plus précieux des symboles de son statut, attestant de son importance dans l'organisation.

Après l'atterrissage de son jet privé à Rome, Dante et son cercle – composé de personnel de sécurité, de secrétaires et d'assistants, et de quelques autres personnes choisies par Son Éminence – furent accueillis par des limousines avec chauffeur au terminal select Signature de l'aéroport Leonardo da Vinci, où la douane se résumait à un simple tapis rouge pour les privilégiés : pas d'inspection des bagages et seulement un coup d'œil rapide aux passeports de ceux qui débarquaient. Un serveur portant un plateau de flûtes en cristal remplies de Prosecco accueillait chaque passager dans le somptueux salon tandis que des porteurs s'occupaient de transférer les bagages dans les voitures en attente.

Le cardinal Dante avait réservé le Palazzo Caravaggio expressément pour sa luxueuse salle à manger, dont la table en marbre rouge de Vérone était la pièce maîtresse de cette pièce intime, entourée de peintures à l'huile originales du XVIe siècle réalisées par le maître baroque Le Caravage. Il devait faire forte impression lors du dîner somptueux qu'il avait prévu, et chaque détail comptait.

Depuis des années, la table de Dante était admirée pour la variété stimulante de ses invités, et les premiers de la soirée commencèrent à arriver peu après huit heures. Le cardinal Baltazar Antić, archevêque de Zagreb, et Mgr Klaus Wolaschka, président de la Banque du Vatican, arrivèrent ensemble dans une limousine, suivis du cardinal Jorge Bell, archevêque de New York, dans une autre. Le père Bruno Vannucci, l'ancien assistant personnel de Dante lorsqu'il était secrétaire d'État – dont les services discrets en tant que taupe infiltrée au Vatican étaient encore précieux – arriva seul en taxi.

Les invités suivants étaient le jeune Argentino-Croate Ivan Gović et son collègue, le sergent Dieter Koehl de la Garde suisse du Vatican. Bien que n'étant pas des sommités de gros calibre, ces hommes seraient particulièrement utiles aux plans de Dante pendant son séjour à Rome, et il avait besoin de leur coopération. Rien ne les impressionnerait davantage que l'invité d'honneur du cardinal pour la soirée : le pape émérite, récemment mis à la retraite, qui arriva avec sa garde personnelle composée de deux gendarmes du Vatican.

À l'exception probable de Sa Sainteté, toutes les personnes rassemblées étaient des membres connus de la Novi Oustacha. Le Pape émérite était simplement invité pour apporter l'aura d'une star. Bien qu'il y ait eu des rumeurs – dont la moindre n'était pas qu'il pesait lourdement sur les affaires de l'Opus Dei – ses propres sympathies étaient un secret bien gardé, et même si Dante n'en était pas certain, il était prudent de ne pas discuter des affaires de l'Oustacha lors de la réunion de ce soir, comme il avait discrètement prévenu à l'avance ses invités.

Pendant que les cuisiniers s'affairaient à préparer les entrées – foie gras de canard aux pommes et aux châtaignes – les hommes se réunirent dans la grande salle du palazzo avec divers cocktails distribués pour délier les langues. Ils se prélassaient sur le canapé et les chaises en damassé rouges et échangeaient les potins du jour et les dernières rumeurs qui circulaient au Vatican. Les consistoires papaux réunissaient tous les cardinaux du monde entier, et la médisance était préférable en face à face.

Les serveurs avaient posé de petites assiettes en argent de foie gras sur la table et rempli les verres à apéritif en cristal de sauternes Château d'Yquem.

— Messieurs, Votre Sainteté, pouvons-nous prendre place ? demanda Dante, avec un geste vers la table.

Des cartons de table dorés indiquaient la place de chacun, le pape émérite étant à un bout, et Dante à l'autre.

Sa Sainteté proposa de dire les grâces, après quoi les cancans en vogue continuèrent de plus belle tandis que l'assemblée savourait ses entrées et bavardait encore en dégustant le premier plat, un risotto au potiron accompagné de ris de veau.

En parcourant des yeux la table, Dante se demanda comment chaque homme ici présent pourrait être utilisé au mieux pour atteindre ses objectifs – le principal d'entre eux étant le rétablissement de son pouvoir dans la hiérarchie du Vatican. Autrefois deuxième personnage le plus important de l'Église derrière le pape, Dante cherchait à retrouver son poste de secrétaire d'État par tous les moyens, ce qui signifiait l'éviction du cardinal Enrico Petrini. Les invités, qui manifestement s'amusaient, étaient tous des ultraconservateurs, tandis que le libéralisme de Petrini laissait présager non seulement un relâchement des valeurs chrétiennes, mais aussi un contrôle plus strict du cardinalat, qui, selon Petrini, jouissait de trop de luxe alors qu'il était au service de la mission du Christ consistant à s'occuper des pauvres. Le fait que cette mission soit également celle du pape ne dissuadait guère un homme aussi rusé et machiavélique que Dante.

Tandis que le plat principal, le gigot d'agneau au fromage de chèvre et aux feuilles de câpres, était servi, Dante orienta la conversation vers les finances de l'Église. Il regrettait de ne plus avoir de contrôle direct sur les réserves d'or de la Banque du Vatican, en particulier celles qui n'apparaissaient pas sur les registres – de vastes avoirs encore attribués à d'anciens responsables nazis et à des dirigeants de l'Oustacha originelle de l'État indépendant de Croatie. Alors que la Seconde Guerre mondiale touchait à sa fin, une avalanche d'actifs avait été offerte au Vatican afin qu'il les mette à l'abri au nom de ses partisans les plus éminents, dont d'anciens responsables nazis qui s'étaient échappés par des réseaux d'exfiltration organisés par des frères franciscains. Depuis, une grande partie de ces réserves reposait dans les coffres secrets de la banque, même si, l'été dernier, une partie de ces fonds avait apparemment été restituée aux héritiers des Juifs à qui l'on avait fait croire que leur or les sauverait de la chambre à gaz.

Les mécènes les plus riches et les plus influents de Dante à Buenos Aires comprenaient les familles de centaines d'anciens membres du Troisième Reich, des dirigeants nazis qui, des décennies plus tôt, avaient trouvé refuge dans des pays d'Amérique du Sud, notamment en Argentine et au Brésil. La restitution de ces biens pesait maintenant lourdement sur l'esprit de Dante, dans la mesure où certains électeurs de grande valeur de sa cathédrale métropolitaine l'avaient discrètement sollicité depuis qu'il était devenu archevêque de la plus grande ville d'Argentine. Ils savaient qu'ils avaient la sympathie de Dante, et qu'il était bien plus réceptif que son prédécesseur, qui était désormais pape.

— Mes amis, commença Dante. Comme la plupart d'entre vous le savent, la Banque du Vatican a, depuis des décennies, mis de côté des réserves spéciales d'or pour les amis de longue date de l'Église. Je ne suis certainement pas le seul parmi nous à penser que ces réserves doivent être restituées à leurs propriétaires légitimes.

Il se tourna vers l'évêque Wolaschka.

— Klaus, quelle part de ces réserves spéciales reste-t-il actuellement ?

Se tamponnant le coin de la bouche à l'aide de sa serviette, Wolaschka s'était préparé à cette question.

— J'estime, Éminence, que les réserves restantes – après le «retrait» de l'été dernier – représentent maintenant environ cent millions de dollars américains.

Quelques-uns s'étranglèrent autour de la table.

— Oui, poursuivit Dante avec franchise, anticipant la réaction. C'est un montant important.

Le Cardinal Beneventi de Sicile posa une question que tout le monde avait à l'esprit :

— Si je peux me permettre, Klaus, à quoi se réfère le «retrait de l'été dernier» ?

Wolaschka était sur le point de répondre lorsque Dante l'interrompit.

— Durant mon mandat de secrétaire d'État, j'ai autorisé le transfert d'une partie de cet or – qui, je vous le rappelle, ne fait pas partie des biens de l'Église – à Petrov Gović, le père du jeune Ivan (Dante le désigna de la main), qui à l'époque était un fonctionnaire d'Interpol. Malheureusement, l'opération de l'agent Gović a été empêchée, l'or a été volé après sa livraison et a depuis disparu. Le Vatican, naturellement, n'était plus impliqué, mais le signor Gović ici présent n'est qu'un parmi tant d'autres qui cherchent à obtenir réparation pour ce qui appartenait à sa famille et aux organisations bienfaisantes qu'elles représentent.

Pendant que Dante parlait, les serveurs débarrassèrent les assiettes et déposèrent une sélection de fromages italiens de premier choix et des bols d'argent réfrigérés de risotto crémeux au massepain pour chaque invité. Les verres furent remplis de cognac Delamain Vesper XO, et les lumières furent tamisées.

— Je vous en prie, mes amis, dégustez ce dessert extraordinaire. Il a été préparé par le pâtissier de La Pergola.

Les hommes continuèrent de discuter autour du dessert, après quoi le cardinal croate Antić alluma un cigare Montecristo avant de lever son verre de cognac pour porter un toast.

— Messieurs, à notre hôte, le cardinal Dante, qu'il soit béni pour ce somptueux repas.

Les autres levèrent leurs verres à l'unisson tandis que Dante se délectait de ces louanges.

— Fabrizio, dit Antić, son visage montrant maintenant de l'inquiétude. Avec tout le respect dû au cardinal Petrini, c'est vous qui devriez diriger à nouveau la Cité du Vatican. Comment pouvons-nous aider à rendre cela possible ? Le désirez-vous, d'ailleurs ?

Dante feignit l'humilité.

— Ah, Baltazar, merci. J'apprécie votre confiance. Je me plie au bon vouloir de Sa Sainteté le pape, bien sûr, mais, à vrai dire, mon ancien travail me manque. Buenos Aires est un bel archidiocèse, mais mon italien est bien meilleur que mon espagnol. (Tout le monde rit, tandis que la boîte en bois odorante de Montecristo faisait le tour de la table.) Et ma maison, *il mio cuore*, est ici à Rome. Si Sa Sainteté souhaite mon retour, je considérerais cela comme un honneur.

Le cardinal Antić se tourna vers le pape émérite et haussa simplement un sourcil dans un geste silencieux destiné à l'encourager à offrir son aide. Les autres personnes présentes à la table remarquèrent le subtil échange, mais ne dirent rien. Le père Vannucci, cependant, toujours aussi flagorneur, leva son propre verre et s'exclama :

— Ici, ici !

Les autres suivirent en jubilant, l'alcool servi au cours de la soirée ayant rempli son office.

— Comme toujours, messieurs, l'Église doit continuer à rester humble en ce qui concerne ces questions, dit Dante, en prenant une gorgée de cognac. Mais nous devons trouver le moyen d'inciter le cardinal Petrini à restituer cet argent. Je suis ouvert aux suggestions, vous pouvez y réfléchir. Pas ce soir, bien sûr ; nous pourrons en discuter pendant le consistoire. Pour l'instant, profitez de vos cigares et du cognac.

Ivan Govammé attira l'attention du cardinal :

— Votre Éminence ? demanda-t-il à voix basse. Cela vous dérangerait-il que le sergent Koehl et moi-même sortions sur le balcon quelques instants ?

Alors que les autres convives bavardaient, Dante fit simplement un signe de la main pour excuser les deux hommes et hocha la tête en signe de consentement.

Leurs verres de cognac à la main, Govammé conduisit Koehl à travers la grande salle et sur la large terrasse surplombant la ville, encadrée de bougainvilliers. Des odeurs de châtaignes grillées flottaient dans l'air du soir, provenant des vendeurs de la Piazza del Popolo toute proche.

— Dieter, je dois te demander de faire quelque chose pour moi, une grande faveur personnelle, commença Govammé.

— Dis-moi, Ivan, tout ce que tu veux.

Koehl leva son verre et avala une gorgée de cognac. Il s'était manifestement amusé parmi ces hommes extraordinaires – le genre de réunion à laquelle il n'était pas du tout habitué – et était d'une humeur des plus agréables.

— Durant ma visite à Rome avec le cardinal Dante, je loge chez mon cousin à la périphérie de la ville. Il a une petite ferme et, pendant mon séjour, il m'a demandé de l'aider à accomplir quelques tâches, dont l'une consiste à détruire un énorme rocher au milieu de ses terres cultivées. Aucun équipement lourd n'est à la hauteur de la tâche, et nous avons pensé que l'utilisation d'explosifs serait le meilleur moyen de l'enlever. Je sais que tu as une expérience dans le domaine des munitions et j'espérais que tu pourrais mettre au point quelque chose pour nous. Je n'ai jamais fabriqué de bombe moi-même, mais j'ai de l'expérience dans le placement d'explosifs – depuis mon service dans l'armée croate – donc j'aurais seulement besoin que tu te procures quelque chose qui fasse l'affaire. Tu peux faire ça pour nous ?

— De quel genre de dispositif avez-vous besoin ? demanda Koehl, un peu surpris par la demande.

— Je dirais qu'une petite charge de semtex devrait suffire. Quelque chose de malléable, mais de stable durant le transport. Je placerai la charge moi-même, j'ai donc uniquement besoin de l'explosif.

Gović avait un ton détaché, comme s'il demandait à Koehl de lui fournir quelque chose d'aussi ordinaire qu'un sac d'engrais.

— Ce n'est pas anodin, Ivan, dit-il. Il n'y a pas d'autre moyen d'enlever le rocher ?

— Comme je te l'ai dit, nous avons essayé d'autres moyens, mais rien n'a fonctionné jusqu'à présent. Mon cousin a vraiment besoin que sa terre soit dépourvue de tout obstacle pour le cultiver. Je te serais reconnaissant de ton aide, Dieter.

Koehl savait pertinemment que l'armurerie de la Garde suisse disposait d'un stock d'explosifs divers bien gardé au cas où la défense du Vatican en aurait besoin, mais mettre la main dessus ne serait pas facile. D'un autre côté, grâce à son expérience en temps de guerre et en tant que garde superviseur en charge de l'armurerie, ça ne serait pas impossible.

— Laisse-moi y réfléchir, Ivan, dit-il. Il y a peut-être un moyen, mais je ne peux rien promettre.

— Comme je retourne en Argentine la semaine prochaine, nous en aurons besoin rapidement, disons dans un jour ou deux ?

Le front plissé par l'inquiétude, Koehl acquiesça simplement, puis avala sa dernière goutte de cognac.

— Et si on rejoignait les autres ?

Gović sourit et donna une tape dans le dos de Koehl.

— Allons remplir votre verre, dit-il, alors qu'ils faisaient demi-tour pour retourner à l'intérieur.

La soirée s'étant achevée à minuit, Fabrizio Dante avait raccompagné ses invités à la porte et leur avait souhaité bonne nuit. Tous, sauf le Cardinal Bell, à qui Dante avait demandé de rester.

Comme il en avait l'habitude lorsqu'il était chez lui, l'archevêque de New York avait rempli son verre de cognac et pris place près du feu, fasciné par les flammes qui léchaient les fausses bûches, l'esprit concentré sur les informations incendiaires qu'il était sur le point de communiquer.

Dante prit un siège en face de Bell et alla droit au but.

— Alors, Jorge, qu'avez-vous appris sur le Cardinal Petrini et notre jeune père Dominic ?

Visiblement mal à l'aise à l'évocation du sujet, Bell gigota sur son siège.

— Fabrizio, les documents que j'ai découverts sont une bombe et pourraient causer beaucoup de tort à Petrini. Si c'est prouvé – et si cela devait se savoir – il perdrait sûrement son poste de secrétaire d'État, et serait sans aucun doute exclu du *papabile*, ces cardinaux en lice pour être le prochain pape.

— Allez droit au but, enfin ! s'écria Dante, les yeux luisants d'impatience.

Le personnel de service qui s'activait à nettoyer la cuisine devint soudain silencieux, soit par respect pour la conversation du cardinal ou pour mieux l'entendre.

Bell fouilla dans une mallette qu'il avait posée sur le sol à côté de sa chaise et en sortit un solide dossier en papier kraft épais contenant divers documents. Il parla presque à voix basse.

— Nous avons trouvé une copie certifiée conforme de l'acte de naissance de Michael Patrick Dominic dans les registres de l'église, indiquant Grace Anne Dominic comme mère. Mais, comme vous pouvez le voir, il n'y a pas de reconnaissance de paternité sur le formulaire lui-même.

Il tendit le document à Dante pour qu'il l'examine.

— Mes enquêteurs ont appris que Petrini était présent à la naissance et a pris soin de Grace et de son fils dans son presbytère du Queens jusqu'à ce que Michael parte pour l'université. Même après être devenu évêque, puis cardinal, Petrini a discrètement payé toutes les dépenses nécessaires, y compris l'éducation de Michael, tout au long de sa vie. Vous savez peut-être déjà que Petrini possède une fortune familiale, donc aucun fonds de l'église n'a jamais été utilisé. Cependant, mes associés ont trouvé quelque chose de particulièrement intéressant dans les archives de la paroisse de Petrini, quelque chose dont il n'a probablement jamais eu connaissance : un journal intime que Grace Dominic a tenu durant des années, découvert dans une boîte où étaient rangés de vieux documents de l'église. Elle utilisait le même type de cahier pour son journal que pour les registres de l'église, il a donc probablement été balancé là avec les autres après sa mort. Mon équipe a minutieusement tout passé en revue.

Dante reprit du poil de la bête à ces mots et les coins de sa bouche se relevèrent en une esquisse de sourire mauvais.

— Et qu'avait-elle à dire dans ce journal ?

Se trémoussant sur son siège, terriblement mal à l'aise, Bell se pencha en avant, et lui tendit un nouveau document.

— Eh bien... il contient un aveu plutôt convaincant évoquant une relation intime avec le père Petrini à l'époque où Michael a été conçu.

— Je le savais ! explosa Dante, en applaudissant bruyamment.

Il prit le document des mains de Bell et l'examina.

— C'est une excellente nouvelle, Jorge, bravo.

Il se leva et commença à faire lentement les cent pas.

— Maintenant, je n'ai besoin que d'une preuve concluante de paternité, dit-il, en regardant par la fenêtre la nuit noire. Et j'ai justement l'homme qu'il me faut pour mener à bien cette tâche.

DIX-SEPT

Hana, qui se dirigeait vers l'entrée du bâtiment couleur terre cuite, estima que l'immeuble banal de sept étages au 127 Via Giovanni Lanza convenait bien au siège de l'agence de renseignement et de sécurité italienne.

Invitée à déjeuner par le directeur général de l'AISI, Massimo Colombo, Hana se doutait qu'il ne s'agissait pas d'une simple visite de courtoisie. La voix de Colombo avait un caractère d'urgence, inhabituel pour quelqu'un qu'elle considérait comme sûr de lui et réservé.

Pendant que la réceptionniste appelait le bureau du directeur, Hana s'assit dans la salle d'attente, consulta ses e-mails sur son iPhone, puis ouvrit son application de casse-tête. Au bout de quinze minutes, elle regarda sa montre. Elle n'aimait pas qu'on la fasse attendre.

Quelques instants plus tard, une jeune femme menue vêtue d'un tailleur noir en jersey Armani s'approcha d'elle.

— Mademoiselle Sinclair ?

Hana leva les yeux et hocha la tête.

— Le directeur va vous recevoir.

Ils doivent bien payer ici, pensa Hana en se levant et en suivant son guide. *Ce tailleur coûte au moins mille euros.*

L'ascenseur monta au deuxième étage, et s'ouvrit directement sur les bureaux du directeur général. La jeune femme conduisit Hana devant une porte élégante en bois de rose, frappa deux fois, puis ouvrit le double battant en faisant signe à Hana d'entrer.

Massimo Colombo était assis derrière son bureau et signait des papiers quand Hana s'approcha de lui.

— Mademoiselle Sinclair – pardon, Hana – je suis ravi de vous revoir, dit-il en lui tendant la main. Je vous en prie, asseyez-vous.

— Bonjour, Max.

Hana lui serra fermement la main, puis s'assit devant le bureau en verre trempé bleu et en acier inoxydable. En regardant autour d'elle, elle remarqua qu'une table de déjeuner nappée de blanc avait été dressée à côté de l'une des deux fenêtres en arc de cercle donnant sur la ville, une paire de cloches en argent recouvrant la nourriture, avec une bouteille d'eau gazeuse San Pellegrino placée à côté d'un petit vase de roses blanches. La pièce elle-même sentait vaguement la lavande. Elle trouvait l'atmosphère assez agréable et relaxante.

— Comment se fait-il que votre bureau sente si bon, Max ? Ce bâtiment ne semble pas si neuf que ça.

Colombo rayonnait fièrement.

— Nous diffusons un léger parfum par le système de climatisation du bâtiment. Notre travail ici est assez éprouvant et l'environnement est tendu et stressant. J'ai donc fait appel à une consultante en parfumerie pour définir les parfums d'ambiance les plus appropriés au type de travail que nous effectuons ici. Elle a recommandé un doux mélange de bois de santal et de lavande, et cela a fait des merveilles pour baisser le niveau de stress du personnel, sans parler de son effet sur le nombre de jours de congé maladie. De nombreuses entreprises le font maintenant.

Hana sourit avec assurance.

— C'est vraiment très apaisant, sans être envahissant. Mes compliments à votre sens de l'ambiance.

— Merci, Hana. Voulez-vous déjeuner pendant que nous discutons ?

Ils se levèrent et se dirigèrent vers la fenêtre. Toujours aussi gentleman italien, Colombo tira la chaise d'Hana afin qu'elle s'asseye à la table, après quoi il prit place à son tour et versa de l'eau gazeuse dans deux verres. Lorsqu'il souleva les cloches d'argent, ils découvrirent deux salades Cobb à la langoustine légèrement assaisonnées accompagnées de pointes d'asperges.

— Nous avons notre propre chef qui concocte des plats magiques à base de fruits de mer frais. Bon appétit.

— Ça sent merveilleusement bon, Max, merci d'avoir organisé un si bon repas.

— Tout le plaisir est pour moi, Hana. Malheureusement, j'ai une moins bonne nouvelle à vous annoncer pendant que nous mangeons.

Colombo prit un dossier qu'il avait posé sur la table et l'ouvrit.

— Une alerte Interpol nous est parvenue hier, nous informant qu'Ivan Gović est arrivé à Rome depuis Buenos Aires avec le cardinal Fabrizio Dante, excusez du peu ; apparemment, il l'accompagne pour le consistoire du pape cette semaine.

Le visage d'Hana se ferma à la mention du nom de Dante. Elle leva la main pour relever ses cheveux, puis posa ses doigts sur son front, inclinant légèrement la tête vers le bas. Elle repensa à l'insupportable rencontre de l'été dernier avec cet homme qu'elle n'avait aucune envie de croiser à nouveau.

Mais entendre le nom de Gović accolé à celui de Dante ajoutait encore au malaise, d'autant plus que Colombo l'avait mise en garde concernant sa sécurité.

Elle croisa le regard de Colombo, en attente d'une explication.

— Avez-vous une idée de la raison pour laquelle ces deux-là pourraient travailler ensemble ? C'est un couple étrange, c'est le moins que l'on puisse dire. Je sais que Dante a collaboré avec le père d'Ivan dans un projet infâme de l'Oustacha impliquant de l'or nazi provenant des coffres de la Banque du Vatican, mais...

S'interrompant, elle regarda par la fenêtre, essayant de comprendre cette nouvelle information.

— Et ce n'est pas tout, ajouta gravement Colombo. Le jeune Gović semble rallier ses partisans à Rome et dans le sud de la France pour une sorte d'opération dont les détails ne nous sont pas encore clairs. Mais nous savons aussi qu'ils ont un allié au sein de la Garde suisse du Vatican, et étant donné ce que ça implique en matière de sécurité pour le pape, cela nous préoccupe beaucoup. J'ai des gens qui surveillent de près le Vatican désormais, ainsi qu'une équipe d'observation à Lyon, où le père de Gović, Petrov, dirigeait une importante cellule de la Novi Oustacha. Ils ont un grand nombre de partisans dans ces deux régions.

— Bien que ces informations ne m'inquiètent pas personnellement, déclara Hana, je suis préoccupée par le fait qu'un leader connu de l'Oustacha puisse collaborer avec une personnalité éminente de l'Église, une personnalité dont l'éthique a déjà été compromise à cause de ses relations avec cette organisation. Pour être honnête, je suis surpris qu'il soit encore si haut placé.

— Les politiques du Vatican rivalisent souvent avec celles

des institutions corrompues de Rome, ma chère, déclara Colombo. Même avec les scandales d'abus sexuels des deux dernières décennies, les autorités du Vatican déplacent souvent les prêtres et les évêques comme des pièces d'échecs... Si un pion se retrouve en danger, il est simplement déplacé vers un autre endroit, hors de danger. Mais il demeure sur l'échiquier, il est toujours dans la partie.

Hana avait beau en avoir perdu l'appétit, elle prit une demi-bouchée de langoustine et reposa sa fourchette. Elle se tamponna la bouche avec sa serviette avant de l'étaler sur ses genoux. Une autre pensée lui vint.

— Je me demande comment un membre de la Garde suisse a pu se retrouver impliqué avec des extrémistes fanatiques comme l'Oustacha. Ne sont-ils pas soigneusement sélectionnés pour leurs fonctions de protection du pape et du Vatican ?

— Eh bien, oui, leurs antécédents sont soigneusement étudiés et ils suivent un entraînement rigoureux. Mais toute organisation, malgré tous ses efforts, découvre souvent, comme on dit, une pomme pourrie, de temps en temps. En fait, la Garde suisse a été légèrement entachée ces dernières années. En 1978, ils ont été impliqués dans une mystérieuse cabale devant mener à la mort du pape Jean-Paul Ier, dans une affaire connue sous le nom d'Opération Pigeon. Cette affaire impliquait également la banque du Vatican, qui traîne ses propres histoires louches. Puis, en 1998, il y a eu le meurtre-suicide prétendument perpétré par un garde suisse nommé Cédric Tornay contre le commandant de la garde Alois Estermann et sa femme. Des histoires étranges circulent autour de ce cas, mais beaucoup pensent encore que Tornay a été piégé pour les meurtres, et qu'il a lui-même été tué par les auteurs réels. Donc, comme vous pouvez le voir, il n'est pas inconcevable qu'un garde suisse ait pu être compromis par des forces extérieures. Ce que nous devons vraiment savoir –

et j'ai l'intention de le découvrir – c'est ce qu'ils fomentent en ce moment, et nous assurer qu'il n'y a pas de conspiration visant le Saint-Père en personne. Ce serait non seulement extrêmement gênant pour la Garde suisse, mais aussi un point noir concernant la compétence de cette agence. Heureusement, nous avons une taupe au sein de l'organisation de Gović, un de ses proches. Nous devrions bientôt recevoir plus d'informations.

— Ça fait beaucoup à assimiler, Max, dit Hana en picorant sa salade. Je suppose que vous avez une bonne raison de m'en informer ?

— Bien qu'il soit toujours agréable de profiter d'un repas avec une nouvelle amie, Hana, j'agis rarement sans objectif. Donc, oui, en dehors de mon avertissement réitéré de surveiller vos arrières, j'espère que dans vos recherches sur la Novi Oustacha pour votre mission actuelle, vous envisagerez de partager tout ce que vous pourrez découvrir d'intéressant. Même le plus petit des détails pourrait nous aider d'une manière que vous ne comprenez pas encore. Tant que vous êtes en Italie, nous sommes aussi désireux de garantir votre sécurité.

— J'apprécie, Max, merci.

Hana fouilla dans son sac à main et en sortit une petite bombe de spray au poivre et la montra à Colombo.

— Comme vous le voyez, je suis parée.

Colombo gloussa.

— Eh bien, c'est mieux que rien, j'imagine.

— J'ai aussi un peu d'entraînement en arts martiaux, grâce aux soldats avec lesquels j'étais embarquée en Afghanistan, ajouta Hana. Mais oui, si je devais tomber sur quelque chose d'inhabituel, vous seriez le premier à le savoir.

• • •

EN FACE DU BÂTIMENT de l'AISI, au 129 Via Giovanni Lanza, se trouvait une villa résidentielle palladienne de trois étages à côté de laquelle se dressait une grue. Les ouvriers étaient en train de rénover le dernier étage, et tous les résidents avaient été temporairement relogés pendant les travaux. À l'heure du *pranzo*, tous les ouvriers étaient partis pour leur pause déjeuner de deux heures.

L'appartement du haut, dans le coin le plus à droite, bien qu'également vacant, n'était pas inclus dans les travaux de rénovation, mais deux hommes, ayant soudoyé le contre-maître pour avoir une heure de tranquillité dans la pièce, s'étaient installés devant une fenêtre ouverte derrière des persiennes en bois partiellement fermées.

Un appareil photo Nikon D6 était fixé sur un trépied face à la fenêtre, équipé d'un puissant objectif Nikkor 500 mm, dirigé de l'autre côté de la rue vers le bureau du directeur général Massimo Colombo, au deuxième étage.

— Sinclair n'a pas l'air d'apprécier sa salade, dit l'homme assis devant l'appareil photo à son compagnon. Mais Colombo a un dossier à côté de lui avec une photo d'Ivan dessus.

Il prit plusieurs autres clichés de la scène pendant que son acolyte manipulait un microphone parabolique très sensible, lui aussi dirigé vers la fenêtre d'en face.

— Comme prévu, l'AISI doit avoir un brouilleur audio en place, dit le deuxième homme. Je suis incapable de capter quoi que ce soit d'utile.

— On dirait bien qu'ils ont terminé, de toute façon. Analysons tout ça et retournons voir Govic.

APRÈS SA RENCONTRE avec le directeur général, Hana avait un besoin désespéré de voir Michael Dominic. Pour partager avec lui ce que Colombo lui avait appris. Pour apaiser son esprit et se sentir plus en sécurité. Étant si sûre d'elle, se sentir mal à l'aise n'était pas quelque chose auquel Hana Sinclair était habituée.

Sortant son téléphone de son sac à main, elle lui envoya un message : **Es-tu disponible vers cinq heures ? C'est assez urgent.**

Quelques instants plus tard, la réponse de Dominic apparut : **Bien sûr, retrouvons-nous au Terrace Lounge de l'hôtel Paolo VI, en face de la place Saint-Pierre. Rendez-vous à 17 heures.**

HANA ARRIVA en avance au Terrace Paolo VI. Le *ponentino*, un vent frais soufflant de la mer Tyrrhénienne, balayait Rome comme presque toutes les fins d'après-midi. Dans la chaleur étouffante de l'été, cela pouvait être une bénédiction, mais à l'automne, il était glacial et la température chutait en fin de la journée.

Le personnel avait fermé les hautes parois vitrées coulissantes de la terrasse extérieure pour la soirée et, bien que les clients aient toujours une vue splendide sur la basilique et le palais apostolique en bas de la rue, la pièce était maintenant chaude et accueillante.

En buvant une gorgée de son pinot grigio, Hana regarda vers le Vatican et vit Michael Dominic traverser la place Saint-Pierre en direction de l'hôtel. Il avait enlevé sa soutane et portait un jean bleu clair et un T-shirt noir, avec un blouson en cuir par-dessus. C'est un très bel homme, se dit-elle, en observant sa démarche assurée tandis que ses longs cheveux noirs flottaient au vent. Si seulement....

En sortant de l'ascenseur, Dominic entra dans le salon et regarda autour de lui. Plusieurs têtes se tournèrent pour voir le nouvel arrivant qui suscitait les regards admiratifs des hommes autant que des femmes. Apercevant Hana près de la fenêtre, il se dirigea vers sa table.

Elle se leva pour l'étreindre, tout sourire.

— Oh, Michael. Je suis si heureuse que tu aies pu venir.

— Ton message indiquait clairement que ne pas venir n'était pas une option !

Il eut un rire léger et fit signe à la serveuse d'approcher.

— Je vais prendre une birra Moretti, s'il vous plaît.

La serveuse posa un dessous de verre en papier devant Dominic, s'assurant qu'il pouvait voir sa poitrine digne de louanges. Lorsqu'elle s'éloigna, Hana faillit s'étouffer de rire devant ce calcul évident.

Dominic rougit, puis sourit en penchant la tête.

— Si seulement elle savait à quel point ses avances sont peu judicieuses !

— Allez, insista Hana. Tu connais l'effet que tu fais sur tout le monde. La pièce entière s'est arrêtée de parler quand tu es entré.

— Alors, dit-il en changeant de sujet. Qu'y a-t-il de si urgent ?

— Tu as d'abord besoin de cette bière.

— C'est si grave que ça ?

— Eh bien... J'ai déjeuné aujourd'hui avec Massimo Colombo, le directeur général des services secrets italiens. Je l'ai rencontré en début de semaine à la conférence des journalistes d'investigation pour laquelle je suis ici, et il m'a fait part d'informations qu'il avait obtenues d'Interpol. Apparemment, le cardinal Dante vient à nouveau d'entrer en scène. Il est ici à Rome pour le consistoire secret du pape cette semaine et il a amené avec lui un nouvel ami : un jeune homme nommé Ivan Gović.

La serveuse bien pourvue revint et posa la bière de Dominic, mais il ne leva même pas les yeux. Il avala une longue gorgée du verre mousseux en réfléchissant à cette nouvelle information.

— Je ne t'en avais pas encore parlé, car cela ne semblait pas pertinent jusqu'à maintenant, poursuivit Hana. Mais Ivan est le fils de Petrov Gović, le cerveau de mon enlèvement l'année dernière. Lui et Dante ont pris l'avion ensemble depuis Buenos Aires, et Max – c'est Colombo – m'a dit que Gović pourrait vouloir me faire du mal, en guise de vengeance pour la mort de son père. Et comme tu étais aussi impliqué dans l'incident de Tor Bella Monaca, tu pourrais aussi être dans sa ligne de mire. Max n'avait pas grand-chose d'autre à dire à ce sujet, mais quand le directeur de l'AISI te dit de surveiller tes arrières, tu l'écoutes.

— Eh bien, si ce Gović a bien fait ses devoirs, il saura aussi pour Karl et Lukas, et Finn. Je devrais peut-être leur en parler.

— Oh, Max a également dit qu'ils ont des raisons de croire que, quoi qu'ils manigancent – et il semble penser qu'ils planifient une sorte d'opération – Gović a déjà infiltré la Garde suisse... ce qui rendrait doublement important qu'au moins Karl le sache. Nous devrions le voir ensemble, je pense. Et vite.

Dominic regarda par la fenêtre en direction du Vatican, les sourcils froncés et le visage assombri par l'inquiétude. Hana l'étudia en buvant une gorgée de vin, dont le goût lui parut soudainement amer. Le salon s'était rempli de jeunes clients qui buvaient et riaient, ce qui contrastait fortement avec le poids oppressant qui s'était abattu sur elle et Dominic.

— Karl et moi allons courir dans la matinée, dit-il. Ensuite nous prendrons un café et je lui parlerai à ce moment-là. Il doit être au courant de ce qui se passe. Je ne fais confiance ni à Dante ni à ce nouveau Gović. Je pense qu'il nous faut supposer que la malveillance court dans la famille.

Hana prit une profonde inspiration et soupira.

— Je suis d'accord, Karl doit savoir. Il devrait aussi garder un œil sur ses collègues gardes pour voir si quelqu'un agit de façon suspecte. Après ce que nous avons vécu l'année dernière, je suis vraiment inquiète, Michael.

— Je doute qu'il y ait des raisons de s'inquiéter, Hana. Laissons les choses se faire et gérons-les lorsqu'elles se présenteront.

CHAPITRE

DIX-HUIT

Un quartier de lune planait sur la ville sombre lorsqu'un taxi tourna sur l'historique Via del Corso, remontant lentement l'avenue à deux voies. Alors que le véhicule passait devant l'église de Santa Maria dei Miracoli, le tintement de ses cloches du XVIIe siècle annonça neuf heures. Les habitants du quartier se promenaient sur les trottoirs étroits qui bordaient le Corso pour profiter de leur *passeggiata*, la promenade rituelle nocturne des Italiens pour voir et être vus en beaux habits – *fare la bella figura* – après le repas du soir.

Le taxi s'arrêta devant le Palazzo Caravaggio. Des faisceaux de lumière dorée, stratégiquement placés dans le jardin luxuriant, illuminaient l'architecture baroque dorée de la villa, la rendant encore plus imposante. La portière arrière du taxi s'ouvrit et Ivan Gović en sortit. En montant les marches de la grande entrée du palais, il resserra sa veste sous la brise froide automnale. Il sonna.

Au bout de quelques instants, la porte s'entrouvrit et une jeune nonne apparut. Gović la reconnut comme étant l'une des sœurs de la résidence du cardinal à Buenos Aires.

111

— *Sí ?* demanda-t-elle timidement.

— *Buenas noches, hermana,* dit Govié, poursuivant en espagnol. J'ai rendez-vous avec le cardinal Dante. Mon nom est Govié.

— Oui, entrez, *señor,* dit la religieuse en ouvrant plus largement la porte. Son Éminence vous recevra dans le bureau. Veuillez me suivre.

La religieuse le conduisit à travers l'élégante entrée en marbre jusqu'à une pièce richement aménagée, bordée d'étagères bien garnies et de plusieurs belles peintures à l'huile. Un feu crépitait dans une spacieuse cheminée baronniale près de hautes fenêtres donnant sur Rome et, dans l'un des deux fauteuils à oreilles en cuir bordeaux faisant face à l'âtre, était assis le cardinal Dante, un verre de cognac ambré à la main.

— Ah, Ivan, merci d'être venu, dit Dante sans se lever.

Lorsque Govié s'approcha de lui, Dante tendit la main pour que son cadet embrasse son anneau.

— Voulez-vous un cognac ? Servez-vous, là, sur la crédence.

— Oui, très volontiers, merci. Il fait assez froid ce soir.

Govié retira sa veste et la suspendit à un porte-manteau dans le coin, puis se versa une quadruple dose de cognac dans un verre et prit la chaise à côté de Dante.

Détestant les bavardages, Dante alluma une cigarette Chiaravalle et entra dans le vif du sujet.

— Ivan, dit-il en soufflant un panache de fumée bleue. J'ai une tâche spéciale à vous confier, du genre de celles que votre courageux père a effectuées pour moi au fil des ans. Une tâche qui nécessitera une finesse particulière et le secret absolu.

— Tout ce que vous voulez, Éminence. Je suis à votre service.

— Oui, je vous en suis reconnaissant. J'ai un besoin... inhabituel concernant un prêtre. Vous souvenez-vous des noms que je vous ai donnés, ceux des personnes présentes lors de l'incident impliquant votre père ? Le père Michael Dominic, en particulier ?

Le visage de Govié se durcit à la mention du nom de Dominic.

— Aucune chance que j'oublie ce nom, Éminence. En fait, j'ai un plan pour...

— Je préférerais..., l'interrompit brusquement Dante en levant la main, ne pas être informé de vos projets, Ivan. Mais maintenant que vous savez de qui je parle, j'ai besoin que vous trouviez un moyen d'entrer dans son appartement de la Domus Santa Marta pour obtenir un échantillon de ses cheveux. Je suis certain que vous trouverez des mèches sur une brosse ou peut-être dans la douche. Débrouillez-vous pour les détails. Mais on m'a dit – et c'est le plus important – que nous devons avoir des échantillons de cheveux avec la racine, et pas seulement la tige.

Sachant qu'il était probablement préférable de ne pas s'enquérir des raisons d'une demande aussi étrange, Govié se contenta d'acquiescer.

— Oui, je suis sûr de pouvoir vous trouver ça.

— Pouvez-vous me le faire parvenir dans les quarante-huit heures ?

Govié réfléchit un moment.

— Je ferai de mon mieux, Éminence.

— Bien. Nos affaires pour la soirée sont terminées, alors. Où séjournez-vous à Rome ?

Govié avala le reste de son cognac.

— J'ai pris une chambre dans un petit hôtel de Trastevere. Rien de grandiose, mais cela répond à mes besoins pendant que je suis ici. Quand retournons-nous à Buenos Aires ?

— Le consistoire devrait se terminer ce week-end, donc nous rentrerons probablement lundi – raison pour laquelle j'ai besoin de cet échantillon rapidement.

— Et vous l'aurez, Éminence. Je vais y aller. Bonne nuit.

Alors qu'il descendait les marches du palazzo, Gović attrapa son téléphone. Ouvrant l'application de messagerie, il envoya un message à Dieter Koehl : **Retrouve-moi au Pergamino Caffè demain à 7 h 30.**

Après une brève pause, un émoji pouce levé apparut sur l'écran de Gović.

CHAPITRE

DIX-NEUF

près avoir fait la course sur les cent trente-huit marches de l'escalier de la place d'Espagne, Michael Dominic et Karl Dengler étaient tous deux à bout de souffle en arrivant sur la Piazza Trinita dei Monti, haletant dans l'air frais matinal. C'était leur itinéraire favori, car la montée de ces marches vieilles de trois cents ans leur procurait un entraînement aérobique sans pareil. Depuis la piazza, un quart d'heure de jogging leur suffit pour traverser le Ponte Cavour et rejoindre le Pergamino Caffè, à côté du Vatican, où ils pourraient discuter tranquillement.

— JE PENSE que nous devrions partir pour la France ce week-end, Michael, dit Dengler en sirotant un expresso fumant et des biscotti sur la table en terrasse où ils s'étaient installés au Pergamino.

Il était un peu plus de sept heures et le soleil était levé depuis une demi-heure, donnant à la ville cet éclat ocre qui en faisait la réputation.

— Le consistoire sera terminé d'ici là, poursuivit-il. Hana

sera encore là, et quelques membres de la Garde pourront prendre un repos bien mérité après avoir pourvu aux besoins des cardinaux cette semaine. Ils nous traitent comme des domestiques, tu sais, surtout ceux qui ne viennent pas souvent à Rome. C'est indigne de nos devoirs officiels envers le Saint-Père. Nous ne sommes pas leurs sujets ! râla encore un peu Dengler avant de mordre dans un autre morceau de biscotti.

— Je pense que la plupart des cardinaux comprennent et respectent le rôle des gardes suisses ici, Karl. J'en connais aussi quelques-uns qui profitent de leur rang pour obtenir ce qu'ils veulent et il est peu probable qu'ils changent, quoi qu'il arrive. Peut-être que vous devriez en parler à votre commandant ?

— Inutile de mettre le feu aux poudres, Michael. Le commandant est sous les ordres directs du pape, et il y a peu de chance qu'il se plaigne auprès du Saint-Père.

Dominic ramena la conversation sur un sujet dont il savait que Dengler l'apprécierait.

— Pour ce qui est de la visite de la grotte du Trou de la Caune, je pense que ce week-end est une bonne idée. Peut-être même vendredi.

Le visage de Dengler s'illumina en entendant ça, puisque c'était son objectif depuis déjà un certain temps.

— Tu devras me rappeler deux ou trois choses sur l'équipement, poursuivit Dominic, bien sûr, et ce sera la première fois qu'Hana fera de la spéléologie, alors prépare-toi à gérer deux novices.

— Comme je te l'ai dit, le Trou de la Caune est une grotte facile avec des passages principalement horizontaux, pas tellement de verticaux. On va bien s'amuser !

— Quant à trouver ce reliquaire de Madeleine, Karl, je ne me ferais pas d'illusions. Selon Guillaume de Sonnac, il a été placé là il y a près de huit cents ans, et quelqu'un l'a sûrement déjà découvert, s'il en reste quelque chose.

Bien qu'il ne veuille pas l'admettre, Dominic lui-même avait de grands espoirs de trouver l'objet sacré, surtout s'il s'agissait effectivement d'un ossuaire contenant les restes du Christ – auquel cas, il s'occuperait des graves questions de divinité plus tard.

— Mais il y a autre chose dont je dois te parler, commença Dominic.

Le soleil était plus haut dans le ciel et réchauffait le trottoir sur lequel ils étaient assis. Tout en l'écoutant, Dengler leva la tête pour profiter des rayons du soleil, baignant dans sa chaleur, quand il remarqua un collègue garde suisse qui traversait la rue en direction du Pergamino. C'était Dieter Koehl, le garde en charge de l'armurerie, et il n'était pas seul. Dominic remarqua l'objet de l'attention de Dengler et observa également les hommes qui approchaient.

— Dieter ! appela Dengler. C'est sympa de te voir debout si tôt. Le père Dominic et moi venons de terminer un long jogging à travers la ville. Tu veux te joindre à nous ?

Alors que les deux hommes s'approchaient de la table, Koehl présenta son compagnon à Karl Dengler.

En entendant les noms de Dengler et de Dominic, l'ami de Koehl se raidit brusquement. Mais il était trop tard pour faire demi-tour, car Dengler avait déjà commencé à faire les présentations.

— Dieter, j'aimerais te présenter le père Michael Dominic.

Souriant, Koehl serra la main du prêtre, puis fit ses propres présentations.

— Père Dominic, Karl, voici un vieil ami de Buenos Aires en visite à Rome pour la semaine : Ivan Gović.

À la mention du nom de Gović, Dominic se redressa et se figea. Ce n'était pas possible ! Lui et le Croate se regardèrent pendant un long instant gênant, tous deux étant clairement conscients de la tension dont était chargé l'espace entre eux.

— Je crains que nous ne puissions pas nous joindre à vous pour le moment, dit rapidement Gović. Nous devons discuter d'affaires urgentes et ne voudrions pas vous imposer cela.

Dengler, remarquant la réaction singulière de Dominic, n'insista pas.

— Eh bien, une autre fois, alors. Ravi de vous avoir rencontré, Ivan.

— De même, Karl... mon père, dit Gović de façon laconique, sans quitter Dominic des yeux.

Koehl et Gović entrèrent dans le café et s'installèrent à l'intérieur.

— Tu vas bien, Michael ? demanda Dengler. Ce type m'a semblé familier, mais je n'arrive pas à le situer.

— Moi, si, dit Dominic d'un ton sombre. J'ai tué son père l'année dernière.

Dengler regarda son ami et cligna des yeux, choqué en entendant les mots qu'il venait de prononcer.

— *Mein Gott !* Dans cet entrepôt où nous avons sauvé Hana ? Comment sais-tu que c'est ce type ?

— C'est une longue histoire, mais c'est de ça que je voulais te parler. Hana m'a mis au courant hier soir. Et elle a été informée par le directeur de l'agence de renseignement italienne qu'Ivan Gović pourrait chercher à se venger de la mort de son père. D'après son regard, je suis presque sûr qu'il sait déjà qui nous sommes.

— Mais pourquoi serait-il avec Dieter ? Cela n'a aucun sens !

Dengler était troublé par cette succession rapide d'événements.

— Écoute, Karl, avertit Dominic. Nous devons surveiller nos arrières avec ce type. Nous ne savons pas ce qu'il a en réserve. Je sais qu'il est venu ici avec la suite du cardinal Dante, donc ils sont liés d'une façon ou d'une autre. Et comme nous le savons, Dante ne fait généralement rien de bon. Le directeur de l'AISI a également dit à Hana que Gović et ses acolytes pourraient essayer d'infiltrer la Garde suisse pour une opération quelconque, ce qui pourrait expliquer ce que ton ami Dieter fait là. Mais il a dit que Gović était « un vieil ami »... En tout cas, s'ils avaient effectivement besoin d'un allié dans la Garde suisse, il semble qu'ils en aient un, maintenant.

— Dois-je prévenir mon commandant ? Penses-tu que le Saint-Père pourrait être en danger ?

— Je ne sais pas, Karl. Nous devrions probablement informer Hana de cette histoire afin qu'elle puisse la communiquer à l'AISI. Ça pourrait leur être utile.

Dominic regarda sa montre.

— Retournons au Vatican. Je dois être au travail bientôt.

DIETER KOEHL ÉTAIT lui aussi curieux de cette brève rencontre, manifestement tendue, avec Dengler et Dominic.

— C'est moi ou il y avait une certaine tension dans l'air quand je vous ai présenté à ces gars ? demanda-t-il à Gović.

— Non, ce n'était pas toi, mon pote, répondit Gović d'un ton neutre, en trempant ses lèvres dans le café chaud qu'ils avaient commandé.

Il posa la tasse et regarda Koehl droit dans les yeux.

— C'est le père Dominic qui a assassiné mon père.

Stupéfait d'entendre cela, Koehl regarda simplement Gović avec incrédulité.

— Comment peux-tu savoir que c'est la vérité ? !

— Je le sais de source sûre. C'est tout ce que je peux dire pour le moment.

Koehl parcourut des yeux la petite salle pour voir si quelqu'un à proximité aurait pu entendre leur conversation. Il se retourna vers Gović.

— Pourquoi tu es à Rome, en fait, Ivan ? chuchota-t-il.

— J'y venais, et tu dois me croire quand je te dis que ce que je m'apprête à te demander n'a rien à voir avec les sentiments que je pourrais avoir envers le père Dominic. C'est juste une coïncidence que le cardinal Dante m'ait demandé d'obtenir quelque chose provenant du prêtre – mais j'aurai besoin de ton aide pour ça.

Koehl avala une gorgée de café.

— Quoi donc ? demanda-t-il prudemment.

— Tout d'abord, j'ai besoin d'être sûr que ta loyauté envers notre cause est toujours aussi forte et absolue. Comme tu le sais, la Novi Oustacha a certaines attentes envers ses membres. Ta famille est liée depuis longtemps à notre organisation, Dieter, tout comme le cardinal Dante. Il parle de toi avec admiration, d'ailleurs.

— Je n'avais pas réalisé qu'il savait qui j'étais, à part notre dîner de l'autre soir.

Koehl sourit, appréciant qu'un cardinal aussi puissant que Fabrizio Dante s'intéresse à un humble soldat du Christ.

— Oh, oui. Il suit ta carrière, comme moi, depuis un certain temps, maintenant. Et il a une demande spéciale qui pourrait très bien te valoir une promotion, voire la médaille Benemerenti, le moment venu.

À la mention de la décoration la plus prestigieuse du corps d'élite, Gović avait maintenant toute l'attention de Koehl.

— Alors que puis-je faire pour Son Éminence, Ivan ?

Gović expliqua ce que Dante voulait dans l'appartement de Dominic à la Domus Santa Marta.

— Dans quel but, Dante ne l'a pas précisé, et je ne m'attendais pas à ce qu'il le fasse. Il a ses raisons.

Koehl affichait un mélange d'appréhension et de

perplexité. Il s'agita nerveusement sur son siège, baissant les yeux en touillant son café.

Conscient de l'indécision de Koehl, Govic insista plus vigoureusement.

— Je n'aurais aucune hésitation à le faire moi-même, Dieter, mais je n'ai évidemment pas accès comme toi à l'intérieur des murs du Vatican. Préfères-tu que le cardinal Dante te le demande lui-même ? Ou devrais-je lui dire que tu n'es pas à la hauteur de la tâche ?

L'idée de s'imposer à l'estimé cardinal ou même de le décevoir rendit Koehl penaud.

— Non, ne dérange pas Son Éminence. Je vais le faire. Pour quand en avez-vous besoin ?

— Dans les quarante-huit heures, de préférence plus tôt, répondit Govic. Comme la plupart des joggers, Dominic fait probablement un footing tous les matins. Tu peux le faire à ce moment-là, tant qu'il n'est pas là. Ou même quand il est au travail. Tu n'as pas dit qu'il travaillait aux Archives secrètes ?

— Si.

— Tu auras tout le loisir de le faire, et ça ne prendra que quelques minutes. Le Cardinal Dante t'en sera très reconnaissant. Je ne voudrais qu'on le déçoive en échouant dans une tâche aussi simple.

On ? songea Koehl. *Tout repose sur moi maintenant !* Il pensa à sa femme et à sa fille, et à ce qui pourrait arriver à sa carrière s'il était pris. Bien qu'il soit entré dans la Domus Santa Marta à de nombreuses reprises pour des affaires officielles et sachant que les gardes le laisseraient passer – tout en gardant à l'esprit qu'il s'agissait également de la résidence du pape –, un profond sentiment de crainte lui noua l'estomac. Mais il pouvait le faire. Plus vite il en aurait fini, mieux ce serait.

Résigné à devoir accomplir sa mission, Dieter Koehl se leva pour quitter le café.

Mais Gović avait une dernière question, qu'il formula presque à voix basse en se levant et en se penchant à l'oreille de Koehl.

— Il y a encore une chose, Dieter. Mon cousin a encore besoin d'enlever ce gros rocher sur sa ferme. Est-ce que tu as pu te procurer ce dont nous avons parlé ?

Koehl se sentit soudain nauséeux, déchiré entre ses deux vocations les plus chères – être un noble Garde suisse et perpétuer la tradition de sa famille en tant que membre de la Novi Oustacha. Mais quelque chose ne collait pas.

— Oui, bien sûr. J'aurai ça pour toi demain, Ivan.

Les deux hommes quittèrent le café et se séparèrent dans la rue.

CHAPITRE

VINGT

En raison d'une longue nuit passée à lire un classique de Pierre Chevalier, *Escalades souterraines*, afin de préparer leur prochain voyage, Dominic avait fait la grasse matinée, renonçant à son jogging habituel.

Après s'être traîné hors du lit, il se doucha, rasa sa barbe de deux jours – son éternelle barbe naissante, comme Hana disait pour le taquiner –, se brossa les dents et, constatant que sa soutane de la veille avait quelques plis, il sortit la table à repasser pour lui donner un petit coup de fer. Contrairement aux cardinaux, les petits prêtres du Vatican n'avaient pas de nonnes pour s'occuper de leurs moindres caprices.

Pendant que le fer chauffait, il décida d'appeler Hana pour lui rapporter les événements de la veille. La mettant sur haut-parleur pendant qu'il repassait, Dominic raconta sa rencontre avec Gović et Dieter Koehl, la tension manifeste entre lui et le Croate, et sa discussion avec son cousin Karl Dengler.

Il lui suggéra d'informer Massimo Colombo dès que possible, puisqu'il voudrait sûrement être au courant des relations du garde suisse avec un individu auquel ils s'intéressaient. Elle accepta de le faire, en recommandant à Dominic d'être prudent.

Il raccrocha, termina sa corvée de repassage, s'habilla pour le travail, se brossa les cheveux, s'examina dans le miroir, puis il quitta l'appartement pour commencer sa journée aux Archives secrètes.

Il était dix heures lorsque le sergent Dieter Koehl s'approcha des deux gardes qui encadraient l'entrée de la Domus Santa Marta. Il les connaissait bien tous les deux et s'arrêta pour discuter des rigueurs supplémentaires imposées à leurs camarades pendant le consistoire, lorsque les cardinaux en visite les traitaient souvent comme des garçons de courses. Certains se plaignaient même, en privé, naturellement, des avances sexuelles non désirées de quelques cardinaux bien connus. C'était un problème courant pour les soldats de la Garde suisse – jeunes, en forme et désirables pour des hommes plus âgés, d'un certain rang et jouissant de privilèges dans une culture fermée. Les accusations restaient souvent lettre morte et ceux qui déposaient plainte étaient souvent tout simplement réaffectés. Mais il n'y avait pas grand-chose à faire pour changer la conduite des cardinaux fautifs et ils ne subissaient aucune sanction pour leur comportement déplacé.

Leur conversation terminée, Koehl entra dans le bâtiment, consulta l'annuaire dans le hall pour trouver la chambre de Dominic, puis il se dirigea tout droit vers l'appartement du prêtre au troisième étage. Il y avait peu de monde dans l'immeuble à cette heure matinale, et comme il était gardé jour et nuit pour la sécurité du pape, pratiquement personne n'avait besoin de verrouiller sa porte. Y compris le père Dominic.

Ne voyant personne, Koehl frappa à la porte. Si le prêtre était là et avait répondu, Koehl avait prévu de l'inviter à aller courir un jour, maintenant qu'ils avaient été présentés par Dengler. Mais il avait de la chance. Ses coups restèrent sans réponse.

En tournant la poignée, il constata que c'était ouvert et il se glissa à l'intérieur, refermant la porte derrière lui.

— Père Dominic ?

Pas de réponse.

Koehl examina le petit appartement, notant que Dominic était un homme ordonné. Tout était propre et bien rangé. Il se dirigea vers la salle de bain où il trouva les objets qu'il cherchait. Comme les uniformes de la Garde suisse n'avaient pas de poches, il les plaça dans le sac à dos que portaient la plupart des gardes, puis il retourna à la porte et quitta l'appartement.

VINGT-ET-UN

Enrico Petrini ne se réjouissait pas de sa rencontre avec le cardinal Dante, mais l'archevêché de Buenos Aires était un poste important et, en tant que secrétaire d'État, il était d'usage que Petrini rencontre tous les membres du cardinalat en visite à Rome pendant le consistoire. L'invitation avait donc été lancée et Dante ne tarderait pas.

En attendant, Petrini avait eu l'intention d'appeler son vieil ami de l'époque de la guerre, Pierre Valois, aujourd'hui président de la République française, pour discuter de la possibilité d'une visite d'État officielle du pape dans son pays. Depuis le règne de Charlemagne au IXe siècle, le catholicisme romain était la principale religion en France et l'Église le plus grand propriétaire foncier du pays. Mais ces dernières années, avec la montée rapide de l'athéisme chez les Français de tous âges, l'influence de l'Église sur ses fidèles avait considérablement diminué. Cela inquiétait le pape, qui était déterminé à ranimer la foi là où cela comptait le plus. Et la France était un pays important pour l'Église.

Petrini venait de décrocher le téléphone pour appeler

Valois lorsque son secrétaire, le père Nicholas Bannon, frappa à la porte.

— Oui, Nick ? demanda Petrini, levant les yeux à l'entrée de Bannon.

— Votre Éminence, le cardinal Dante est arrivé un peu en avance. Dois-je lui demander d'attendre, ou voulez-vous le recevoir de suite ?

Petrini soupira.

— Non, maintenant, parfait. Je peux téléphoner plus tard. Faites-le entrer, je vous prie.

Il raccrocha, puis jeta un coup d'œil à son bureau pour s'assurer qu'aucun document important ne traînait. Il avait de bonnes raisons de ne pas faire confiance à cet homme.

Quelques instants plus tard, le père Bannon ouvrit la porte et le cardinal Dante entra lentement dans la pièce. Dante avait toujours un visage de pierre, sinistre. Il manquait naturellement de chaleur et le sourire qu'il esquissa n'y changea rien.

— Bonjour, Éminence, dit Dante en s'approchant du côté opposé du bureau, sans prendre la peine de lui serrer la main. Il prit une chaise et s'assit.

— Bonjour, Fabrizio, répondit Petrini. Ça fait quel effet d'être de retour à Rome après tant de mois ?

Dante parcourut des yeux le grand bureau, avec sa vue spectaculaire sur le dôme de Saint-Pierre – bureau qu'il avait lui-même occupé jusqu'à ce que Petrini le remplace comme secrétaire d'État l'été précédent.

— C'est toujours un privilège d'être à Rome, Enrico. D'abord, la nourriture est largement supérieure à celle d'Argentine.

Une autre pauvre tentative de sourire.

Les deux hommes poursuivirent une conversation plus ou moins collégiale, discutant des affaires de l'Église dans le pays d'adoption de Dante, de la prochaine visite du pape en Amérique du Sud et d'autres sujets d'actualité. Vingt minutes plus tard, la collégialité avait fait son temps, et Petrini indiqua clairement que l'entretien touchait à sa fin.

— Quand retournez-vous à Buenos Aires, Fabrizio ? demanda Petrini.

— Nous partirons lundi, Éminence, à moins que vous n'ayez une raison pour que je reste ici... ?

— Non, ce ne sera pas nécessaire. Je suis sûr que vous serez heureux de rentrer chez vous.

— C'est ici, chez moi, Enrico, répondit Dante avec arrogance.

Puis il baissa d'un ton.

— Mais je me conforme aux souhaits de Sa Sainteté, et je vais là où mes services sont les plus nécessaires. En ce moment, c'est l'Argentine.

— Le Saint-Père est satisfait de votre travail là-bas, dit Petrini sans enthousiasme, en se levant pour dire au revoir.

Dante se leva également, et cette fois-ci tendit la main. Lorsque Petrini la prit, Dante la broya.

— Aïe ! glapit Petrini, retirant rapidement sa main et inspectant une blessure toute fraîche. Merde, mais qu'est-ce que... ? !

Du sang commença à suinter de son majeur.

— Mon Dieu, je suis vraiment désolé, Enrico, dit Dante sans trop montrer d'émotion. J'avais l'intention de faire réparer cette bague. Un des ornements en relief s'est détaché. Mes excuses... vous allez bien ?

Petrini, dont la blessure était encore douloureuse, ignora l'inquiétude de Dante et attrapa un mouchoir en papier pour stopper le saignement.

— Je vais bien, Fabrizio. Vous devriez faire réparer ça.

Dante se retourna et se dirigea vers la porte.

— Bien sûr, Éminence. *Arrivederci.*

Une fois à l'extérieur du Palais du Gouvernorat, Dante regarda autour de lui, s'assurant que personne ne se trouvait dans les parages, puis il retira soigneusement son Ehrenring de l'Oustacha – qui portait encore une goutte du sang d'Enrico Petrini – et le plaça dans un sac en plastique à fermeture éclair qu'il avait sorti de sa poche.

Ses lèvres sèches et pincées s'étirèrent en un sourire narquois.

C'était plus facile que prévu, pensa-t-il.

SON TRAVAIL aux Archives terminé pour la journée, Michael Dominic retourna à son appartement pour se changer et se rafraîchir avant de retrouver Karl et Hana pour boire une bière.

Il s'inquiétait toujours pour Calvino Mendoza. Le frère était profondément déprimé depuis le cataclysme provoqué par le manuscrit de Madeleine caché dans la Riserva, et Dominic se faisait du souci pour la foi désormais ébranlée de son ami. Il imaginait combien cela pouvait faire voler en éclat, pour un homme qui avait consacré sa vie entière, plus de cinquante ans, à l'ordre franciscain, tout ce qui avait trait à la divinité de Jésus et la résurrection. Il pensa à la façon dont le Christ avait transmis à saint François ses douloureuses blessures, le marquant des stigmates ; et comment Mendoza devait maintenant être accablé par sa propre marque à vif – l'empreinte de l'imposture sur tout ce en quoi il avait cru.

Pour Dominic, la foi était davantage une abstraction, une histoire cognitive impliquant la pensée et l'expérience, un sentiment d'appartenance à un ordre plus ou moins nuancé qui englobait la théologie empirique. Et nombreux étaient ceux qui, dans l'Église, étaient tout à fait à l'aise avec cette forme de croyance, même si Dominic se considérait plutôt comme un chrétien agnostique, doutant de tout ce qui allait au-delà des principes de base de la foi catholique. Et, même ceux-ci, il avait parfois du mal à y adhérer.

Mais comme la plupart des gens de foi, Mendoza en était totalement imprégné, et, pour lui, c'était un moment de crise. *Je dois pouvoir faire quelque chose pour alléger son fardeau*, pensa Dominic.

Tout en réfléchissant à ce dilemme, il ôta son col, sa soutane et ses sous-vêtements, se lava le visage et humidifia ses cheveux pour se réveiller après avoir passé la journée avec de vieux livres et manuscrits sentant le renfermé. Après s'être séché, il chercha sa brosse à cheveux, mais elle n'était pas là où il l'avait laissée le matin. Il regarda dans les tiroirs de la salle de bain et sur la commode de sa chambre. Rien non plus. *Les objets ne disparaissent pas comme ça....*

Il reconstitua les étapes de sa routine matinale : *Je me suis réveillé tard. Je me suis brossé les dents. J'ai repassé ma soutane. J'ai parlé à Hana. Je me suis habillé. J'ai brossé mes cheveux. Je me suis regardé dans le miroir. J'ai quitté l'appartement.*

En retournant dans la salle de bains, il regarda à nouveau. Il remarqua que sa brosse à dents avait aussi disparu. Le gobelet en verre dans lequel il la rangeait était vide. *Qu'est-ce qui se passe ?*

Il resta là à se contempler dans le miroir en réfléchissant. *Quelqu'un est venu ici.* Il fouilla tout l'appartement pour voir si quelque chose de précieux – comme s'il avait des objets de valeur, de toute façon – avait disparu, mais tout le reste semblait en ordre. *Étrange.*

En regardant sa montre, il vit qu'il serait en retard pour retrouver Karl et Hana, alors il mit de côté le mystère pour le moment. Il enfila un jean, son habituel T-shirt noir et son blouson préféré. *Dieu merci, ils ne l'ont pas pris.* En partant, il verrouilla son appartement pour la première fois depuis des mois. Il allait devoir faire un rapport. Même si, il fallait l'admettre, ce serait un rapport plutôt étrange concernant la disparition d'une brosse à cheveux et d'une brosse à dents, et il s'interrogeait sur le scepticisme qu'il rencontrerait.

~

ALORS QU'IVAN GOVIĆ sonnait à la porte du Palazzo Caravaggio, les bavardages des passants s'élevaient dans l'air du soir depuis la Piazza del Popolo toute proche. La même jeune religieuse que la dernière fois lui ouvrit la porte.

— *Buenas tardes*, Señor Govió, dit-elle en l'accueillant à l'intérieur avec un sourire mielleux. Son Éminence vous attend.

Elle le conduisit au bureau où Dante était assis dans son habituel fauteuil à oreilles au coin du feu, un verre de cognac à la main.

— Ivan... merci d'être venu, dit-il en posant le cognac sur une table d'appoint. Avez-vous pu obtenir les objets que j'ai demandés ?

Govió se contenta de sourire et tendit à Dante un sac en papier blanc. En jetant un coup d'œil à l'intérieur, celui-ci y trouva une brosse dans laquelle étaient coincés des cheveux noirs et un sac en plastique, à l'intérieur duquel se trouvait une brosse à dents visiblement utilisée.

— Très bien, dit le cardinal. Je n'avais même pas pensé à prendre aussi la brosse à dents, au cas où. Vous avez bien fait, Ivan.

— Éminence, mon collègue qui a obtenu ces objets – celui de la Garde suisse – s'est inquiété du fait qu'en tant que bon catholique, il puisse être impliqué dans quelque chose de déshonorant. J'ai essayé de le rassurer en lui disant qu'il s'agissait simplement d'une petite tâche, un test de loyauté en quelque sorte, et qu'il n'y aurait pour lui aucune conséquence fâcheuse. Mais je sens qu'il a le sentiment d'avoir fait quelque chose de mal, et que sa conscience lui pèse.

Les yeux de Dante s'assombrirent.

— Vous devez le garder sous contrôle, Ivan. J'ai supposé, quand je vous ai confié cette tâche, que vous trouveriez quelqu'un qui saurait se taire. Espérons qu'il soit digne de cette responsabilité, ou des mesures seront prises. Nous sommes d'accord ?

Avec un sourire narquois, Gović hocha la tête, désormais conscient de la liberté qui lui était donnée de gérer la situation comme il l'entendait.

— Oui, Éminence.

VINGT-DEUX

Hana, Karl et Lukas étaient assis à une table près de la fenêtre du Ristorante dei Musei, piochant dans une grande assiette ovale d'antipasti frais placée entre eux, tout en sirotant leurs boissons en attendant que Dominic se montre. L'arôme de pizzas variées, la spécialité de la maison, et les parfums omniprésents d'ail et de basilic leur mettaient l'eau à la bouche.

Toutes les têtes se tournèrent en entendant deux petits coups à la vitre. Dominic les salua du trottoir et se dirigea vers l'entrée. Dengler venait de commander une bière pour lui et elle l'attendait sur la table quand il s'assit à côté d'Hana. Après un rapide salut, il but, assoiffé.

— Plus que deux jours avant notre départ pour Périllos et la grotte du Trou de la Caune ! s'exclama Dengler avec enthousiasme. (Il se tourna vers son compagnon puis se pencha vers lui, le bousculant de manière espiègle.) Lukas et moi nous occuperons de tout le matériel nécessaire. Peut-être même que nous camperons dans la grotte pour la nuit.

Essuyant la mousse sur ses lèvres, Dominic pâlit.

— Il faut vraiment qu'on dorme dans la grotte ? Il n'y a pas d'hôtel à proximité ?

— Ne t'inquiète pas, Michael. J'ai pris des Xanax à la pharmacie du Vatican pour aider à gérer ton anxiété. Tu vas t'en sortir.

Le jeune prêtre regarda son ami avec scepticisme.

— J'en aurais eu besoin il y a une heure. Quelqu'un est entré dans mon appartement et a volé ma brosse à cheveux et ma brosse à dents. Rien d'autre, apparemment, seulement ces deux objets. Vous ne trouvez pas ça étrange ?

Hana posa une main sur son bras.

— C'est affreux ! Comment cela peut-il arriver au Vatican ? Et qu'est-ce que quelqu'un pourrait bien vouloir faire de tes effets personnels ?

— Je n'en ai pas la moindre idée, dit Dominic. C'est juste étrange. La plupart des chambres ne sont jamais fermées à clé à la Domus Santa Marta parce que la sécurité est très élevée étant donné que le pape y a aussi un appartement. Je pense que c'est soit un coup monté de l'intérieur, soit que les gardes ont laissé entrer quelqu'un qu'ils connaissaient. Dans tous les cas, je le signale.

Dengler prit un air enjoué.

— De toute façon, tu n'auras pas besoin de brosse à cheveux là où nous allons.

Il sortit une carte routière de la poche de sa veste.

— Donc, on partira vendredi vers cinq heures, on s'arrêtera déjeuner à Gênes, puis on longera la côte jusqu'à Perpignan où on dînera, et il restera quelques kilomètres jusqu'à Périllos, où on devrait arriver vers sept heures. On pourra y passer la nuit à l'hôtel, partir tôt le samedi matin pour la grotte, puis rentrer le dimanche. Tout le monde est d'accord ?

— Parfait, dit Dominic. Cela devrait nous laisser suffisamment de temps pour chercher le reliquaire, s'il est là.

— N'oublie pas d'apporter la carte au « trésor », Michael, dit Dengler, souriant à l'idée de l'aventure.

— Je l'ai juste ici, Karl, juste au cas où nous en aurions besoin pour tout planifier.

Dominic ouvrit son sac afin de laisser les autres avoir un aperçu de l'objet.

— Oh, passe-la-moi, demanda Dengler. Je veux que Lukas voie ça.

Puis, se tournant vers Lukas :

— C'est la carte menant à l'objet appartenant à Madeleine dont je t'ai parlé.

Le prenant en main, Lukas s'émerveilla de la complexité du casse-tête. L'idée de suivre la carte à travers la grotte fit briller ses yeux.

Pendant qu'ils parlaient, l'instinct de journaliste d'investigation d'Hana revint au vol chez Dominic. Ça la rendait perplexe. Pourquoi laisser des objets de valeur et ne prendre que des accessoires personnels aussi étranges ?

Puis une nouvelle idée la frappa. Il n'y avait qu'une seule raison pour que quelqu'un s'empare d'objets aussi intimes !

— Michael, vois-tu une raison pour laquelle quelqu'un pourrait vouloir ou avoir besoin de ton ADN ?

Surpris par cette idée, Dominic fut décontenancé.

— Non ! Pourquoi quelqu'un voudrait-il mon ADN ?

— C'est la seule chose qui ait un sens, répondit Hana. C'est la raison la plus logique pour laquelle quelqu'un pourrait avoir besoin de tes cheveux ou de ta salive.

— Alors, je n'ai plus aucune raison de m'inquiéter, si ?

Deux hommes jeunes assis à une table voisine, qui buvaient des bières et grignotaient tranquillement des pizzas, écoutaient attentivement la conversation du groupe depuis l'arrivée de Dominic. Sous les ordres d'Ivan Gović, ils avaient surveillé la porte Sainte-Anne et suivi le prêtre jusqu'au restaurant tout proche.

Ils avaient dégusté leur repas en silence, prenant mentalement note du dialogue à la table voisine. Mais à la mention d'un «objet appartenant à Madeleine» et d'une «carte au trésor», leurs regards se croisèrent. Voilà une chose qui intéresserait certainement Gović. L'un d'eux posa sa part de pizza et se rendit aux toilettes pour passer un coup de fil.

De retour à la table quelques minutes plus tard, l'homme du nom de Victor chuchota à son frère, Éric, que Gović leur avait donné des instructions précises.

— Lukas et moi retournons au Vatican. Je suis de garde à la porte dans quelques minutes. Vous voulez qu'on vous dépose ?

Hana leva la main.

— Si vous passez par le Rome Cavalieri, je suis partante, merci !

— C'est une belle soirée fraîche, dit Dominic. Je vais marcher, merci.

Il serra Hana dans ses bras alors qu'ils se levaient tous pour partir.

À l'extérieur du restaurant, Dengler, Lukas et Hana montèrent dans la Jeep Wrangler et roulèrent vers l'hôtel d'Hana, à quelques rues de là. Dominic se dirigea vers le mur nord du Vatican, à l'ouest, puis traversa le large Viale Vaticano et tourna vers le sud, le long du mur, en direction de la porte Sainte-Anne. Il n'y avait pas de lampadaires dans le parking qui flanquait la cour de la Pigna, ce qui donnait aux deux hommes qui le suivaient le couvert dont ils avaient besoin.

Accélérant le rythme, ils coururent silencieusement derrière le prêtre et lui sautèrent dessus. L'un d'eux lui coinça les bras tandis que l'autre lui donnait des coups de poing dans le ventre en une succession rapide. Choqué, Dominic lançait des coups de pied erratiques. Ses pieds s'agitaient, mais manquaient son agresseur. Il luttait pour se libérer, mais des bras musclés l'enserraient avec force.

Coup après coup, il avait de plus en plus de mal à respirer et la souffrance l'affaiblissait à chaque frappe. Soudain, la prise se relâcha et son corps immobilisé s'effondra au sol. Les deux hommes se saisirent de son sac et s'enfuirent. Pas un mot n'avait été prononcé pendant la mêlée.

Assommé et blessé, Dominic resta allongé sur le dos pendant quelques minutes, le souffle court. Se soulevant sur un bras, il secoua la tête pour reprendre ses esprits et des vagues de douleur se répandirent dans son crâne, provenant de son ventre.

Puis il remarqua que son sac n'était plus là. La carte ! Ils avaient pris la carte !

VINGT-TROIS

Dominic se releva en vacillant et fit l'inventaire des dégâts. Il toucha l'arrière de sa tête à l'endroit où elle avait heurté le sol. Pas de sang. Son autre main, par instinct, était cramponnée à son ventre douloureux. Il faudrait peu de temps à son corps pour guérir et il serait à nouveau en forme.

Mais son sac avait été volé.

Compte tenu des événements inhabituels des derniers jours et des menaces dont Hana l'avait averti, il se demanda s'il s'agissait d'un simple vol aléatoire ou s'il en était la cible. Il opta pour la seconde hypothèse, ce qui ne le réconforta pas du tout.

En retournant lentement au Vatican, il tomba sur Finn Bachman en service à la porte Sainte-Anne. Voyant Dominic approcher en titubant légèrement, le jeune garde se précipita vers le prêtre et lui mit un bras autour de la taille pour le soutenir.

— Père Michael, que s'est-il passé ?!

Bachman guida Dominic vers un banc tout proche.

Juste à ce moment-là, la Jeep de Dengler arrivait au

portail. Bachman fit un signe pressant à Dengler, qui demanda à Lukas de garer le véhicule à l'intérieur. Il courut vers l'endroit où Dominic était assis.

— Michael, que s'est-il passé ? !

— Je viens de me faire agresser là-bas, Karl, le long du mur. Ils ont pris la carte !

— Quoi ? ! s'écria Dengler. Jetons d'abord un coup d'œil à ton état.

Il vérifia que Dominic n'avait pas d'entailles à la tête, puis sur les bras.

— Est-ce que tu as mal quelque part en particulier ?

— Pas vraiment. Ils m'ont un peu frappé au ventre, mais ma veste a amorti la plupart des coups. Ils sont sortis de nulle part et m'ont surpris. Je ne pense pas non plus que ce soit un hasard, Karl. Vu tout ce qui se passe, je dirais que le nom de Gović est partout.

— Tu dis qu'ils ont pris la carte ?

— Oui, ils ont pris mon sac à dos. Il n'y avait pas grand-chose d'autre dedans, à part la carte elle-même, plus les notes de Ginzberg et quelques objets. Mais cet objet est plus qu'une simple carte, c'est un objet historique qui appartient au Vatican ! Nous devons le récupérer.

Dengler réfléchit un moment.

— Si c'était une tentative délibérée pour obtenir la carte, cela ne peut que signifier que ces gens ont l'intention de l'utiliser. Notre seule chance de les trouver et de récupérer la carte pour le Vatican est de les rattraper à Périllos. Nous pouvons toujours utiliser les photos que j'ai prises qui montrent le système de grottes, donc au moins, nous avons un plan de secours.

— Même si nous ne les rattrapons pas et ne récupérons pas la carte, nous ne pouvons pas les laisser trouver le reliquaire s'il est là-bas, dit fermement Dominic, tout en se massant le cou. Nous devons arriver avant que quelqu'un d'autre ne résolve le casse-tête. Nous partons après-demain, comme prévu.

Les armes utilisées par la Garde suisse pontificale étaient soigneusement rangées sur des racks en bois verticaux formant un mur entre les étagères sur lesquelles étaient entreposés les casques à plumes et les gilets pare-balles portés par le Corps dans l'exercice de ses fonctions officielles. Des centaines d'armes y étaient entreposées pour les besoins militaires de l'unité : mitraillettes, fusils d'assaut avec baïonnettes, hallebardes, épées, masses et matraques anciennes, ainsi que des mitraillettes HK MP7 très efficaces utilisées par la garde rapprochée du pape lors de ses apparitions publiques. Tous les gardes suisses étaient équipés d'armes de poing Sig Sauer P220 standard, qu'ils portaient en permanence.

L'homme en charge de l'armurerie moderne, le sergent Dieter Koehl, se tenait devant un établi à l'intérieur d'un magasin sécurisé et très bien fortifié, loin du Palais apostolique, le long du mur à l'angle nord-ouest de la Cité du Vatican. Autour de lui se trouvaient des coffres individuels en béton, chacun contenant des grenades à main, du TNT, des bâtons de dynamite et du plastic C-4 et Semtex, ainsi que des produits chimiques spécifiques et le matériel nécessaire pour fabriquer des explosifs particuliers. Des odeurs nauséabondes flottaient dans l'arsenal en béton, des odeurs distinctes d'huile de moteur, de cirage et d'amandes qui étaient la marque des différents composants.

Koehl avait la responsabilité de procéder à un inventaire exact de ces objets, et bien qu'ils n'eussent pas été utilisés depuis de nombreuses années – et qu'ils ne soient que rarement renouvelés lorsque leur durée de conservation expirait – il était le seul à en connaître parfaitement le contenu.

Personne d'autre n'avait pris la peine de vérifier son inventaire au cours des dix années qu'il avait passées là. Même s'il était assez simple de prendre un seul pain de Semtex, en tant que catholique fervent, la simple idée de voler le dérangeait.

Pourtant, il hésitait. L'alternative, bien sûr, serait de fabriquer lui-même une bombe sans toucher à l'inventaire. Cette perspective lui plaisait davantage que voler les munitions du pape.

Dieter Koehl avait fréquenté l'université des sciences appliquées de Zurich, où il avait obtenu une maîtrise en chimie physique. Au fil des ans, il avait complété sa formation en tant qu'ingénieur de combat dans le *Kommando Spezialkräfte*, le commandement des forces spéciales de l'armée suisse. Au sein de l'unité d'élite antiterroriste connue sous le nom de Détachement de reconnaissance de l'armée 10, Koehl s'était spécialisé dans les missions liées aux engins explosifs et était considéré comme l'un des meilleurs experts de l'armée en matière de fabrication et de désamorçage d'EEI (engins explosifs improvisés), ainsi que de démolition d'obstacles sur le terrain et de fortifications ennemies, autant d'activités qui avaient été mises à profit lors de son service dans le cadre de l'opération Liberté immuable en Afghanistan.

De formation universitaire, Koehl avait étudié et admirait ceux qui avaient apporté des contributions majeures dans son domaine de prédilection, au premier rang desquels se trouvait l'inventeur et philanthrope Alfred Nobel. Bien avant que les prix Nobel éponymes ne deviennent les récompenses les plus convoitées du monde concernant les avancées scientifiques, universitaires et culturelles, Alfred Nobel avait inventé la dynamite et la gélignite, une dynamite gélatinée, dont Koehl avait conclu qu'elle serait la meilleure solution pour le projet de Gović. Il enfila une combinaison de protection et un masque respiratoire et commença son travail.

Avec une assurance fondée sur des années d'entraînement,

il concocta avec précaution un mélange composé de nitrogly-
cérine, de salpêtre, de farine de bois et de coton-collodion. Les
ingrédients une fois soigneusement mélangés dans certaines
proportions, le composé stable, mais potentiellement volatil
donnait une substance rigide et souple connue sous le nom de
plastic, dont la puissance explosive combinée était supérieure
à celle de chacun de ses ingrédients de base. Une substance
que l'on pouvait façonner à sa guise. Une fois la « pâte »
préparée, il ne restait plus qu'à y insérer un détonateur et une
mèche, ce qui pouvait être fait sur place à la dernière minute.

Après avoir recouvert la charge d'un film Mylar vert olive,
Koehl chercha une mèche et un détonateur, plaça tous les
matériaux dans son sac à dos, nettoya son établi, puis quitta
le magasin et le verrouilla.

VINGT-QUATRE

Non loin des rives boueuses du Tibre, le fleuve qui coulait à Rome, se trouvait le campus du laboratoire de génétique moléculaire Genomics, l'un des principaux centres italiens de diagnostic et d'analyse de l'ADN, une installation moderne et de pointe spécialisée dans les tests, ainsi que la recherche et le développement dans le domaine de la génétique.

Le paquet inhabituel en provenance du Vatican, estampillé *«Urgente e Confidenziale»*, était arrivé par courrier spécial, adressé au Dr Gabriella Sanguino, responsable du service d'extraction d'ADN de la société et amie personnelle du cardinal Fabrizio Dante depuis leur rencontre lors d'une conférence sur la science et la théologie plusieurs années auparavant.

Le Dr Sanguino attendait le paquet depuis l'appel téléphonique exalté de Dante la veille.

— Gabriella, avait-il dit. J'ai besoin d'une faveur spéciale. Des échantillons de cheveux et de sang – provenant d'une personne que nous qualifierons de suspecte – vous seront envoyés par courrier demain et je vous serais très reconnaissant si vous pouviez découvrir un lien de paternité entre les deux échantillons. Le sang provient du père présumé et les cheveux de celui que je pense être son fils. C'est pour moi extrêmement important et le temps presse. Êtes-vous en mesure de le faire d'ici un jour ou deux ?

— Bien sûr, Éminence, avait répondu cordialement le Dr Sanguino. Cela ne devrait pas prendre beaucoup de temps une fois que nous aurons les échantillons. Je mettrai notre meilleur technicien dessus immédiatement.

LA SALLE D'EXTRACTION d'ADN n°2 de Genomics était le laboratoire de rêve de tout scientifique, son sol en résine bleu ciel sans joint reflétant le flot de lumière naturelle du soleil qui se déversait à travers de grandes fenêtres donnant sur le campus. Les équipements de diagnostic les plus modernes qu'on pouvait imaginer emplissaient la pièce et, en tant que technicien principal, le jeune Enzo était fier d'être organisé et précis. Son laboratoire, qui ne laissait aucune place à l'erreur, était un modèle que tous les autres devraient copier, croyait-il.

Revêtant une blouse blanche et enfilant une paire de gants en nitrile violets, Enzo ouvrit le colis spécial en provenance de la Cité du Vatican, où les armoiries papales dorées resplendissaient sur l'adresse de retour. Il n'avait jamais reçu une telle commande du Vatican auparavant et, en tant que scientifique catholique, il était impatient d'entreprendre un projet aussi distingué.

Il retira la brosse à cheveux en bois garnie de cheveux noirs, une brosse à dents dans un sac en plastique et un autre sac contenant une bague singulière avec une petite tache rouge de sang séché au bout d'un ornement pointu. En inspectant l'anneau de plus près, il fut surpris de trouver ce qui semblait être des symboles runiques entourant un svastika presque imperceptible. *C'est étrange*, pensa-t-il, en sortant tous les objets et en les disposant en une rangée bien ordonnée sur la paillasse en acier inoxydable.

À l'aide d'une loupe lumineuse montée sur une pince, Enzo trouva un cheveu parfaitement utilisable et le retira – un cheveu avec un épais bulbe blanc à la racine – et il le plaça sur un plateau stérile. Maintenant qu'il avait le follicule pileux et le sébum, l'analyse de la brosse à dents ne serait probablement pas nécessaire, mais elle offrirait une confirmation supplémentaire.

La première étape consistait à ouvrir les cellules du cheveu pour libérer les molécules d'ADN, un processus connu sous le nom de lyse. Une fois les cellules dissoutes par les enzymes lysines, Enzo les broya finement et les ajouta à une solution saline chargée positivement, les protégeant ainsi des groupes phosphates chargés négativement présents dans le squelette de l'ADN. Il ajouta ensuite un détergent pour éliminer les lipides de la membrane cellulaire, libérant ainsi l'ADN lui-même.

L'étape suivante consistait à séparer et à dégrader les protéines présentes dans l'ADN afin d'obtenir un échantillon pur, après quoi il ajouta de l'éthanol glacé pour éliminer les sels précédemment ajoutés. Après d'autres protocoles de nettoyage et de purification, il laissa l'ADN en suspension dans une solution alcaline, désormais prêt pour l'analyse.

Enzo procéda ensuite de la même façon avec l'échantillon de sang et la brosse à dents. Une fois les deux ensembles d'ADN extraits, il amplifia les quantités à l'aide d'une réaction en chaîne par polymérase, les rendant plus exploitables en produisant des millions de molécules d'ADN à partir de chaque échantillon.

À l'aide d'une méthode connue sous le nom d'analyse des répétitions en tandem courtes, Enzo analysa une série de seize à vingt marqueurs génétiques provenant de chaque échantillon afin de relever les informations pertinentes de chaque marqueur, puis il remit les deux échantillons amplifiés à la généticienne du laboratoire, Sofia Bartoli, pour l'analyse et le résultat final.

À l'aide d'un séquenceur automatique par fluorescence, Sofia sépara les fragments d'ADN amplifiés en fonction de leur taille, ce qui donna lieu à deux tableaux de code-barres spécifiques affichant les exclusions et les similarités. Dans le code-barres exclusions, si l'enfant faisant l'objet de l'enquête ne possédait pas les caractéristiques génétiques trouvées dans le profil du père présumé, il n'y aurait pas de correspondance. En revanche, si le code-barres similarités présentait les caractéristiques génétiques transmises au fils, la paternité serait parfaitement établie.

Après avoir terminé son analyse sur l'ordinateur, Sofia rédigea le rapport final du bilan, le signa, puis le porta au bureau du Dr Sanguino et le lui remit personnellement, accompagné d'un paquet scellé contenant les brosses de Dominic et le Ehrenring de Dante. Le processus d'analyse dans son entier n'avait pas pris plus de deux heures.

Décrochant son téléphone, Sanguino appela le cardinal Dante sur son portable personnel.

— *Buona sera*, Éminence, dit-elle. Vos résultats sont prêts.

VINGT-CINQ

L a fourgonnette blanche banale appartenant au parc automobile du Vatican avait parcouru une vingtaine de kilomètres à l'est de Rome jusqu'à la ville agritouristique de Corcolle lorsque le conducteur, Dieter Koehl, tourna sur un chemin de terre menant à la ferme où Ivan Gović lui avait donné rendez-vous. Le soleil de fin d'après-midi projetait des ombres oblongues sur de hautes rangées de vieux oliviers tordus entourant une ferme ancienne, l'arôme boisé de réglisse provenant de milliers de fleurs d'olivier imprégnant l'air.

Le paquet était posé, en sécurité sur le sol à l'arrière de la camionnette, juste derrière le siège du conducteur, enfermé dans une caisse métallique enveloppée d'un rectangle de mousse roulé pour éviter que son contenu ne subisse des chocs indésirables dus aux nids de poule sur la route. Même s'il restait stable lors du transport, Koehl ne prenait aucun risque avec l'explosif qu'il avait si soigneusement préparé.

En avançant jusqu'à la ferme, le garde suisse remarqua deux autres véhicules garés entre la ferme et une hutte Quonset à une certaine distance. Il coupa le moteur et mit le frein à main, puis sortit de la camionnette. À ce moment-là, quatre hommes sortirent de la ferme, Gović en tête. Tous avaient la démarche assurée de soldats, ce qui laissait supposer un passé militaire.

— Dieter, c'est gentil d'être venu, dit Gović en souriant, une bouteille de bière dans une main et une cigarette dans l'autre.

Il donna l'accolade au nouvel arrivant et présenta les autres hommes par leurs seuls prénoms : Victor, Éric et Jean-Claude.

— Tout en faisant partie de notre confrérie, ils sont tous également frères, déclara Gović avec admiration.

— Enfin, je suis juste un demi-frère, dit celui qui s'appelait Jean-Claude, semblant insister sur ce point. Même père, mère différente.

Koehl remarqua que Victor et Éric affichaient un certain malaise en le regardant. La tension était palpable.

— Éric, Jean-Claude, demanda Gović. Pourriez-vous nous attendre à l'intérieur ?

Les deux hommes se regardèrent, haussèrent les épaules et retournèrent dans la maison.

Après leur départ, Gović se tourna vers Koehl.

— Tu as le paquet ?

— Oui, mais je préférerais que tu éteignes cette cigarette avant que je le sorte.

— Tu marques un point, déclara Gović en jetant le mégot sur le sol et en l'écrasant avec sa botte.

— Je serais heureux de poser la charge sur ce rocher pour toi, dit Koehl. Où est-il ?

— Non ! dit rapidement Gović, en levant une main. Ce ne sera pas nécessaire. Nous ne le ferons pas aujourd'hui de toute façon. Nous partons en France ce soir, des affaires nous y appellent.

Koehl lança à Gović un regard appuyé. Quelque chose

clochait. L'expression de Victor semblait également louche. La suspicion planait dans l'air.

Il ouvrit les portes arrière de la camionnette et retira délicatement l'emballage en mousse qui entourait la mallette, puis en sortit le plastic. S'emparant d'un paquet contenant une longue mèche et le détonateur, il donna à Gović des instructions sur la façon de le préparer.

— Lorsque tu auras placé la charge sous le rocher, pousse doucement la mèche dans l'extrémité creuse du détonateur. Puis sertis l'extrémité métallique creuse autour de la mèche, et insère-la soigneusement dans le plastic. Lorsque la mèche brûle, l'explosif primaire s'enflamme, faisant exploser la charge de base.

— Oui, dit Gović avec une légère irritation. Comme je te l'ai dit, je l'ai déjà fait.

Koehl n'était pas convaincu. Il croisa le regard de Gović.

— Assure-toi d'être à au moins trois cents mètres quand la charge explosera, Ivan.

— Merci, Dieter, tu as été très utile, déclara Gović en remettant la mallette à Victor, qui se dirigea vers la cabane Quonset pour y entreposer le colis. Quant à cette autre affaire, le cardinal Dante a été très heureux de ta coopération et de ton succès. Je suis sûr qu'il en touchera un mot à ton commandant sous un autre prétexte.

Malgré ces paroles de soutien, Koehl ne pensait pas mériter d'être félicité pour une effraction, et encore moins pour la fabrication d'une bombe. Après avoir dit au revoir, il monta dans la camionnette, démarra et retourna au Vatican.

DE RETOUR À LA FERME, Gović et ses hommes se réunirent autour d'une table sur laquelle était étalée une grande carte du sud de la France.

— Cette opération a quatre cibles et deux objectifs, commença-t-il. Les cibles sont les responsables de la mort de mon père : Le père Michael Dominic, une journaliste nommée Hana Sinclair et deux gardes suisses, Karl Dengler et Lukas Bischoff. Nous savons qu'ils seront tous à l'intérieur de la grotte samedi après-midi.

Jean-Claude demanda quels étaient les objectifs.

Gović indiqua l'emplacement de la grotte sur la carte de France.

— D'abord, nous mettons la main sur ce «reliquaire» qu'ils recherchent, un objet qui d'après eux est lié à Marie Madeleine.

Il prit la carte ancienne de Vesconte, la tournant d'un œil critique.

— Ça a manifestement une certaine valeur. La carte et les notes que Victor et Éric ont trouvées dans le sac de Dominic nous mèneront à l'emplacement de ce reliquaire, s'il est toujours là. C'est le premier objectif.

— Et le second ? demanda Jean-Claude.

Gović regarda chacun des hommes assis autour de la table, puis dit froidement :

— Je vous le dirai quand nous serons à la grotte.

VINGT-SIX

Il était neuf heures du matin lorsque Dengler, Lukas, Dominic et Hana traversèrent la métropole de Florence, en direction du nord sur l'Autostrada A1, s'arrêtant pour faire le plein à la périphérie de la ville après quatre heures de route. Les anciennes briques rouges qui coiffaient le Duomo de Brunelleschi au sommet de la cathédrale Santa Maria del Fiore se détachaient au loin. C'était le plus haut bâtiment de Florence et il était facile à repérer.

Le coffre de la Jeep Wrangler était rempli d'équipement de spéléologie et de camping : cordes enroulées, mousquetons et spits, lampes de poche, casques, rations alimentaires, bouteilles d'eau, ainsi que leurs petits sacs personnels. Ils s'étaient arrêtés à son hôtel pour récupérer Hana, qui était déterminée à se rendormir dans la voiture. Dominic posa sa tête contre la vitre arrière, regardant le paysage défiler tout en réfléchissant à la manière de reprendre possession de la carte de Vesconte. Il se sentait maintenant idiot de l'avoir apportée au restaurant ce soir-là – sans parler de la culpabilité de l'avoir en premier lieu soustrait aux archives du Vatican ; si c'était découvert, sa carrière entière pourrait être compromise.

— Ça ne sert à rien de te morfondre, Michael, dit Hana, qui le surveillait de près depuis le siège opposé. Ce qui est fait est fait. Maintenant nous devons juste trouver un moyen de la récupérer.

— Juste ? demanda-t-il, dépité. Par où allons-nous commencer ? Et nous ne savons pas vraiment qui l'a pris. Ce n'était peut-être pas Gović et, maintenant, un voleur quelconque a en sa possession un objet de valeur dont il ne sait rien. C'était irresponsable de ma part de la sortir du Vatican, pour commencer.

— Concentrons-nous sur ce que nous pourrions trouver dans cette grotte, dit Hana. Si le reliquaire de Madeleine existe, je pense que les autorités du Vatican seront bien plus intéressées par lui que par la carte nécessaire pour le trouver.

— Et s'il n'y a rien ?

— Eh bien, personne n'est au courant pour la carte à part nous et le Dr Ginzberg, non ? Tu te débats seulement avec ta conscience. Et même si c'est louable, il n'est pas utile, ni pour toi ni pour personne, de t'en vouloir pour ça.

Dominic se retourna pour regarder les terres vallonnées de Toscane défiler à toute allure alors que la voiture se dirigeait maintenant vers l'ouest sur l'Autostrada en direction de Gênes. Bien sûr, Hana avait raison. Personne d'autre que Simon ne connaissait la carte de Vesconte. D'un point de vue éthique, ce n'en était pas moins déprimant. Tout ce qu'il avait à gérer maintenant était la culpabilité qui le rongeait.

Après une pause pour déjeuner dans une petite ville de bord de mer près de Gênes, Lukas prit le volant, se dirigeant vers le sud-ouest sur l'A10 à travers les rivieras italienne et française tandis que Dengler se calait pour une sieste sur le siège passager. Quelques heures plus tard, ils atteignirent Perpignan, dînèrent, puis, en ayant fini avec les trajets pour la journée, ils s'installèrent dans un petit hôtel de charme pour la nuit.

LE LENDEMAIN MATIN, après un petit-déjeuner complet, ils quittèrent l'hôtel et Dengler les conduisit vers le nord par la route touristique D5 en direction de Périllos.

— La grotte est environ deux kilomètres après, au nord de la ville, il doit nous rester dans les dix kilomètres, déclara Dominic, une carte sur les genoux. Une fois arrivés, nous devrons nous garer et traverser des broussailles pour trouver la grotte.

Dominic parcourait des yeux le vaste et époustouflant paysage d'Occitanie tandis que des images mentales de son histoire emplissaient sa tête. Châteaux médiévaux, vieux villages, abbayes romanes : c'était le cœur du pays cathare, où, huit cents ans plus tôt, une petite secte de protestants s'était opposée à la pompeuse et ostentatoire Église et à sa vénération obscène des richesses matérielles et de la domination politique. Les cathares étaient un peuple pacifique très attaché à ses principes, qui reconnaissait deux divinités opposées en éternel conflit : Amor, représentant le dieu bon du Nouveau Testament, créateur de tout ce qui est spirituel, et Roma, le dieu mauvais de l'Ancien Testament qui avait créé le monde physique et tout ce qui est matériel.

Alors que le mouvement cathare prenait de l'ampleur, l'Église catholique romaine – dont le dogme n'admettait qu'un seul Dieu – considérait le catharisme comme hérétique, un mouvement qu'il fallait détruire, d'autant plus que la théologie cathare se répandait dans le Languedoc plus vite que le catholicisme, menaçant la mainmise de l'Église sur un troupeau obéissant. Dominic aimait cette époque et sa riche histoire, et son excitation grandissait à mesure qu'ils approchaient de leur destination.

. . .

Dépassant l'ancienne ville de Périllos, largement abandonnée, en empruntant ce qui n'était plus qu'un chemin de terre, Dengler repéra un panneau en bois à l'entrée d'un sentier indiquant Grotte du Trou de la Caune, avec une flèche pointant vers le nord le long d'un sentier.

Après avoir garé la voiture, les quatre hommes en descendirent. Leurs sacs à dos chargés, ils remontèrent le chemin de terre à travers le maquis vallonné. Au bout d'environ cinq cents mètres, Dominic aperçut une brèche dans la colline, avec des arbres et des buissons qui masquaient en grande partie l'entrée d'une grotte.

En regardant une photo de la grotte qu'il avait trouvée en ligne, Dengler nota les similitudes.

— C'est ici. Prêts pour l'aventure ? !

L'entrée de la grotte, en forme de dôme, se trouvait sous une saillie calcaire de couleur orange et blanche. Après en avoir franchi le seuil, Dominic et son équipe se retrouvèrent dans une salle spacieuse jonchée de pierres et de gros rochers où se dressaient de grandes colonnes et des piliers de calcaire qui, bien qu'évidemment naturels, semblaient surréalistes et extraordinaires sous terre. Des rayons de soleil pénétrant par des puits de lumière ouverts dans la haute voûte au-dessus d'eux projetaient des rayons bleutés sur les murs de granit multicolores et le moindre murmure était amplifié dans l'immense caverne.

Dengler sortit son téléphone, appuya sur l'application Photos et ouvrit l'image de la carte de Vesconte qu'il avait prise avant qu'elle ne soit volée à Dominic. En s'orientant, il trouva le passage principal qui menait au fond de la caverne et, avec un peu de chance, jusqu'à la salle où était caché le reliquaire.

— Ça a l'air d'être par là, dit-il en désignant le passage. Il ne devrait pas falloir plus d'une demi-heure pour atteindre le site dans cette dernière salle, selon la topographie.

AU MÊME MOMENT, à Rome, Dieter Koehl était assis dans la cuisine de son appartement, observant distraitement une araignée à l'extérieur de la fenêtre, qui attendait patiemment dans l'ombre qu'une mouche fonce dans sa toile. Mais l'esprit du soldat était tourné vers un autre prédateur. Quelque chose clochait dans son marché avec Ivan Gović. Le Croate avait dit qu'il avait besoin de l'explosif rapidement, mais maintenant il allait en France ? Ce trajet représentait à lui seul deux jours aller-retour, sans compter ce qu'ils avaient à y faire. Et il avait mentionné qu'ils retournaient à Buenos Aires lundi. C'était le timing qui n'allait pas. *Et pourquoi ont-ils agi de façon si suspecte quand j'ai livré l'explosif ? Qu'est-ce que je rate ?*

C'est la France... Quel est le lien ?

Un instant... J'ai entendu Dengler dire que lui et ses amis allaient en France, ce week-end, eux aussi... Et qu'avait demandé Gović : «Ceux impliqués dans la mort de mon père ?»... Non... Ce n'est pas possible ! Il ne peut pas...

Mais tout s'expliquait maintenant. Gović devait préparer une sorte de vengeance pour le meurtre de son père ! Mais à quoi servirait la bombe ?

Dengler avait mentionné une grotte...

Mon Dieu ! Il va faire exploser la grotte pendant que les autres seront à l'intérieur ! Les terribles pièces du puzzle se mettaient maintenant en place. *Comment ai-je pu être aussi stupide ? ! Je dois faire quelque chose...*

Koehl prit son téléphone pour appeler Dengler et le prévenir. Mais il serait alors lui-même impliqué ! Il devait rester anonyme.

Il tapa d'abord #31# pour masquer son numéro, puis il

plaça un tissu épais autour du téléphone, composa le numéro de Dengler et contrefit sa voix.

— C'est un ami. Gović est en route pour faire sauter l'entrée de la grotte. Vous êtes tous en danger. N'y allez pas ! Et si vous y êtes, sortez de suite !

Dans les profondeurs souterraines de la grotte en France, d'épaisses pierres étouffaient les signaux entrants. Le message urgent de Koehl tomba directement sur la messagerie vocale.

VINGT-SEPT

Ivan Gović et ses trois compagnons avaient quitté Rome juste avant minuit le vendredi, conduisant leur pick-up Fiat Fullback directement jusqu'à Périllos avec seulement de brefs arrêts pour prendre de l'essence et manger rapidement, ce qui les ferait arriver à la grotte juste avant midi le samedi.

Bien qu'ils n'eussent pas de matériel de spéléologie, ce que Victor avait trouvé en ligne sur la configuration de la grotte l'avait rassuré sur le fait qu'ils n'auraient pas besoin de grand-chose. Des lampes de poche, une bêche et des bouteilles d'eau semblaient suffire. Mais Gović avait remis à chacun d'eux un objet qui leur serait bien plus utile – un pistolet Glock 19 chargé.

— Pourquoi avons-nous besoin d'armes ? demanda Jean-Claude avec hésitation.

Gović se retourna et fit face à son interlocuteur.

— Ça devrait être évident, non ?

Garant le camion à côté de la Jeep de Dengler, les quatre hommes sortirent du véhicule, s'étirèrent les bras et les jambes après ce long voyage et ouvrirent le coffre pour récupérer leurs sacs à dos. Ainsi équipés, ils empruntèrent le chemin de terre vers la falaise calcaire et l'entrée de la grotte.

— Le son se déplace facilement dans ces cavernes, alors soyez aussi silencieux que possible, déclara Gović. Comme prévu, le travail consiste à mettre la main sur l'objet qu'ils recherchent. Ensuite... on les attache.

— Les attacher ? ! Pourquoi les attacher ? demanda Jean-Claude, un peu inquiet.

— Je n'ai pas encore mentionné notre deuxième objectif, déclara Gović. Nous allons placer un explosif à l'entrée de la grotte, pour les enfermer.

Jean-Claude eut une réaction choquée qu'Éric imita, aucun d'eux n'étant au courant de cette partie du plan de Gović. Victor, déjà prévenu, ne réagit pas.

— En quoi le fait de prendre quatre vies est-il une mesure appropriée, Ivan ? demanda Jean-Claude, incrédule face à ce fait nouveau. N'y a-t-il pas un moyen plus honorable de tourner la page sur la mort de ton père ? Nous sommes tous catholiques. Ne sommes-nous pas tenus à des principes plus élevés ? Un meurtre de sang-froid, c'est tout simplement mal !

Gović rougit de colère.

— Ce n'est pas le moment d'avoir des doutes, Jean-Claude. Tu es avec nous, ou tu veux être le cinquième ?

Il posa sa main sur le pistolet coincé dans sa ceinture.

Les deux hommes se regardèrent dans les yeux pendant plusieurs secondes jusqu'à ce qu'Éric rompe la tension.

— Je reviens tout de suite, annonça-t-il. La nature m'appelle.

Jean-Claude fit alors un signe de tête à Ivan, les yeux baissés.

— Moi aussi, dit-il d'un ton bourru, et il s'éloigna au milieu des arbres à une certaine distance de l'endroit où se trouvait Éric.

Gović le regarda s'éloigner, se demandant s'il allait revenir.

Lorsqu'ils se retrouvèrent tous quelques minutes plus tard, le groupe pénétra dans la grotte, Victor en tête, suivant le chemin tracé sur la carte.

QUELQUES MINUTES PLUS TÔT, le téléphone satellite situé à côté du siège de Massimo Colombo dans le jet Bombardier Challenger de l'AISI avait émit une sonnerie discrète en deux courtes rafales. Il avait décroché immédiatement.

— Oui ? avait-il répondu anxieusement.

Il avait écouté attentivement son interlocuteur avant de dire :

— Nous sommes en route. Nous devrions être là dans moins d'une heure. Notre équipe sera prête. *Grazie.*

Il avait mis fin à l'appel et s'était tourné vers les autres personnes assises autour de lui dans la cabine.

— C'était Jean-Claude. Gović et ses hommes sont en train de pénétrer dans la grotte. Son plan est de faire exploser l'entrée pour piéger Hana et ses amis à l'intérieur. Nous devons agir rapidement. L'équipe française du RAID est-elle prête ?

— Oui, deux véhicules de la police française nous rejoignent, ainsi que l'unité du RAID, avait confirmé son subalterne. Périllos est normalement à une demi-heure de route de l'aéroport de Perpignan-Rivesaltes, mais ils nous fournissent une escorte policière. Nous serons prêts.

VINGT-HUIT

Karl Dengler était dans son élément en conduisant les autres à travers un passage étroit qui partait de la grande salle à l'entrée de la caverne. Comme leur collègue Dieter Koehl, tous deux étaient des anciens du détachement de reconnaissance 10, l'unité d'élite antiterroriste de l'armée suisse. Une partie de leur entraînement s'était déroulée dans les profondeurs du magnifique réseau de grottes de St Beatus-Höhlen, près d'Interlaken, dans les Alpes, ce qui avait nourri la passion qui animait désormais Dengler lorsqu'il parlait de ces merveilles naturelles à ses amis qui découvraient ce sport.

— Les seules règles de la spéléologie sont les suivantes : ne laisser que des empreintes, ne prendre que des photos et ne tuer que le temps, déclara Dengler. Mais si nous trouvons ce reliquaire, ça fera exception à la règle. Ce qui ne fait pas partie de ce que la nature a laissé ne compte pas.

Dengler avait fourni à chacun des casques équipés de lampes LED. Alors qu'ils avançaient dans les passages qui les emmenaient plus profondément sous terre, les ombres dansaient sur les murs et la lumière révélait des failles et des crevasses cachées, donnant l'impression que la caverne était animée par une activité autre que leurs propres mouvements. Une légère brise flottait de temps en temps au-dessus d'eux, suggérant des poches d'air provenant de l'extérieur ou des puits de lumière plus loin dans la grotte.

— C'est difficile à dire à partir de cette photo, dit Dengler, se référant à l'image de la carte de la grotte sur son téléphone, mais le chemin à suivre semble être assez clair. À part quelques virages, c'est presque tout droit jusqu'au bout. C'est seulement plus profond que je le croyais.

Dominic, qui transpirait déjà à cause de son anxiété dans l'étroitesse des lieux, était moins enthousiaste.

— Combien de temps avant d'arriver au bout, Karl ? demanda-t-il.

— C'est l'heure de prendre un Xanax, Michael ? demanda Dengler d'un ton léger tout en montrant de l'inquiétude pour son ami.

— Non, pas encore, en tout cas, mais merci.

— Ça devrait prendre encore quinze ou vingt minutes, répondit Dengler. Ça dépend des conditions qu'on va rencontrer. Mais comme tu peux le sentir, il semble qu'on ait de l'air frais ici. Et cette grotte n'est pas du même degré de difficulté que la cathédrale de Lombrives où on t'a emmené il y a quelques semaines. Tu t'es bien débrouillé là-bas, et ça ira ici, je t'assure.

Hana se retourna pour jeter un coup d'œil à Dominic. De minuscules perles de sueur luisaient sur son front à la lumière de son casque et son visage était légèrement crispé, davantage par l'appréhension que par la fatigue, imaginait-elle, puisqu'il était en meilleure forme qu'elle, et qu'elle allait bien.

Alors qu'ils s'engageaient dans une partie plus large, Hana prit la parole :

— On peut s'arrêter ici quelques minutes, les gars ? J'ai besoin de boire un coup et de reprendre mon souffle.

— Bien sûr, dit Dengler. Ça me laissera le temps de vérifier notre position.

Plusieurs gros rochers jonchaient cette section de la caverne, et chacun en prit un comme siège. Hana remarqua que Dominic souffrait d'une certaine détresse respiratoire et elle demanda, inquiète, s'il essayait de paraître plus courageux qu'il ne l'était vraiment.

— Tu sais, lui murmura-t-elle, en se penchant plus près, assise sur le rocher voisin, je pensais que cela allait être beaucoup plus difficile. Mais cette brise... tu la sens ? C'est agréable de savoir que nous avons accès à l'air frais, et c'est vraiment une belle expérience, tu ne trouves pas, Michael ?

Dominic la regarda dans les yeux et sa tension se relâcha.

— Je sais ce que vous faites, madame Freud. Et je t'en suis reconnaissant, vraiment. C'est seulement que, quand j'étais enfant, j'ai failli me noyer dans un tourbillon sous une chute d'eau, et depuis, j'ai du mal avec les espaces confinés, surtout dans les situations que je ne maîtrise pas.

— Mais tu as le contrôle, tu ne vois pas ? dit doucement Hana, de manière réconfortante. Karl et Lukas prennent bien soin de nous et je leur fais confiance autant qu'à toi. Pourquoi ne prends-tu pas le Xanax que Karl t'a proposé ? Crois-moi, ça marche.

— D'accord, dit-il. J'aime mieux ça que de causer de l'inquiétude. Je sais que c'est dans ma tête, mais ça n'en est pas moins réel.

Hana s'approcha pour lui étreindre la main, puis elle se leva et alla vers Dengler.

— Je vais prendre un de ces Xanas, Karl.

Dengler, pleinement conscient que c'était pour Dominic et non pour sa cousine, fouilla dans son sac et en retira le flacon de médicaments, prit une pilule bleue et la tendit à Hana. Elle retourna à l'endroit où Dominic était assis.

— Cela devrait faire effet d'ici que nous atteignions notre

destination, dit-elle en lui tendant le comprimé avec une bouteille d'eau.

Il le prit et l'avala.

— D'accord, on y va ! dit-il, avec un empressement feint. Les membres de l'équipe se levèrent, attrapèrent leurs sacs et s'enfoncèrent dans la grotte.

Assez vite, Dengler s'arrêta brusquement et vérifia la carte sur son téléphone.

— Nous devrions être proches maintenant. Un grand virage à gauche, puis une boucle vers un passage sans issue qui mène à la fourche – où, si les notes de Simon sont correctes, nous devrions trouver le reliquaire. Hana, mon téléphone n'a presque plus de batterie. Transférons ça sur ton téléphone pour avoir une sauvegarde.

À l'aide de l'utilitaire Bluetooth AirDrop, Dengler envoya une copie de la carte sur l'iPhone d'Hana. En vérifiant sa propre batterie, elle vit qu'il restait beaucoup d'autonomie.

— C'est bizarre, dit Dengler, en remarquant un drapeau rouge sur l'icône de la messagerie vocale de son iPhone. J'ai un message noté « Appelant inconnu ». Je suppose que je ne l'ai pas entendu.

— Il se peut qu'il soit arrivé juste au moment où nous entrions, dit Lukas. Qu'est-ce qu'il dit ?

Dengler mit le haut-parleur afin qu'ils puissent tous l'entendre. La voix grave avait un ton d'urgence, mais le message était trop brouillé pour qu'on puisse comprendre ce que disait l'appelant.

— C'est un ami... Gov1ć... faire sauter... tous en danger. N'y allez pas... sortez maintenant !

— Réécoutons-le, dit Hana.

Dengler s'exécuta et appuya sur le bouton «Lecture». Ils se penchèrent tous pour mieux entendre.

— C'est trop haché pour qu'on comprenne, remarqua Dominic. Mais pourquoi quelqu'un t'appellerait-il au sujet de Gović ? « Faire sauter » laisse peu de place à l'interprétation – mais faire sauter quoi ? Veut-il dire la grotte ? !

— Quoi qu'il ait dit, je n'aime pas le ton de sa voix, les prévint Hana. J'ai un mauvais pressentiment. Dépêchons-nous et partons d'ici.

VINGT-NEUF

Les murs de la caverne se rétrécissaient à mesure qu'ils approchaient de leur destination. Dengler toujours à leur tête, ils parvinrent à une fourche à trois branches.

Utilisant maintenant l'image sur le téléphone d'Hana, Dengler vérifia à nouveau la carte, décidant de prendre le passage du milieu, le seul qui les mènerait à la boucle, puis à la salle en cul-de-sac.

Mais la bifurcation du milieu présentait un étranglement qui permettait à peine à un corps de passer, laissant très peu d'espace autour. Il semblait peu probable que cette voie ait attiré les précédents visiteurs de la grotte, et Dominic s'y accrochait pour garder intacte sa détermination et gérer la situation, malgré l'anxiolytique qui commençait à faire effet.

Dengler, le premier à devoir passer, retira son sac à dos, le laissa tomber à ses pieds – une zone à peine plus large que l'endroit où son torse se faufilait – puis il le traîna derrière lui par la sangle. Les autres firent de même, s'efforçant de se frayer un chemin entre des murs de calcaire distant d'à peine quarante centimètres. Hana et Lukas suivaient et, malgré les difficultés, ils réussirent à passer assez facilement.

Les derniers membres de l'équipe avaient traversé et c'était au tour de Dominic de se glisser dans l'étroite fissure. En regardant à l'autre bout, il ne vit rien d'autre que trois lampes frontales tournées vers lui. *Au moins, j'ai beaucoup de lumière*, pensa-t-il, conscient de l'inquiétude de ses amis.

— Allez, Michael, dit Dengler pour l'encourager. Ce n'est pas aussi difficile que ça en a l'air.

Laissant tomber son sac à ses des pieds comme les autres, il commença à se frayer un chemin. Son casque raclait les murs et des éclats de calcaire tombaient sur ses épaules et ses bras alors qu'il se faufilait lentement dans la crevasse.

En meilleure forme et plus grand que les autres, Dominic avait une poitrine large et musclée, ce qui ne l'aidait pas dans cette situation. À cause des murs resserrés, il avait du mal à respirer, une sensation qui ne faisait qu'ajouter au malaise croissant provoqué par sa cage thoracique coincée entre deux plaques de roche inamovibles.

— Michael, tu peux tendre ton bras ? demanda Lukas. Je vais te tirer.

Respirant par à-coups, Dominic était sur le point de perdre connaissance. *Non... Je sais que je peux le faire !*

— Je vais bien, Lukas, merci, dit-il en grimaçant. Je vais y arriver...

Utilisant sa jambe droite comme levier, il poussa de toutes ses forces pour faire glisser le haut de son corps dans l'espace étroit. Progressant centimètre par centimètre, il finit par passer, se libérant, soulagé, de la claustrophobie due à ces murs qui l'emprisonnaient et il atterrit dans les bras de Lukas.

— Tu vois ? Ce n'était pas si terrible, si ?

Dengler sourit en s'approchant de son ami pour l'enlacer et l'encourager.

Sa poitrine se soulevant entre deux grandes bouffées d'air, Dominic était euphorique.

— Eh bien, si c'était le pire, je pense que ça ira. Maintenant, sus au trésor.

APRÈS AVOIR SANGLÉ LEURS SACS, ils se dirigèrent vers la boucle indiquée sur la carte, puis l'empruntèrent. Ils pénétrèrent dans une grande cavité dotée d'un puits de lumière naturel au plafond, d'une hauteur de trois mètres et d'un diamètre de vingt centimètres, suffisant pour baigner la pièce de rayons de soleil éclatants. De la pièce partaient deux passages en cul-de-sac. Dengler lut les instructions traduites par Ginzberg.

— « Le reliquaire est enterré dans le plus haut de deux passages en cul-de-sac… comme les doigts d'une main. Quatre pierres en forment le réceptacle. » Ce serait donc ce passage sur la gauche, dit-il en le désignant.

Ils traversèrent la large salle calcaire.

— Donc, nous cherchons quelque chose qui a la forme d'un réceptacle, c'est ça ? demanda Hana.

— Oui, confirma Dominic. Simon a dit que c'était comme une boîte, peut-être une crevasse protectrice ou une sorte de trou recouvert.

De nombreux rochers et pierres étaient éparpillés dans le large passage, certains semblant empilés, d'autres saillant naturellement des parois calcaires. La lumière du jour provenant de la pièce adjacente n'atteignait pas tout à fait le fond du cul-de-sac, l'équipe dépendait donc des LED de leur casque pour s'éclairer.

— Il y a quelque chose par ici ! s'exclama Hana. Mais je vais avoir besoin d'aide.

Elle observait des pierres apparemment entassées au hasard, avec un rocher plat presque entièrement dissimulé sous plusieurs rochers plus gros. Dengler et Lukas commencèrent à ôter les pierres les plus hautes et à les mettre de côté. En songeant à l'authentification et aux archives historiques,

Dominic sortit son iPhone et commença à filmer l'événement. L'attente dans la salle était palpable, chacun jouant avec enthousiasme son rôle dans ce qui pourrait être l'une des plus grandes découvertes de l'histoire.

Les rochers ayant été dégagés sur la pierre plate, Lukas et Dengler en prirent chacun une extrémité et la firent glisser sur les roches sur lesquelles elle reposait. Il était maintenant clair qu'il s'agissait bien d'un réceptacle, trois pierres plates verticales formant un cocon protecteur.

Quatre têtes se penchèrent sur l'ouverture, leurs lampes éclairant un antique coffre en bois avec des ornements en fer à chacun des huit coins et une poignée en fer de chaque côté. Sur le panneau avant, Dominic remarqua une serrure égyptienne archaïque.

Le silence se fit dans le passage, et ils se regardèrent tous, conscients de l'importance du moment, s'imprégnant de leur découverte, quelle qu'elle fût. Dominic frissonna en pensant à ce que cela pouvait signifier. Que la carte en forme de casse-tête qu'il avait accidentellement trouvée dans les archives du Vatican les ait conduits à cet endroit – qu'il puisse s'agir du légendaire trésor des cathares comme annoncé dans le journal de Guillaume de Sonnac – était incroyable.

Hana rompit le silence.

— On fait quoi, maintenant ? murmura-t-elle.

— Eh bien, vous nous le remettez, bien sûr, répondit en écho une voix à l'accent des Balkans depuis l'entrée du passage.

Sursautant, Hana et les autres se retournèrent.

Là, sous le puits de lumière de la grande salle au bout du goulet, se tenaient Ivan Gović et trois autres hommes. Quatre pistolets étaient pointés dans leur direction.

CHAPITRE

TRENTE

Une pluie fine tombait sur la Cité du Vatican tandis que le cardinal Dante, une petite valise en cuir à la main, traversait les jardins papaux pour se rendre au palais du Gouvernorat et au bureau du secrétaire d'État. Son assistant, le père Bruno Vannucci, marchait à ses côtés, tenant un parapluie au-dessus de la tête du cardinal tout en débitant des ragots sans importance.

Le cardinal soupira.

— Bruno, je me fiche complètement de savoir qui fait quoi à qui à la Curie en ce moment, dit-il avec irritation. Je suis sur le point de négocier les termes de la reddition de Petrini et de notre retour au secrétariat d'État. Restez concentré, mon vieux.

Ainsi rabroué, Vannucci tira une longue bouffée nerveuse sur la cigarette qu'il fumait de l'autre main, puis il éteignit le bout rouge d'une pichenette avant d'empocher le filtre. Il était interdit de salir les jardins papaux avec des mégots de cigarettes, même si Dante le faisait lorsque personne ne regardait.

Quand ils entrèrent dans le bâtiment, Vannucci replia le parapluie, le secoua, puis ouvrit la porte pour Son Éminence.

Reconnaissant Dante, la religieuse sévère à la réception fit un signe de la main vers l'ascenseur.

— Son Éminence vous attend, cardinal Dante, dit-elle platement en italien. Vous pouvez monter.

— Pardonnez-moi de ne pas vous serrer la main, Fabrizio, dit prudemment Petrini lorsque Dante entra dans son bureau. Votre dernière visite a laissé des traces. (Petrini baissa les yeux sur sa main et la blessure en voie de guérison.) Que puis-je faire pour vous ?

— Je viens discuter d'un sujet extrêmement sensible vous concernant, Éminence, commença Dante, feignant la compassion, comme si cela lui faisait de la peine d'apporter de mauvaises nouvelles. J'ai appris, poursuit-il, que le père Dominic est né dans votre presbytère lorsque vous étiez curé à New York, et qu'il n'a jamais appris qui était son vrai père.

Maintenant assis derrière son bureau, Petrini se raidit lorsque Dante prononça ces paroles, puis il rougit et ses mains se mirent à trembler.

— Et qu'est-ce que cela a à voir avec moi ? demanda-t-il à Dante dans un quasi-chuchotement.

— Eh bien, Éminence, je sais de source sûre qui était le père, en réalité. Avez-vous quelque chose à dire à ce sujet ?

— Arrêtez de jouer bêtement au chat et à la souris, Fabrizio ! Où voulez-vous en venir ?

Dante ouvrit sa valise et retira le rapport de paternité du laboratoire Genomics, puis il le posa devant Petrini.

— On peut faire des choses remarquables avec l'analyse ADN de nos jours, Enrico. Si vous voulez bien vous référer au résumé en bas de page.

Dante s'approcha et désigna l'endroit du rapport où était écrit : « Indice de paternité ADN 99,9998%. En conclusion, le sujet est le père biologique. »

— Cela peut vous intéresser de savoir que le « sujet » de ce rapport est identifié ici comme étant vous, Éminence. Votre ADN ainsi que celui du père Dominic ont montré une correspondance indiscutable. Michael est votre fils, Enrico.

Petrini pâlit, se cala sur sa chaise pour absorber l'impact de cette annonce stupéfiante, celle qu'il redoutait depuis plus de trente ans.

— Vous vous trompez, Dante, dit Petrini, avec une assurance feinte. Où que vous ayez eu votre information, elle est fausse.

— Pourtant, répondit Dante, profitant de l'instant, l'un des plus grands laboratoires d'analyse ADN d'Italie prouve le contraire. Poursuivez votre lecture avant de vous ridiculiser.

Petrini examina les documents que Dante lui avait remis. Il savait que son secret n'était plus protégé, surtout entre les mains de ce psychopathe.

Il leva les yeux pour croiser ceux du cardinal.

— Vous êtes un salaud maléfique, Dante. Pourquoi faites-vous cela ? À quoi cela peut-il vous servir ?

Le regard de Dante se durcit.

— Durant toutes ces années, vous avez vécu dans le mensonge, cardinal Petrini, le pire et le plus noir des mensonges. Le Saint-Père ne prendra pas ce sujet à la légère. Non, pas du tout. En fait, il n'aura pas le choix. On vous «demandera» de quitter l'Église et vous perdrez votre position élevée au sein du *papabile,* vous pouvez donc dire adieu à la papauté.

Petrini était broyé par cette allégation. Par sa véracité. Son cerveau fonctionnait à toute vitesse, à la recherche d'une réponse qui aurait du sens dans le chaos du moment. Encore une fois, il regarda le visage de Dante, et le sien s'éclaira.

— Quel genre de monstre êtes-vous, Fabrizio ? Comment osez-vous une telle ingérence dans ma vie privée ! Je suppose que cette poignée de main de la semaine dernière faisait aussi partie de votre épouvantable plan ? Je ne peux qu'imaginer à quel point vous avez été créatif pour obtenir aussi l'ADN de Michael. Espèce de salaud !

— J'admets avoir eu une conduite monstrueuse si ça peut vous rassurer, dit Dante. Obtenir les échantillons nécessaires a été assez facile, en fait. J'ai suivi mon intuition, et ça a payé – magnifiquement, j'espère.

— Vous espérez ? Qu'est-ce que vous voulez dire ? Qu'est-ce que vous y gagnez ?

— Ah, nous arrivons au but de l'opération, je suppose, dit Dante en retroussant les lèvres avec dédain. En fait, je n'ai pas l'intention de porter cette affaire devant Sa Sainteté, ni devant personne d'autre, d'ailleurs. Et le jeune Michael n'a pas besoin d'en savoir plus si vous préférez qu'il en soit ainsi.

— Continuez, le poussa Petrini.

Dante se pencha en arrière sur sa chaise, en croisant ses doigts et en regardant par la fenêtre le dôme de Saint-Pierre, scintillant sous la pluie.

— Je veux retrouver mon ancien poste, Enrico, dit-il sans ambages. En tant que secrétaire d'État. Votre poste. En dehors de ça, je n'ai aucun besoin immédiat.

— Ce qui veut dire, je présume, commença Petrini, que vous garderez la preuve de cette affaire à portée de main au cas où elle serait nécessaire pour un futur chantage.

— Je vois que nous nous comprenons parfaitement, dit Dante. Vous êtes le bienvenu si vous voulez prendre ma place à Buenos Aires. Bien que j'aie quelques amis puissants là-bas, je préférerais de loin être ici où je peux être plus utile à notre Sainte Mère l'Église. Je suis né pour cette fonction et tout ce qu'elle représente.

— Et si le Saint-Père ne l'entend pas de cette oreille ? C'est sa décision, pas la mienne.

— Je compte sur vous pour le pousser à comprendre en quoi un changement aussi important serait sage, Éminence.

Ce n'est pas comme si je n'étais pas qualifié pour le poste, l'ayant occupé pendant de nombreuses années avant que vous ne preniez la relève. Dites-lui que le Saint-Esprit a intercédé et que vous souhaitez retourner à votre mission pastorale d'archevêque de New York.

— Cela risque d'être compliqué, Fabrizio, et ne pas pouvoir se faire du jour au lendemain.

— Vous auriez dû y penser il y a trente ans, en parlant de complications, cracha Dante. Je ne suis pas pressé, mais j'estime que tout devrait être bouclé dans un mois environ, juste après la visite du pape en Amérique du Sud, disons. Oui, ce serait le bon moment pour tout le monde.

Enrico Petrini se leva et se dirigea lentement vers la fenêtre. Debout, il vit dans son reflet un homme vaincu, qui avait été mis à l'épreuve et avait échoué. Sa colère bouillonnante contre Dante céda la place à une acceptation involontaire de sa situation fâcheuse. Sa seule préoccupation maintenant était de limiter tout retour de bâton à lui et lui seul.

— J'ai une condition, Dante. C'est que Michael ne le découvre jamais. Je ferai tout ce qu'il faudra pour l'empêcher. Je vais en parler à Sa Sainteté et vous recommander comme remplaçant. Mais laissez Michael en dehors de ça.

— Comme vous voudrez, Enrico, dit Dante, en récupérant les rapports d'ADN sur le bureau. Puisque nous avons un accord, inutile que ça aille plus loin. Je vais prendre les dispositions nécessaires pour retourner à Rome le mois prochain. En attendant, je vais me retirer. *Buona sera*, Éminence.

TRENTE-ET-UN

Hana frissonnait moins à cause du froid de la grotte que de cette nouvelle situation délicate. Elle se tourna vers Dominic, dont la mâchoire se crispa de mépris pour Gović et ses voyous, alors que leurs armes manifestaient clairement leurs intentions.

Gović et ses hommes entrèrent lentement dans la salle et allumèrent leurs lampes frontales en avançant vers les autres.

— Vous nous avez épargné beaucoup de travail, père Dominic, dit le Croate avec l'autosatisfaction de quelqu'un qui vient de changer le cours des choses. Et qu'avez-vous trouvé, si je peux me permettre ?

Dominic s'avança devant les autres, les bras instinctivement levés pour protéger ses amis, comme un berger son troupeau.

— Vous n'avez rien à faire ici, Gović, affirma-t-il. Nous agissons au nom de l'Église.

Le rire froid de Gović résonna sur les murs de la caverne.

— Vous êtes en train de dire que vous quatre avez été officiellement envoyés par le Vatican pour mener une fouille archéologique en France à la recherche d'un objet appartenant à Marie Madeleine ? Si c'est le cas, ils font des choses assez bizarres en ce moment.

— Qu'est-ce que vous voulez ? demanda Dominic alors que Gović s'arrêtait juste devant lui.

— D'abord, œil pour œil.

En un éclair, Gović leva son pistolet et abattit violemment la crosse sur la temps de Dominic. Celui-ci tomba au sol, sa main se tendant vers son cou alors qu'une douleur aveuglante le paralysait.

— Michael ! cria Hana en s'agenouillant pour l'aider.

Puis levant les yeux vers Gović, elle lança :

— Arrêtez ! Cette violence est inutile. Prenez ce que vous voulez et laissez-nous tranquilles.

— Vous avez raison sur les deux points, répondit Gović. Nous prendrons ce que nous voulons, et nous vous laisserons, comme vous dites, tranquilles. Attachez-les.

Alors que les hommes de Gović encerclaient le groupe, Dengler et Lukas agirent par instinct.

Victor étant le plus proche, Dengler attrapa la main armée du plus grand des hommes. Il poussa le bras de Victor vers le haut avec toute la force dont il était capable et son coude heurta la trachée de son adversaire. Momentanément assommé, Victor récupéra presque instantanément. Plus grand et plus fort que Dengler, il enroula un bras puissant autour du cou de l'homme plus petit et l'étrangla. Dengler se débattait et ses jambes s'agitaient pour se libérer. Victor grogna au-dessus de son captif pendant les sept secondes qu'il fallut à Karl pour perdre conscience et s'effondrer sur le sol.

Pendant ce temps, Lukas s'était attaqué à Éric, le plaquant au sol. Mais dans leur chute, l'arme d'Éric tira. Une détonation assourdissante résonna dans la caverne. La balle perdue toucha l'avant-bras de Lukas, qui hurla de douleur en s'affalant sur le sol de la caverne. Éric se releva, puis pointa le pistolet sur la tête de Lukas.

— NON ! Arrêtez ! cria Hana.

Elle se précipita vers Lukas.

Mais Gović l'empoigna et braqua son pistolet sur sa tête. Dominic se précipita sur eux.

— Arrêtez, ou je la tue immédiatement ! cria Gović à Michael, qui se figea sur place.

Éric et Victor regardèrent Gović. Jean-Claude tournait la tête, son regard passant d'un assaut rapide à l'autre, pointant son arme au hasard, attendant de voir qui sortirait vainqueur.

En reprenant ses esprits, Dengler regarda son compagnon dont le sang suintait de l'avant-bras gauche.

— Lukas ! Non, non, non ! !

Hana s'arracha à la poigne de Gović et courut vers Dengler et Lukas, s'agenouillant à côté d'eux.

— Karl, tu es blessé ? ! Oh mon Dieu, Lukas !

Des larmes coulaient sur les joues de Dengler alors qu'il tenait Lukas dans ses bras, évaluant la gravité de sa blessure.

— La balle a traversé ton bras, heureusement.

Sans tenir compte des armes toujours braquées sur eux, Dengler arracha sa veste et commença à appliquer une pression sur la plaie. Lukas était toujours conscient, mais souffrait visiblement. Il fixait Karl d'un regard suppliant.

— Bande de salauds ! cria Dengler à Gović. Je jure devant Dieu que vous allez le payer.

Gović et ses hommes, qui maîtrisaient totalement la situation, prirent leurs couteaux à leurs captifs – les seules armes dont ils disposaient – puis, à l'aide de menottes en plastique, ils ligotèrent Dominic et Hana les mains dans le dos. Puis ils entravèrent Dengler, et, enfin, malgré son état, Lukas.

— Pourquoi vous lui mettez des menottes ? cria Dengler. Il ne vous fera aucun mal ! Il faut qu'il aille à l'hôpital !

Gović n'y prêta aucune attention, lui et Victor examinaient le reliquaire dans son réceptacle de pierre.

— Qu'avons-nous là ? demanda-t-il. Prenons-le et partons. Notre travail ici est terminé pour le moment.

Le reliquaire n'était pas lourd du tout. Victor saisit les deux poignées du coffre, le hissant hors de sa cachette vieille de huit cents ans, puis il le posa sur le sol de la grotte.

Dominic le regarda, essayant d'en distinguer le plus possible dans la semi-obscurité avant qu'on ne l'emporte. Il semblait plus petit qu'un ossuaire classique – environ cinquante centimètres de long sur trente centimètres de large et trente-cinq centimètres de haut – mais il n'était pas composé du calcaire traditionnel, c'était évident. Il était en bois dur vieilli et orné d'ivoire byzantin incrusté, cette tradition suggérant que son contenu était considéré comme sacré. Et il était en effet fermé par une serrure égyptienne, qui nécessitait un passe-partout spécial pour y accéder – bien que Dominic doutât que cela puisse empêcher Gović de l'ouvrir.

Il remarqua alors une légère inscription sur la face avant, mais comme son casque était tombé dans la bagarre, il ne pouvait pas y diriger sa lampe.

— Vous pourriez au moins me donner un meilleur aperçu de ce que nous avons trouvé ici, dit-il dans le vide.

Gović fronça les sourcils, puis fit un signe de tête à Jean-Claude, qui braqua la lampe de son propre casque sur le reliquaire. Tout ce que Dominic voulait vraiment, c'était déchiffrer cette brève inscription en écriture araméenne, ce qui pouvait facilement la faire remonter à deux mille ans. En la fixant dans la lumière froide et stable de la lampe et en se penchant plus près, il distingua un à un les caractères séparés de l'alphabet ancien.

Dominic recula un peu, stupéfié par ce qu'il venait de lire. Sa maîtrise de l'araméen était fiable, il n'y avait donc aucun doute dans son esprit. Et si c'était vrai, l'énormité de ce que contenait ce reliquaire pouvait tout changer.

Il resta planté là, à la fois humilié et furieux à l'idée que cette importante découverte puisse finir dans les mains d'un collectionneur privé, ou pire.

Observant attentivement sa réaction, Gović s'agenouilla devant Dominic.

— Qu'est-ce que tu as vu ? J'ai besoin de le savoir.

Dominic le regarda d'un air mauvais.

— Devinez vous-même.

Gović savait qu'il n'obtiendrait pas davantage du prêtre.

— Partons d'ici, dit-il aux autres. Dites au revoir à nos nouveaux amis, camarades. *Za dom-spremni !*

Alors qu'Éric et Victor s'emparaient du reliquaire, se disputant pour savoir qui devait le porter, Jean-Claude déclara :

— Je vais m'assurer qu'ils sont bien attachés.

Les autres quittèrent la salle pour se rendre dans la plus grande, éclairée, les deux frères tenant la boîte entre eux, la discussion portant désormais sur la façon de la faire passer par l'étroit goulet qui y menait.

Jean-Claude fit le tour de la pièce, vérifiant leurs menottes, mais lorsqu'il arriva à Dengler, il plaça l'un des couteaux suisses confisqués dans ses mains liées et chuchota :

— L'AISI est en route pour vous secourir, mais restez éloignés de l'entrée. Gović va faire sauter la grotte et vous enfermer à l'intérieur. Je ne peux pas l'arrêter seul, alors vous êtes livrés à vous-mêmes pour le moment.

Surpris par cette révélation, Dengler se contenta de tousser pour masquer les chuchotements de Jean-Claude.

— Allons-y ! cria Gović. Nous avons encore du travail.

Gović et ses hommes traversèrent la grotte jusqu'à l'entrée, faisant glisser le reliquaire sur le sol à travers l'étroit boyau. Lorsqu'ils furent suffisamment loin, Dengler ouvrit le couteau et s'employa à couper les menottes en plastique qui lui liaient les poignets.

Ce faisant, il chuchota aux autres :

— Jean-Claude est avec l'AISI ! Il a déposé un couteau dans mes mains. Et nous savons maintenant ce que signifiait ce message vocal : Gović va faire sauter l'entrée de la grotte. Il a aussi dit que Colombo et son équipe allaient venir nous sauver. Nous devons trouver un moyen de sortir d'ici.

Lorsque ses liens se détachèrent, il coupa rapidement les attaches en plastique qui entravaient Michael et Hana, puis il courut vers Lukas.

— Ça va toujours ? Tu as mal ?

— C'est vraiment douloureux, Karl. Je pense que je vais m'en sortir, mais je ne peux pas être d'une grande aide avec ce bras.

Dengler fouilla dans son sac pour trouver la trousse de premiers secours, en retira des paquets de gaze et de sparadrap et remplaça le bandage improvisé en exerçant la pression adéquate sur la plaie. Puis il embrassa le front de Lukas.

— Sois fort, *mein Lieber*. Je vais te sortir d'ici et nous allons trouver des soins appropriés.

— On fait quoi, maintenant ? demanda Dominic.

Dengler réfléchit aux possibilités.

— Rassemblez vos affaires et suivez-moi.

Aidant Lukas, Dengler les conduisit jusqu'à la pièce ouverte au bout du passage et déposa son matériel. Il leva les yeux vers la voûte, puis les baissa vers Dominic et Hana, évaluant mentalement la situation. Il s'agenouilla ensuite et ouvrit son sac à dos, en retira une longue bobine de corde orange et une petite pioche, puis il empocha quelques mousquetons et spits.

— Si Gović utilise des explosifs pour faire sauter l'entrée de la grotte, alors cette sortie n'est pas une option pour nous. Nous allons essayer d'ouvrir ce puits de lumière et de sortir par là. Michael, j'ai besoin que tu me hisses sur tes épaules et que tu m'y maintiennes un moment jusqu'à ce que je puisse creuser l'ouverture pour l'élargir. Heureusement, ce n'est pas très haut. Hana, reste à l'écart des débris qui pourraient tomber, mais tiens-toi prête avec cette corde quand j'en aurai besoin, d'accord ?

— À tes ordres, Karl, répondit-elle. Merci mon Dieu pour l'armée suisse.

— Ces salauds n'ont aucune idée de ce qu'est la vengeance suisse, marmonna Dengler. Mais ils vont le découvrir. Prêt, Michael ?

— Grimpe, Karl, dit Dominic en se plantant vigoureusement au sol.

Il plaça ses mains derrière son dos et les serra fermement. Dengler y plaça son pied et se hissa sur les épaules de Dominic, les jambes autour de son cou, ce qui lui donnait la hauteur nécessaire pour commencer à attaquer le puits de lumière à la pioche.

Le trou faisait environ vingt centimètres de diamètre et vingt-cinq de profondeur, ses parois faites d'un solide mélange de roche et de terre compacte, mais la pioche pointue faisait son office.

Des morceaux de pierre et de terre tombaient sur la tête de Dominic, heureusement protégée par le casque, tandis que Dengler continuait à tailler.

Vingt minutes plus tard, le trou était assez large pour laisser passer un homme, mais guère plus.

— OK, Michael, maintenant je vais me tenir sur tes épaules et me hisser à travers le trou. Tu tiens le coup ?

— Ça va, Karl, mais heureusement que tu ne pèses pas beaucoup plus. Finissons-en. On doit récupérer ce reliquaire.

— Hana ? demanda Dengler. Tu peux me lancer la corde ?

Hana saisit la ligne enroulée et la tendit à son cousin, qui la fit passer au-dessus de sa tête et autour de son cou.

Fixant la pioche à sa ceinture, Dengler changea précautionneusement de position sur les épaules de Dominic et ce dernier l'aida à se mettre debout, légèrement courbé. S'accrochant au plafond pour se stabiliser, Dengler passa ses bras par le trou et, les positionnant de part et d'autre à l'extérieur, il se hissa. Il disparut pendant quelques instants, puis passa la tête par l'ouverture, souriant à ses trois amis qui attendaient en bas pendant qu'il reprenait son souffle.

— OK, je vais attacher une corde ici pour qu'on puisse vous sortir de là. Ne partez pas.

Dominic regarda Hana d'un air absent.

— Comme si nous avions le choix, dit-il en gloussant.

Hana était assise à côté de Lukas, s'assurant qu'il soit bien installé, vérifiant à nouveau la plaie et appliquant plus de pression sur le bandage. La blessure semblait stable pour le moment.

En haut, Dengler avait trouvé un solide rocher autour duquel il noua un grappin. Il tira dessus de tout son poids pour s'assurer qu'il était bien fixé, puis, en mesurant la distance supposée jusqu'au fond de la grotte, il fit plusieurs nœuds de chaise sur la longueur de la corde pour fabriquer une échelle de fortune. Enfin, il attacha un mousqueton sous un nœud de chaise pour hisser leurs sacs. Puis il jeta la corde dans le trou.

— Michael, attache d'abord tous les sacs ensemble de haut en bas et fixe-les au mousqueton à la base de la corde. Nous allons d'abord les remonter.

Dominic suivit les instructions et Dengler remonta les sacs sans trop d'effort.

— Maintenant, faisons sortir Hana pour qu'elle m'aide à remonter Lukas.

Hana regarda Lukas, lui ébouriffa les cheveux et lui dit :

— On se voit là-haut dans quelques minutes.

En se dirigeant vers l'échelle, elle regarda Dominic.

— Dans quoi on s'est embarqués, cette fois ?

Il tendit la main et l'attira dans une solide étreinte, qu'elle lui rendit volontiers.

Hana mit le pied dans la première boucle, puis dans la seconde et, très vite, sa tête émergea à travers le puits de lumière. Dengler la saisit par les bras et la hissa sur le sol. Puis il se pencha au-dessus de l'ouverture et regarda Dominic.

— Michael, sois très prudent avec Lukas, d'accord ?

— Précieuse cargaison, en route, dit Dominic joyeusement.

Il souleva doucement Lukas.

— Comment tu te sens, mon pote ?

— Humilié, dit simplement le soldat. C'était idiot de ma part d'essayer de m'emparer de cette arme.

— Tu n'as fait que ce pour quoi tu as été entraîné. Nous étions dépassés en nombre par des militaires entraînés et armés. Ne t'en veux pas.

Dominic aida Lukas à poser son pied, puis il le guida vers le haut, car le garde suisse n'avait qu'un seul bras utilisable. Mais il était fort et déterminé et il réussit à atteindre le sommet. De là, Dengler le saisit d'un côté et Hana de l'autre, et, ensemble, ils le hissèrent à la surface. Dengler le serra farouchement dans ses bras, puis l'aida à s'asseoir sur un gros rocher pendant qu'ils sortaient Dominic.

— Le dernier rescapé, dit Dengler, en regardant son ami.

Dominic parcourut des yeux la grotte pour s'assurer qu'ils avaient tout pris. Il jeta un dernier regard à la salle où ils avaient trouvé le reliquaire, soupira, puis engagea son pied dans la boucle.

À ce moment-là, toute la grotte trembla violemment alors qu'une explosion se propageait à travers les salles . Bombardé par les débris du séisme, Dominic chuta.

CHAPITRE

TRENTE-DEUX

Alors que la Fiat s'éloignait, Ivan Govic regarda le haut panache de fumée qui s'échappait de l'ancienne entrée de la grotte, arborant un sourire satisfait. Il pouvait maintenant dire à sa mère que la mort de son père avait été vengée, avec en prime la récupération de ce qui pourrait être un artefact religieux vital – un ancien reliquaire désormais caché sous une bâche sur le plateau du pick-up. Son sourire s'effaça lorsqu'il entendit le faible, mais croissant «flap-flap» d'un hélicoptère.

Un hélicoptère venant du sud commença à planer au-dessus du site de l'explosion tandis que trois véhicules de police convergeaient vers la ville de Périllos dans une symphonie de bleu et de sirènes. Un tireur d'élite du BRI, armé d'un fusil de combat MK14 et de jumelles Steiner, était assis dans la porte ouverte de l'hélicoptère et surveillait la zone. Repérant un pick-up qui s'éloignait à toute vitesse, il transmit ses observations par radio aux forces terrestres dans les véhicules de police.

183

Depuis son propre SUV, le directeur général de l'AISI, Massimo Colombo, ordonna à l'hélicoptère, ainsi qu'aux deux autres véhicules qui l'escortaient, de continuer la poursuite du pick-up de Gović, tandis que lui se rendait à la grotte. Il serra les dents en regardant la fumée fatale s'élever dans le ciel.

~

ENTERRÉ SOUS la terre et les rochers détachés par l'explosion, Dominic ne voyait plus que du noir. Dans un moment de panique terrifiant, il essaya de bouger pour évaluer la quantité de débris sous laquelle il était enseveli et savoir s'il était possible de s'échapper – ou s'il allait mourir ainsi.

Son bras une fois libéré, il essuya la saleté sur son visage. Puis il vit de la lumière. Il ravala sa peur.

Il se débarrassa des débris qui l'entouraient, ravi d'avoir porté son casque, et se releva. Le trou du puits de lumière s'était élargi.

— Tu vas bien, Michael ? lui cria Dengler.

Dominic prit une profonde inspiration.

— Oui, ça va. La corde est toujours attachée là-haut ?

Dengler vérifia à nouveau la solidité du grappin.

— Oui, c'est bon. Monte avant que tout le reste ne s'effondre.

Dominic planta soigneusement chaque pied dans les nœuds de chaise et monta le long de l'échelle improvisée. Quand il atteignit le sommet, Dengler lui prit la main et le mit en sécurité. Ils s'enlacèrent, soulagés, puis Dengler retourna s'occuper de Lukas.

Hana avait entendu les sirènes des véhicules de secours. D'après ce que Jean-Claude avait dit à Karl, elle devina qu'il s'agissait de Colombo et de son équipe. Elle sortit son téléphone de son sac à dos et appela le directeur, espérant que c'était bien lui qui était arrivé. Colombo répondit dès la première sonnerie.

— Hana ! Vous et vos amis êtes sains et saufs ? Vous êtes toujours dans la grotte ?

— Max ! C'est si bon d'entendre votre voix. Oui, nous sommes sortis juste à temps, dit-elle. Mais nous avons besoin d'une ambulance, ou au moins d'une évacuation rapide vers un hôpital. Un de nos amis a été touché par les hommes de Gović. Il est stable, mais a besoin de soins médicaux immédiats.

— Où êtes-vous maintenant ?

— Je ne suis pas vraiment sûre. Mais j'ai entendu vos sirènes, donc nous ne sommes pas loin. Attendez un moment...

Elle se tourna vers son cousin.

— Karl, à quelle distance et dans quelle direction dirais-tu que nous sommes depuis l'entrée de la grotte ?

Dengler regarda autour de lui et remarqua que l'hélicoptère restait un instant en position stationnaire avant de se diriger dans la direction opposée.

— Nous sommes à environ deux cent cinquante mètres à l'est de la position actuelle de l'hélicoptère, dit-il.

Colombo avait entendu le rapport de Dengler à Hana.

— Restez où vous êtes, Hana. Je vais demander à l'hélicoptère de venir vous chercher.

— Merci, Max. Je vous revaudrai ça.

Elle raccrocha.

Colombo demanda par radio au pilote de faire demi-tour et de se diriger vers l'est, de chercher quatre personnes dans les broussailles, puis de les prendre en charge et de les emmener au Centre Hospitalier de Perpignan.

En regardant l'hélicoptère faire demi-tour et repartir dans leur direction, Dominic enleva sa chemise et commença à l'agiter pour que le pilote puisse mieux les repérer. Dengler trouva une zone assez plane à proximité et y conduisit le groupe, soutenant Lukas par la taille.

Repérant le drapeau qu'était la chemise de Dominic, le pilote de l'hélicoptère s'orienta vers leur position, puis il descendit vers la zone indiquée par Dengler. Au moment de l'atterrissage, le soldat assis dans le siège du tireur sauta pour les aider à faire monter Lukas à bord. Une fois tout le monde attaché, l'hélicoptère décolla et se dirigea vers l'hôpital de Perpignan.

Alors que Dominic commençait à remettre sa chemise, Lukas remarqua :

— Pas besoin de le faire pour moi, Michael.

— Ni pour moi, dit Hana, souriant timidement.

— Hé, et moi alors ? ! ajouta Dengler.

Ils rirent tous tandis que Dominic rougissait.

— Content de voir que tu es toujours aussi fringant, Lukas, dit-il. Mais le spectacle est terminé. Je suis content de m'éloigner de cette grotte et de la spéléologie.

LA FIAT FULLBACK noire avait une bonne longueur d'avance sur les véhicules de police envoyés par l'hélicoptère. Alors qu'ils filaient vers le nord-est sur la D9 – la direction opposée à celle vers laquelle l'hélicoptère se dirigeait maintenant – Gović était persuadé qu'ils avaient semé leurs poursuivants.

Néanmoins, pour plus de sécurité, il demanda à Victor de s'arrêter à Port Fitou, sur la Méditerranée, où ils pourraient se planquer un moment. Ils se garèrent devant un banal bistrot de bord de mer où, tout en prenant un déjeuner tardif composé de crevettes locales fraîches et de bière, ils pouvaient garder un œil sur leur cargaison.

CHAPITRE

TRENTE-TROIS

Pendant que Lukas était soigné aux urgences, Dengler faisait les cent pas dans la salle d'attente de l'hôpital tandis que Dominic et Hana discutaient avec l'agent Colombo.

— Si Jean-Claude n'avait pas été là, nous serions peut-être encore tous coincés dans cette grotte, dit Hana au directeur des renseignements après avoir expliqué les événements des heures précédentes.

— C'est l'un de nos meilleurs agents infiltrés, déclara Colombo. Et nous travaillons depuis longtemps sur cette opération de l'Oustacha et les agissements de Gović. Heureusement, il a pu contribuer à vous sauver et, même si nous avons perdu la trace de ce pick-up, nous avons toujours notre taupe dans l'organisation de Gović et nous saurons ce qu'il compte faire de votre objet. Mais je suis un peu plus préoccupé par sa relation avec cet expert en explosifs de la Garde suisse au Vatican, le sergent Koehl.

— Pensez-vous que Dieter a quelque chose à voir avec la bombe ? demanda Hana.

— En fait, dit Dominic, quelqu'un a laissé un message

vocal à Karl pour essayer de nous mettre en garde contre Gović, mais nous ne l'avons pas eu à temps, et quand nous l'avons enfin écouté, il était trop brouillé pour qu'on comprenne. De plus, le numéro de l'appelant était masqué. Qui aurait pu savoir pour Gović et la bombe ? Vous pensez que Karl devrait en parler à Dieter ?

— Vous pouvez être sûr que nous, nous en parlerons avec le sergent Koehl, père Dominic, affirma Colombo. Cela semble être plus qu'une coïncidence. Au fait, puis-je demander ce que contenait le reliquaire que vous avez trouvé ? Quelle est son importance ?

Avec un certain empressement, Hana commença à expliquer :

— Nous pensons que c'était...

— En fait, interrompit Dominic en la regardant. Nous ne savons pas vraiment. Nous venions juste de le découvrir grâce à certains indices que j'ai trouvés dans les archives du Vatican, bien qu'aucun d'entre nous ne comprenne ce que contient réellement la boîte. Mais il est essentiel que nous la récupérions – sans qu'elle soit abîmée, si possible. Cela pourrait être extrêmement important pour l'Église.

— Peut-être que Jean-Claude peut nous aider. Lorsqu'il reprendra contact, j'insisterai sur l'importance de garder le reliquaire intact. Comme vous pouvez le comprendre, la situation pourrait évoluer, il est donc difficile de savoir ce qu'il fera.

— Nous vous en serions très reconnaissants, Max, merci, dit Dominic.

Un médecin s'approchait pour parler à Karl et Colombo les laissa.

— Lukas a eu une chance incroyable, dit Dengler à Dominic et Hana après avoir parlé avec le médecin traitant.

La balle a traversé le muscle de l'avant-bras sans toucher l'os ou les tendons et il devrait guérir en quelques semaines, même s'il sera en arrêt maladie pendant un certain temps. Maintenant, je n'ai plus qu'à expliquer tout cela à notre commandant. Ça ne va pas être drôle, surtout maintenant que l'AISI est impliqué.

— Eh bien, suggéra Dominic. Dis-lui simplement que nous avons rencontré des locaux un peu violents en faisant de la spéléologie et reste-en là. Colombo, de son côté, va rester discret, j'en suis sûr, bien que les relations de ton ami Dieter avec Gović risquent de le mettre sous le feu des projecteurs. Au fait, je préférerais que tu ne mentionnes pas encore le reliquaire, du moins jusqu'à ce que nous maîtrisions mieux la situation.

— Bien sûr, répondit Dengler. Mais je veux être là quand on retrouvera ce fils de pute.

— Je vois ce que tu veux dire, Karl, dit Dominic, mais nous devons être malins. Gović suppose probablement que nous n'avons pas réussi à sortir de la grotte, ce qui pourrait jouer en notre faveur.

— Bon, pour l'instant, je vais passer la nuit ici avec Lukas. Le personnel de l'hôpital est très accommodant et s'arrange pour que je puisse dormir sur un lit de camp dans sa chambre. Tu rentres à Rome avec Hana ?

— Pas sans toi, non ! Non, nous allons trouver un hôtel et y passer la nuit. On ne rentrera pas tant que Lukas ne pourra pas être déplacé. Je vais passer les appels nécessaires au Vatican. On se voit au petit déjeuner demain matin.

Après avoir trouvé un hôtel convenable près de l'hôpital de Perpignan, Dominic appela Enrico Petrini, lui raconta qu'ils avaient eu des problèmes de voiture en France – et vécu d'autres événements qu'il expliquerait plus tard – et lui demanda de justifier l'absence de Karl et de Lukas auprès du commandant de la Garde suisse, et d'informer le frère Mendoza de la sienne. Ils reviendraient tous dans un jour ou deux.

Pour la première fois depuis que l'hélicoptère les avait récupérés, Dominic et Hana se retrouvaient seuls, et affamés. Ni l'un ni l'autre n'avait apporté beaucoup de vêtements, mais ils se changèrent et se dirigèrent vers le bistrot de l'hôtel pour un dîner tardif composé d'une sole meunière, d'une salade de lentilles et d'une bouteille fraîche de Chardonnay Côte d'Or.

Le vin faisait son effet et tous deux se remettaient des événements extraordinaires de la journée lorsque la conversation bifurqua vers le reliquaire.

— Tu as une idée de la façon de le récupérer, Michael ? demanda Hana.

— Pas encore. Mais comme tu es la maîtresse des énigmes, je suis sûr que tu trouveras un plan brillant tôt ou tard... Je suis plus préoccupé par ce que Gović compte en faire, poursuivit Dominic, les sourcils froncés par l'inquiétude. Il essaiera très probablement de le vendre au marché noir et, si cela se produit, nous pourrions ne plus jamais le revoir. La contrebande d'antiquités est un commerce énorme en Italie, et cet objet atteindra probablement un prix obscène. L'avantage pour nous, c'est qu'il fera parler de lui, car les objets de cette rareté ne restent pas anonymes très longtemps. Nous devons trouver quelqu'un lié au monde souterrain de Rome qui pourrait entendre parler de l'offre d'un tel objet.

Hana picorait sa salade, ses pensées revenant sur leur découverte du « réceptacle » et de l'objet sacré qu'il contenait, puis sur leur capture par Gović et ses hommes.

— L'apparition opportune de Jean-Claude a été une bonne surprise, nota-t-elle. J'espère qu'il pourra d'une manière ou d'une autre empêcher Gović de l'abandonner au marché noir. Au fait, je voulais te demander ce que tu as vu d'inscrit sur le côté du reliquaire ? Quelque chose d'important ?

Dominic posa sa fourchette, se tamponna la bouche avec sa serviette, puis feignit la désinvolture en la regardant dans les yeux.

— Oh, ça. Oui, j'ai oublié de le mentionner – ça dit : « Sarah, fille de Yeshua et Mariam. »

TRENTE-QUATRE

Sa fourchette tinta sur l'assiette en porcelaine et Hana ouvrit grand la bouche.

— Je n'arrive pas à croire que tu n'en aies pas parlé plus tôt ! murmura-t-elle, alors que les quelques autres clients du restaurant jetaient un coup d'œil dans leur direction.

— Sarah, fille de Jésus et de Marie ? !

— Je n'ai pas eu le temps jusqu'à présent ! murmura Dominic, sur la défensive. Et cela ne fait qu'aggraver la situation de toute façon. Durant tout ce temps, nous avons supposé qu'il contenait les os du Christ ! Mais si l'inscription révèle réellement que le contenu est ceux de Sarah, cela jette une lumière entièrement différente sur l'histoire – mais dans tous les cas, c'est une idée bouleversante.

— Jésus avait une fille ? ! s'exclama Hana, toujours sous le choc. Comment Sarah s'intègre-t-elle dans le tableau ?

— Bien que les Écritures ne le mentionnent pas, la tradition orale – et je dois souligner qu'il ne s'agit que de légendes – veut que Marie Madeleine ait été enceinte au moment où le Christ a été crucifié. Trois mois plus tard, elle a donné naissance à une fille appelée Sarah, le nom hébreu pour « princesse », ce qui serait effectivement approprié pour le roi des Juifs. La légende nous dit également que Sarah est née en Égypte, ce qui est tout à fait plausible puisque les Juifs israéliens dont la sécurité était menacée cherchaient souvent asile à Alexandrie. À l'époque, Israël était sous occupation romaine et il aurait été extrêmement dangereux pour Marie d'être connue comme l'épouse de Jésus, et encore plus qu'on sache qu'il avait une descendance. Ce savoir sacré aurait été protégé à tout prix par les disciples du Christ. Un jour, des années après la crucifixion, un groupe de Juifs de Jérusalem a lancé Madeleine, son frère et sa sœur – Marthe et Lazare, ainsi que Joseph d'Arimathie et d'autres, et la «jeune fille » de Marie, prénommée Sarah – à la dérive en Méditerranée, dans un bateau sans gouvernail, sans rames ni voiles, s'attendant à ce qu'ils périssent en mer. Mais grâce à ce que beaucoup considèrent comme un miracle, le bateau a fini par s'échouer à la pointe sud de la Gaule, juste au nord-ouest de Marseille, en France.

Hana était fascinée par le récit détaillé fait par Dominic d'une histoire dont elle ne savait rien. Son esprit de journaliste fourmillait de détails, cherchant à donner un sens à cette nouvelle information. Elle était entraînée à chercher des preuves, des confirmations et, pourtant, elle se sentait dépassée par tout ce qu'elle venait d'entendre.

— Qu'en est-il du papyrus de Madeleine, celui que nous avons trouvé l'année dernière ? demanda-t-elle. Elle expliquait de façon précise qu'elle avait apporté un reliquaire avec elle en France, qui contenait les restes de son mari, Jésus. Alors, il est où, maintenant ?

— Oui, dit Dominic. Il est où ? Il n'y a pas beaucoup de moments dans ma vie où je me suis senti vraiment impuissant, mais ces dernières vingt-quatre heures ont été une véritable prise de conscience. À ce stade, je ne sais pas vers qui me tourner.

— Pourquoi pas Simon ? suggéra Hana. Pourrait-il nous aider en quoi que ce soit ?

— Eh bien, j'ai l'intention de discuter de tout ça avec lui, bien sûr. Le mieux serait de le faire dans son bureau, ou n'importe où en dehors du Vatican. Je le contacterai à notre retour. En attendant, passons la nuit ici et voyons comment va Lukas demain matin. Avec un peu de chance, il ira assez bien pour voyager. Nous devons retourner à Rome le plus vite possible.

LE LENDEMAIN MATIN, il faisait anormalement chaud à Perpignan, alors que Dengler, Hana et Dominic se prélassaient autour d'un petit-déjeuner tardif sur la terrasse de leur hôtel qui surplombait la Têt. Les pelouses bien entretenues le long des berges de la rivière s'étendaient sur des kilomètres dans les deux directions, témoignant de la fierté des citoyens de la ville qui chérissaient leur héritage dans la plaine du Roussillon.

— Lukas sortira à midi, nous pourrons donc rentrer à ce moment-là, dit Dengler, tenant sa tasse d'expresso d'une main et jonglant maladroitement avec un croissant frais et beurré de l'autre. Il y aura quelques cicatrices, mais heureusement pas de dommages permanents.

Pour Hana, il était clair que son cousin avait probablement passé une bonne partie de la nuit à surveiller Lukas, s'occupant de lui comme seul un compagnon aimant pouvait le faire.

— Laisse-moi conduire en premier, Karl. C'est une belle journée pour voyager en voiture et tu as besoin de repos.

— Marché conclu, répondit-il. On devrait retourner à l'hôpital et préparer Lukas pour le trajet. La première chose que je veux faire à notre retour est de discuter avec Dieter Koehl. J'aimerais savoir s'il a joué un rôle dans notre petite aventure. Je n'aime pas trop l'idée qu'il soit copain avec Gović.

— Je pense que tu découvriras que l'AISI a le même objectif, Karl, dit Dominic. Max est très désireux d'interroger Dieter lui-même. Je serai curieux de voir où ça va mener.

PENDANT QU'HANA et Dominic faisaient le plein de la Jeep Wrangler pour le retour, Dengler faisait sortir Lukas de l'hôpital, poussant son fauteuil roulant vers les fenêtres de la salle d'attente.

— Vraiment, Karl, tu peux arrêter de t'occuper de moi maintenant. On est tous les deux des commandos coriaces et on doit être capables de surmonter ce genre d'épreuves, non ? Je vais bien, honnêtement. La balle n'a pas touché d'os ou d'artère, c'est juste une blessure superficielle.

— Tu iras bien quand je dirai que tu vas bien, rétorqua Dengler. En plus, il faut que tu reprennes vite des forces pour qu'ensemble on puisse affronter les salauds qui t'ont fait ça.

La Jeep étant maintenant chargée des affaires de chacun, Hana la ramena jusqu'à l'entrée de l'hôpital. Dominic aida à installer Lukas sur le siège arrière avec Karl, ramena le fauteuil roulant dans le bâtiment et revint, sautant sur le siège passager.

— C'est parti ! dit-il en désignant l'autoroute.

TRENTE-CINQ

Faisant partie des antiquaires les plus respectables de Rome, Vincenzo Tucci était un homme tranquille et corpulent, au teint blanc comme un linge, rendu encore plus spectral par une grave alopécie. Pas un seul poil n'apparaissait sur son visage ou sa tête, et l'absence de sourcils et de cils lui donnait l'avantage de paraître beaucoup plus jeune que ses soixante-quinze ans, même si cela lui valait souvent des regards plus que polis de la part des clients aisés, par ailleurs bien élevés, qui entraient dans sa boutique de la Via del Governo Vecchio.

Tucci était connu dans toute l'Italie en tant qu'expert en art étrusque. Sa boutique regorgeait de statues, de bronzes, de vases, de bijoux, d'objets en verre et de nombreuses autres antiquités précieuses qui plaisaient aux collectionneurs avisés du monde entier, lesquels demandaient souvent un droit de préemption sur les objets particulièrement rares et inédits qui pouvaient tomber entre ses mains.

Mais Vincenzo Tucci avait également une autre casquette, moins connue, sur sa tête chauve : celle de *capo zona* des *tombaroli* de Rome, le chef régional des pilleurs de tombes du marché noir, un travail qui l'occupait souvent davantage que ses affaires légitimes. Il avait l'œil pour les failles en matière d'éthique, ce qui, jusqu'à présent, lui avait évité les problèmes juridiques.

Depuis des générations, le marché noir des antiquités en Italie est une entreprise florissante. Bien avant que les artistes de la Renaissance ne produisent des œuvres de renom sur toile et en marbre, les artisans de la Grèce antique et d'autres cultures du vieux monde avant l'ère chrétienne produisaient des œuvres en pierre et en bronze, des poteries en terre cuite et des vases en marbre. Et si une grande partie de ce patrimoine avait trouvé sa place dans les musées, on supposait depuis longtemps que les collectionneurs privés s'appropriaient la majorité des œuvres, dont la provenance légale était souvent douteuse.

Les *tombaroli* possédaient une liste secrète de receleurs potentiels pour les objets qu'ils acquéraient et, conformément à son rôle de *capo zona*, Tucci était généralement le premier à être contacté lorsqu'un objet particulièrement mystérieux était mis sur le marché. Et il disposait de ressources uniques vers lesquelles il pouvait se tourner pour authentifier ou effectuer la vente d'un tel objet.

Il fallait bien sûr faire preuve d'une extrême prudence dans ces combines, car l'Italie avait une fière tradition de protection de son patrimoine culturel et les peines pour trafic d'antiquités volées étaient sévères.

La *Tutela Patrimonio Culturale*, une unité spéciale des carabiniers italiens connue sous le nom de brigade artistique, s'attelait à cette tâche sans fin. Installée dans un palais baroque de quatre étages sur la Piazza Sant'Ingazio – face à l'église jésuite de Saint-Ignace, avec ses magnifiques fresques en trompe-l'œil de Pozzo –, la brigade artistique était dirigée par le colonel Benito Scarpelli, un sexagénaire minutieux et méthodique qui, avant d'occuper ce poste depuis une vingtaine d'années, était un commissaire-priseur chargé des antiquités chez Sotheby's, à Londres. Scarpelli connaissait bien ce milieu, et il avait souvent croisé la route de Vincenzo Tucci.

En fait, Scarpelli avait mis sur écoute permanente les téléphones de Tucci, une écoute qui valait la peine d'être renouvelée tous les quinze jours comme le prévoyait la loi italienne.

ALORS QUE LE CARDINAL DANTE était rentré à Buenos Aires après la fin du consistoire papal, Ivan Gović avait décidé de rester à Rome un peu plus longtemps, déclinant l'offre généreuse du cardinal d'un vol gratuit pour rentrer en Argentine. Gović avait du travail avant de pouvoir retourner chez lui, auprès de sa famille.

Ouvrir le coffre en bois qu'ils avaient pris dans la grotte avant de sceller le sort du père Dominic et de ses amis n'avait pas demandé beaucoup d'efforts. Mais comme il prévoyait de trouver un receleur pour le vendre, Gović avait dû ouvrir le reliquaire avec beaucoup de précautions, et il avait fait appel aux services d'un associé spécialisé dans l'ouverture de coffres-forts dont le passe-temps favori était la serrurerie.

L'antique serrure à garnitures n'opposa que peu de résistance sous la collection de vieux passe-partout de l'artisan, qui lima toutes les dents sauf deux sur le panneton d'une clé jusqu'à ce que, une fois glissée dans le trou de la serrure, les garnitures s'alignent avec le panneton de la nouvelle clé, lui permettant d'entrer sans causer de dommages à l'ancien dispositif lui-même. Il tourna la clé et la serrure s'ouvrit.

Alors qu'il commençait à soulever le couvercle de l'objet, Gović posa la main dessus.

— Je préfère l'ouvrir moi-même, merci.

L'homme tendit à Gović le passe-partout.

Le remerciant pour le temps passé, Gović paya l'homme et le raccompagna, puis il revint ouvrir le reliquaire et inspecter son contenu dans l'intimité de sa chambre d'hôtel.

Mais ce qu'il trouva le laissa perplexe.

TRENTE-SIX

Dominic était content d'être de retour à Rome, dans la sécurité du Vatican et le confort de ses chères Archives pour deux raisons. Tout d'abord, Colombo pensait que Gović était en fuite et ne représentait aucun danger pour Michael ou ses amis. Il avait également assuré que l'AISI avait Gović en ligne de mire et le capturerait bientôt.

L'autre raison était que, bien que la spéléologie soit la passion de Dengler, l'insistance farouche de son ami pour inclure le père Michael Dominic avait fait son temps. Il préférait rester ici et étudier, profiter des plaisirs de sa ville d'adoption en courant chaque matin dans ses rues colorées et animées. C'était une aventure suffisante pour un homme plus apte à lire qu'à se faufiler dans des crevasses calcaires ou à se faire braquer par des pistolets.

Comme d'habitude, il trouva Simon Ginzberg plongé dans ses recherches dans la salle de lecture Pio. Le vieil homme était penché sur la table, inspectant les ordres militaires de Guillaume de Sonnac allant de la croisade des albigeois jusqu'à la Septième croisade, se concentrant particulièrement sur les batailles de Damiette et d'Al Mansurah en Égypte – les documents que Dominic avait mentionnés plus tôt à l'érudit et qui devaient encore être examinés.

— *Buongiorno*, Simon, dit-il en prenant un siège face à son ami.

— Michael ! Ravi de vous revoir.

Ginzberg posa son crayon et étira ses bras derrière son dos.

— Désolé, mais je n'ai pas beaucoup de temps pour le moment, et de toute façon, l'endroit n'est pas propice à cette discussion, dit Dominic, l'air tout excité. Mais nous devons parler rapidement. Il s'est passé tellement de choses ces deux derniers jours, vous devez absolument être au courant.

— Eh bien, comme toujours, mon jeune ami, vous avez toute mon attention. Que diriez-vous de ce soir, dans mon bureau à l'université ?

— Ça me va. Hana pourrait se joindre à nous si elle est disponible. Nous venons de rentrer de France et nous avons beaucoup de choses à raconter.

— Avez-vous trouvé ce que vous cherchiez ? demanda Ginzberg à voix basse. Le reliquaire était là ?

Dominic parcourut la salle des yeux avant de répondre, puis il chuchota :

— Oui, nous avons trouvé un reliquaire, mais pas celui que nous nous attendions à trouver, quelque chose d'entière-ment différent – mais ensuite nous l'avons perdu. C'est une longue histoire, mais nous vous en dirons plus ce soir.

Ginzberg ferma les yeux et laissa échapper un long soupir.

— Vous mettez ma patience à l'épreuve.

— Oui, mais ce que vous attendez avec impatience est sérieux ! Et je vous jure que l'histoire en vaut la peine. On se voit ce soir.

∿

DOMINIC AVAIT EMPRUNTÉ la Jeep de Dengler pour la soirée, récupéré Hana à son hôtel, puis roulé jusqu'à Zagarolo, dans la banlieue de Rome, et l'Université Teller, la principale académie juive de Rome. Les étudiants déambulaient encore sur le campus au coucher du soleil et un groupe de pieux hassidim récitait la Amidah debout autour d'un miroir d'eau, certains se balançant d'avant en arrière, d'autres bondissant légèrement, tous en pleine méditation spirituelle, des livres de prière à la main.

Dominic et Hana se garèrent près du palais Capriolo avant de se diriger vers le bureau du Dr Ginzberg au dernier étage du bâtiment, où il finissait de conseiller un étudiant.

— Ma chère Hana, quel plaisir de vous revoir, dit le vieil homme avec enthousiasme en les accueillant tous deux dans son petit bureau. Il paraît que vous avez vécu une sacrée aventure, même si je n'ai pas encore la moindre idée des détails.

Hana regarda Dominic, dans l'expectative. Les yeux de Simon suivirent les siens, et tous deux se tournèrent vers le prêtre pour qu'il commence à raconter l'histoire.

— Je suppose que c'est à moi, dit Dominic avec un léger sourire.

Alors qu'ils s'asseyaient, il commença par rappeler à Simon la carte-casse-tête qu'il avait trouvée, et le fait qu'il avait été agressé plus tard devant le mur du Vatican et que ses agresseurs avaient pris le sac à dos qui contenait la carte et ses notes. Ginzberg était profondément troublé par de tels agissements, maudissant les scélérats tandis que Dominic racontait l'épisode.

— Bien que nous n'ayons eu que peu d'éléments sur lesquels nous appuyer à l'époque, nous soupçonnions Ivan Gović d'être derrière ce vol. Ivan est le fils du chef de l'Ousta-cha, Petrov Gović, dont vous vous souvenez depuis l'épisode de l'année dernière dans cet entrepôt lorsque Hana a été kidnappée, et dont on nous avait prévenus qu'il pourrait chercher à se venger de nous pour le meurtre de son père.

— Oui, une affaire sordide qui s'est bien terminée, nota Ginzberg avec satisfaction.

Dominic continua de raconter à Simon leur périple dans la grotte, la découverte du reliquaire et l'irruption imprévue de Gović et de ses hommes.

— Nous étions là, Simon, au milieu de ce qui aurait dû être un moment d'émerveillement, sur le point d'extraire le reliquaire quand, tout à coup, nous nous sommes retrouvés prisonniers ! Notre ami Lukas s'est fait tirer dessus au cours de la bagarre et Gović a emporté le reliquaire en nous laissant attachés et condamnés à mourir dans une grotte qu'il s'apprêtait à faire sauter. Heureusement, l'un des hommes était une taupe de l'AISI et nous a aidés à nous échapper. Sans cela, nous ne serions peut-être pas ici à vous parler ce soir.

— Dieu soit loué ! Mais revenons au reliquaire, Michael, dit Ginzberg avec impatience. Dites-m'en plus.

— Nous n'avons pas eu le temps de vraiment l'examiner, intervint Hana. Mais Michael devrait vous dire ce qu'il a découvert.

Retenant son souffle, Ginzberg se tourna avec impatience vers Dominic.

Le prêtre se pencha sur sa chaise, les mains jointes devant lui. Il décrivit patiemment son aspect : ses dimensions, sa composition, l'ivoire byzantin incrusté dénotant le caractère sacré, la serrure égyptienne.

— Simon, il y avait aussi une inscription en araméen sur le côté, du genre de celles qu'on voit sur les ossuaires et qui identifient les restes qui s'y trouvent. Et l'inscription disait : « Sarah, fille de Yeshua et Mariam. »

Ginzberg se recula lentement sur sa vieille chaise en bois, abasourdi par cette révélation inattendue. Mis à part le grincement de la chaise, le silence régnait dans la pièce exiguë.

— Eh bien, je ne m'attendais guère à cela, murmura l'érudit, le regard lointain. Donc, les légendes pourraient être vraies, après tout.

Dominic hocha la tête.

— C'est aussi ce que je me suis dit.

— Ce qui laisse une autre question, cependant, ajouta Ginzberg. Où est le reliquaire du Christ dont Madeleine parlait dans son papyrus ?

Dominic haussa les épaules.

— Je n'en ai pas la moindre idée – pour l'instant. Mais notre objectif immédiat est d'essayer de trouver ce reliquaire avant qu'il ne se retrouve sur le marché noir. Appelez ça une intuition, mais je suis sûr que c'est ce que Gović prévoit.

— C'est une bonne intuition, Michael, je suis d'accord, dit Ginzberg, caressant sa barbe tout en réfléchissant. Je vais tâter le terrain de mon côté. Si quelqu'un achète quelque chose d'aussi extraordinaire, il est possible qu'on en entende parler dans mon entourage. D'après mon expérience, cependant, nous n'avons pas beaucoup de temps. Ces choses ont tendance à se déplacer assez rapidement sur le marché noir.

— Merci, Simon, j'espérais que vous pourriez avoir une certaine influence dans ce domaine.

— Je suis intrigué par ce « nouveau » reliquaire de Sarah. Nous devons le trouver, Michael. C'est incroyablement important.

— C'est ma seule priorité maintenant, Simon. Ça et traîner Gović en justice. Je ne sais pas ce qu'attend l'agent Colombo, mais j'espère que son opération sera bientôt terminée.

— Eh bien, quant à ce que vous comptez faire de M. Gović, voilà un proverbe yiddish : « Ne te réjouis pas de la chute de ton ennemi – mais ne te précipite pas non plus pour le relever ».

— Ha ! C'est noté, merci.

Après avoir dit au revoir, Dominic et Hana quittèrent le bureau de Ginzberg.

— Tu es libre pour le dîner, Michael ?

— J'espérais que tu le demandes ! Je meurs de faim.

De retour à l'hôtel Rome Cavalieri, Hana réserva une table à La Pergola et ils passèrent l'heure suivante dans le salon Tiepolo, à mettre au point leurs prochains mouvements.

TRENTE-SEPT

Vincenzo Tucci avait, bien sûr, vu beaucoup de superbes antiquités franchir les portes de sa galerie au fil des ans. Outre son expertise en matière d'objets étrusques, il avait acquis un œil averti pour ceux provenant d'autres cultures et époques, et bien que les occasions de trouver des acheteurs pour les objets les plus exquis soient toujours bienvenues, il était rarement ému par ce qu'il voyait, considérant les objets, même les plus rares, comme de simples marchandises. Il laissait à ses clients le soin de s'extasier devant eux.

Mais lorsqu'Ivan Gović posa l'ancien reliquaire sur la grande table en bois de l'arrière-boutique privée de Tucci, il sursauta en le voyant.

Bien que les questions visant à établir la provenance soient courantes lorsqu'il s'agissait d'acheter et de vendre des objets légitimes, il y avait des moments où on ne pouvait ni poser certaines questions ni y répondre . Pourtant, dans ce cas, il ne put résister.

— Où avez-vous trouvé un objet aussi extraordinaire ?

Gović répondit avec méfiance.

— Hum... dans une grotte isolée en France. On m'a dit qu'il avait été enterré là depuis huit cents ans, et apparemment, il a un rapport avec Marie Madeleine.

Tucci fut surpris d'entendre le nom de la vénérable sainte.

— Et comment le savez-vous ? demanda le marchand, les yeux écarquillés d'étonnement tandis qu'il ouvrait le reliquaire et inspectait son contenu.

Govič fouilla ensuite dans son sac à dos et en sortit la carte casse-tête de Vesconte, ainsi que la traduction par Ginzberg des journaux de Guillaume de Sonnac.

— Cela pourrait répondre à votre question, dit-il en posant les objets sur la table.

Le regard de Tucci passa lentement du reliquaire à la carte. Il la prit en main, examina le dessin complexe, la construction ingénieuse, puis, s'emparant d'une loupe sur la table, il lut les petits caractères révélant que le fabricant était «Pietro Vesconte». Il connaissait bien le travail légendaire de Vesconte avec les cartes médiévales, ce qui suffit à le convaincre de la provenance des deux objets.

— C'est la carte qui nous a conduits au reliquaire, fit remarquer Govič, en reprenant les pages de Guillaume de Sonnac. Et vous y trouverez des descriptions de l'histoire du reliquaire. Je ne sais pas exactement d'où elles proviennent, mais elles accompagnaient la carte.

Tucci examina les documents modernes, cherchant à mieux comprendre de quoi il s'agissait.

— J'ai besoin d'un peu de temps pour évaluer ces objets et de passer quelques appels pour aider à en établir l'authenticité. Êtes-vous particulièrement pressé ?

— Le plus tôt sera le mieux, répondit Govič.

— En attendant, pour que vous y réfléchissiez au cas où nous arriverions à nous entendre, il y a deux façons dont nous pourrions travailler ensemble, commença à expliquer Tucci. L'une d'elles est la consignation, où...

— Je préférerais que cela ne soit pas public, interrompit Gović. Je préférerais que ce soit complètement confidentiel à tous égards, si vous comprenez ce que je veux dire. Je me suis renseigné sur vous et vos affaires avant de venir ici, Vincenzo. J'ai des associés dans la communauté des *tombaroli*, et vous êtes hautement recommandé pour les affaires discrètes que certains objets exigent.

L'attitude de Tucci passa de mécanique à prudente. Il considéra soigneusement les enjeux.

— Je dois, bien sûr, insister pour connaître le nom de votre associé dans cette communauté que vous mentionnez, déclara Tucci. Pour des raisons évidentes, comme vous l'avez fait avec moi, je dois vérifier la bonne foi des personnes avec qui je fais des affaires.

— Mon contact dans le *tombaroli* est Alfredo Moretti. Il se portera garant pour moi.

— Oui, je connais Fredo. Rassurez-vous, je vais le contacter. En attendant, gardons cette transaction privée, conformément à vos souhaits, et ne mentionnez mon nom à personne.

— Bien sûr. Et j'en attends autant de vous.

Après que Gović eut quitté sa boutique, Vincenzo Tucci verrouilla la porte et éteignit les lumières de la galerie. Retournant dans la pièce du fond, il rouvrit le reliquaire pour mieux voir ce qu'il contenait.

Il trouva des os – un petit crâne et deux mains, gauche et droite, ainsi que plusieurs bijoux et un flacon de myrrhe, une épice funéraire traditionnelle symbolisant la souffrance et l'affliction – et un vieux parchemin écrit dans ce qui semblait être du grec koinè, une brève page de texte remplie de symboles anciens.

Il nota également l'inscription sur le panneau frontal extérieur et en prit une photo, ainsi que de tout ce que Gović lui avait apporté.

Il décrocha ensuite son téléphone et appela un numéro de portable personnel en Russie.

— Da ? répondit la voix.

— Bonsoir, monsieur Zharkov, c'est Vincenzo Tucci à Rome. J'ai ici un objet incroyable qui devrait particulièrement vous intéresser – un ancien reliquaire d'une importance biblique majeure. Nous en sommes au stade préliminaire de l'authentification. Est-ce que par hasard vous serez bientôt en Italie ? Je vous assure que cela en vaut la peine.

Il y eut un long silence.

— J'ai bien peur que ce ne soit pas possible, Vincenzo, dit Zharkov. L'Italie a annulé ma capacité à obtenir un visa. Je suis interdit d'entrée dans le pays depuis un certain temps maintenant, malheureusement, à cause de certaines affaires passées. Mais je vous assure, en raison de mon respect pour votre perspicacité en la matière, que je suis très intéressé. Veuillez poursuivre votre démarche et nous pourrons discuter de la manière de procéder à partir de là. En attendant, pouvez-vous m'envoyer des photos de ce que vous avez en votre possession ?

— Bien sûr, *signore*, dit Tucci avec enthousiasme. Vous les aurez par e-mail sous peu.

TRENTE-HUIT

Le penthouse de Dmitry Zharkov, situé au dernier étage de la tour Imperia de cinquante-huit étages dans une des rues les plus chères de Moscou, comptait parmi les biens immobiliers les plus prestigieux de la ville. Et les plus sécurisés.

Situé près du monastère Zachatevsky, avec vue sur le Kremlin et les dômes rayonnants et colorés de la cathédrale Saint-Basile, le penthouse de Moskva-City – qui n'était qu'un des nombreux penthouses qu'il possédait sur la planète – abritait une partie de la vaste collection de Zharkov. Celle-ci comprenait de l'iconographie russe, des œuvres des débuts de Picasso, Braque et Matisse, des vases raffinés et des tortues-dragons en pierre de la dynastie Ming, ainsi que des œuvres d'art dites «trophées» saisies par les nazis pendant la guerre, qui étaient techniquement la propriété légale de la Fédération de Russie – mais on ne refusait pas grand-chose aux amis proches du président russe. Il venait également d'acquérir son troisième œuf Fabergé, dont on ne connaissait que cinquante-sept exemplaires.

Étant un des oligarques les plus riches de Russie, Dmitry Maksimovitch Zharkov faisait partie de l'aristocratie des collectionneurs et rien ne l'empêchait d'obtenir ce qu'il voulait. L'argent n'était pas un facteur déterminant. Mais il avait un goût particulier pour les objets qu'il était impossible d'obtenir par des voies légales, ne serait-ce que pour se vanter auprès de ses pairs.

Sa dernière passion était l'acquisition d'objets provenant de Terre sainte : d'anciens objets religieux, des poteries de l'âge de bronze, de rares bustes étrusques... des trésors précieux que les musées les plus prestigieux du monde ne pouvaient que rêver de se procurer.

La position parmi les élites de Zharkov dans le milieu des collectionneurs d'antiquités était bien connue des grands marchands sur les principaux marchés internationaux, sans parler des grands trafiquants du marché noir mondial – et c'était souvent là que se trouvaient les objets les plus recherchés. Zharkov ne s'en souciait guère, de toute façon.

Lorsqu'il avait reçu l'appel de Vincenzo Tucci, l'un de ses fournisseurs les plus fiables, Zharkov savait que ce que Tucci proposait serait de la plus haute importance historique, probablement un objet si rare qu'il méritait un appel tard le soir sur son téléphone portable personnel.

Pour compliquer les choses, Dmitry Zharkov était *persona non grata* en Italie, la brigade artistique lui ayant interdit d'entrer dans le pays en raison de ses activités douteuses bien connues dans le domaine des antiquités volées. Mais il n'avait de toute façon pas besoin d'entrer personnellement dans le pays, car Zharkov avait toujours les moyens d'obtenir ce qu'il voulait. Il avait même une taupe bien placée au sein d'Interpol, qui lui transmettait souvent des informations confidentielles cruciales pour les opérations d'acquisition de l'oligarque.

Peu de choses étaient plus enivrantes dans la vie, croyait Zharkov, que de détenir des raretés raffinées, uniques en leur genre, que personne d'autre ne pourrait jamais posséder.

Et Tucci avait maintenant toute son attention.

212

TRENTE-NEUF

— Je suppose que vous connaissez la raison de votre présence ici, sergent Koehl ?

Massimo Colombo était assis face à Dieter Koehl dans la salle d'interrogatoire n°2 du siège de l'AISI, accompagné de leur spécialiste des bombes et des munitions militaires. Il faisait chaud dans la pièce, d'autant plus que le plafonnier était suspendu au-dessus de la table et qu'il n'y avait pas d'aération pour la climatisation.

— Honnêtement, je n'en ai aucune idée, répondit Koehl, sur la défensive. Le *poliziotto* qui m'a arrêté a seulement dit que c'était une question de sécurité nationale.

— Connaissez-vous un homme du nom d'Ivan Gović ?

De minuscules perles de sueur commencèrent à se former sur la lèvre supérieure de Koehl en entendant le nom de son camarade oustachi.

— Oui, je connais Ivan. Pourquoi ?

— Depuis combien de temps le connaissez-vous et quelle est la nature de votre relation ? demanda Colombo calmement.

— Je ne me souviens pas quand ni où nous nous sommes

rencontrés, dit Koehl, mais c'était il y a un moment. Nous ne sommes pas particulièrement proches, si c'est ce que vous voulez dire.

— J'ai cru comprendre que vous étiez un expert en démolition, c'est exact ? Que vous vous y connaissez en bombes depuis votre séjour en Afghanistan ?

— C'est exact. J'ai servi dans le détachement de reconnaissance 10 de l'armée suisse avant de devenir garde suisse. Puis-je demander de quoi il s'agit ?

Colombo pesa soigneusement ses mots.

— Nous avons des raisons de croire que le *signor* Gović a récemment utilisé une bombe, du plastic pour être exact, afin de commettre un acte criminel dans le sud de la France. Savez-vous quelque chose à propos d'une telle bombe ?

Le sang-froid de Koehl commençait à se fissurer. D'un seul coup, il eut l'impression d'avoir été utilisé, exploité à des fins néfastes, ses pires craintes se confirmant sur ce qu'il avait commis par inadvertance pour des raisons apparemment louables.

— Agent Colombo, je n'avais absolument aucune idée de ce que Gović avait l'intention de faire avec le plastic que je lui ai préparé, déclara Koehl, se lâchant sans retenue. Il m'a dit que c'était pour une ferme à l'extérieur de Rome, pour se débarrasser d'un gros rocher dans un champ de son cousin. Je jure ne pas être impliqué dans les actes coupables qu'il a commis avec. Vous devez me croire ! J'ai une femme et une fille et je ne les mettrais jamais, ni eux ni moi, en danger !

L'interrogatoire se poursuivit pendant une heure, Koehl transpirant désormais abondamment, cuisant dans la petite pièce, s'effondrant presque en larmes à certains moments tout en prenant ses distances avec Gović à maintes reprises.

— Merci pour votre franchise, sergent, conclut Colombo. Vous êtes libre de partir. Veuillez ne rien dire de notre rencontre au *signor* Gović si vous le rencontrez à nouveau. Nous nous occuperons de lui nous-mêmes.

— Son histoire correspond à ce que Jean-Claude nous a raconté, déclara Colombo à son collègue alors qu'ils retournaient à leurs bureaux. On a en effet dit à Koehl que l'explosif devait être utilisée à la ferme. Je ne pense pas qu'il aurait en toute connaissance de cause accepté, sachant ce à quoi Gović la destinait réellement. Nous pouvons l'innocenter pour le moment. Bon, il est temps de mettre en place le coup monté contre Gović. Réunissez l'équipe demain matin pour commencer à planifier l'opération. Appelez Benny Scarpelli de la brigade artistique et demandez-lui de se joindre à nous. Avec le reliquaire volé, ça devient aussi de son ressort.

En quittant le bâtiment de l'AISI, Dieter Koehl était dans une rage folle contre Ivan Gović. Il avait été tellement idiot, trahi, utilisé comme bouc émissaire. Qu'il se soit laissé séduire par la prétendue perspective d'une promotion pour sa vile participation – avec l'appât de la médaille Benemerenti – était plus qu'humiliant.

Et ça ne resterait pas sans conséquence.

QUARANTE

Au cours de sa longue carrière dans le milieu des antiquités, Vincenzo Tucci avait, naturellement, établi des relations avec d'autres personnes dans de nombreux domaines, vers lesquelles il pouvait se tourner pour obtenir de l'aide concernant divers projets lorsque le besoin s'en faisait sentir.

Dans le cas de ce reliquaire et de son parchemin, cependant, il n'y avait qu'une seule personne en qui il savait pouvoir avoir confiance pour produire une traduction digne de ce nom d'un tel document et le faire discrètement : le frère Calvino Mendoza, préfet des Archives secrètes du Vatican.

Il attrapa son téléphone.

— *Buongiorno*, Calvino, c'est Vincenzo Tucci.

— Ah, Vincenzo, que me vaut ce plaisir ? répondit Mendoza de sa voix basse et lyrique. Cela fait un moment que nous n'avons pas discuté.

— Oui, et c'est entièrement ma faute, s'excusa Tucci. Mais j'ai une faveur particulière à vous demander. Je suis tombé sur un parchemin exceptionnel, écrit, je crois, en grec koinè, et j'ai un besoin urgent de le faire traduire. Puis-je compter sur vous ?

— Quelle est la longueur de ce document, Vincenzo ?

— Oh, assez court. Peut-être une centaine de caractères.

Mendoza réfléchit un moment à sa charge de travail et au personnel disponible.

— Je pense à un *scrittore* qui serait parfait pour une telle tâche. Dans combien de temps pouvez-vous l'envoyer ?

— Je vous le remettrai en main propre cet après-midi, si cela vous convient.

— Je me réjouis de vous voir alors, Vincenzo. *Ciao*.

MICHAEL DOMINIC TRAVAILLAIT avec Toshi Kwan sur le projet *In Codice Ratio* depuis une bonne partie de la journée lorsque le frère Mendoza s'approcha de lui. Aux côtés du frère se trouvait un homme chauve et corpulent, vêtu d'un beau costume en lin blanc Zegna, d'une chemise Rubinacci rose pâle au col Saint-Tropez et d'une cravate fine en soie blanche Canali nouée autour d'un gros cou. Ce que Dominic remarqua immédiatement, outre le goût extraordinaire de l'homme en matière de vêtements, fut son visage inhabituelle-ment glabre. Lorsque Mendoza le présenta, les yeux de Dominic se promenèrent sur les mains de l'homme alors qu'ils échangeaient une poignée de main, et il remarqua que ses ongles étaient gravement striés et décolorés. Il n'avait encore jamais vu un cas aussi aigu d'alopécie, mais il en connaissait les symptômes.

— Miguel, le signor Tucci est un antiquaire de renom, ici, à Rome, et, de temps en temps, il nous demande de l'aide pour la traduction de certains documents sur lesquels il tombe. Il fait appel à nos compétences pour ce parchemin. Comme tu peux le voir, il est assez ancien.

Ayant déjà inséré le parchemin dans un folio non acide,

Tucci tendit le document à Dominic, qui, comme d'habitude, s'émerveilla de l'énigme historique qu'il tenait entre ses mains. Le parchemin lui-même était complet et en parfait état, clairement bien préservé. Il regarda les glyphes soigneusement tracés.

ΕΔΏ ΒΡΊΣΚΟΝΤΑΙ ΤΑ ΙΕΡΆ ΛΕΊΨΑΝΑ
ΤΗΣ ΣΆΡΑΣ: ΚΌΡΗΣ ΤΟΥ ΙΕΣΙΟΎΑ ΓΙΟΥ ΤΟΥ ΙΩΣΉΦ
ΚΑΙ ΤΗΣ ΜΑΡΙΆΜ ΤΗΣ ΜΑΓΔΑΛΆ

Toshi Kwan, déjà assis devant l'ordinateur utilisé pour les traductions d'*In Codice Ratio*, fit une suggestion :

— Nous pouvons sans problème utiliser le système ICR, Michael. Il est conçu pour des traductions rapides comme celle-ci.

— Super, Toshi, je vous le laisse alors, dit Dominic en lui tendant le folio.

Kwan sortit soigneusement le parchemin de son enveloppe et le plaça sur la plaque de verre d'un scanner à plat spécifiquement conçu à cet effet, puis il referma le couvercle. Il tapa quelques commandes sur le clavier et une lampe fluorescente spécialisée à cathode froide s'alluma tandis que la tête de la lampe se déplaçait lentement sous la plaque de verre. Il répéta deux fois le processus, chaque passage captant un spectre de couleurs différent à une résolution dense de 9600 points par pouce.

Quelques instants plus tard, la traduction apparut sur l'écran.

Ici reposent les restes sacrés de Sarah,
fille de Yeshua, fils de Joseph, et de Mariam de Magdala.

Tout le monde dans la salle sursauta. Dominic, fixant l'écran, se figea. Sarah ? ! *Impossible que ce soit une coïncidence.*

Ce qui confirmait ses soupçons était que Yeshua était le nom hébreu de Jésus et Mariam de Magdala était, bien sûr, Marie Madeleine !

Ce document devait être lié au reliquaire volé ! Et si oui, est-ce que Tucci l'avait en sa possession ?

— Puis-je vous demander, *signore*, où vous avez acquis ce parchemin ? demanda Dominic à l'homme en blanc, la voix tremblante.

— En temps normal, je ne discute pas de tels détails commerciaux, père Dominic, mais comme vous avez eu l'amabilité de traduire ceci pour moi – eh bien, je l'ai découvert dans un reliquaire que j'ai pris en consignation.

Dominic avait du mal à garder son calme. Il ne pouvait pas vraiment accuser un antiquaire de premier plan de vol, mais de toute évidence, l'homme était au moins complice d'une transaction sur le marché noir, involontairement ou non.

— *Signor* Tucci, il se trouve qu'un reliquaire en bois avec de l'ivoire incrusté, des ornements en fer avec des poignées doubles et une épigraphe en araméen sur le devant indiquant : « Sarah, fille de Yeshua et Mariam » m'a été volé juste au moment où je l'ai découvert dans une grotte en France le week-end dernier, sous la menace d'une arme par un homme nommé Ivan Gović. Puis-je vous demander si c'est lui qui vous a apporté le reliquaire ?

Tucci était visiblement ébranlé, ne sachant pas trop comment réagir face à cette soudaine péripétie.

— Je... j'ai bien peur de ne pas être en mesure de confirmer ou non, père Dominic. Pour des raisons évidentes, mes clients comptent sur une totale confidentialité dans nos échanges.

Mendoza, aussi abasourdi que Tucci, commença à poser lui aussi des questions, mais Michael leva la main pour lui demander d'être patient. Le frère s'offusqua quelque peu, mais prit son parti de laisser faire.

— *Signore*, puis-je voir ce reliquaire ? demanda Dominic avec fermeté.

— Je suis désolé, messieurs, mais je dois vraiment y aller, dit Tucci brusquement. Merci de votre aide, mais j'ai bien peur que le voir ne soit pas possible, père Dominic. Je doute que ce soit le reliquaire dont vous parlez, car mon client est un homme de confiance dans le monde des antiquités et je doute sérieusement qu'il ait obtenu cet objet dans des circonstances douteuses.

Sur ce, Tucci récupéra le parchemin dans le scanner de Toshi Kwan et demanda au frère Mendoza s'il aurait l'amabilité de l'escorter hors du Vatican. Dominic fulminait et voulait plus que tout retenir l'homme, manifestement désormais bien conscient, s'il ne l'était déjà, que sa «marchandise» relevait d'une transaction au marché noir. L'homme savait-il que quatre personnes avaient failli perdre la vie dans ce vol ? Mais Michael ne pouvait pas vraiment retenir de force l'homme en plein milieu du Vatican en attendant l'arrivée de la police.

Mais une chose était désormais certaine : il devait agir vite avant de perdre le reliquaire à jamais.

CHAPITRE
QUARANTE-ET-UN

Il était presque minuit à Moscou lorsque le téléphone portable personnel de Dmitry Zharkov sonna à l'arrivée d'un nouveau courriel – un message ProtonMail crypté envoyé par Vincenzo Tucci à Rome.

Il contenait une brève note d'introduction, ainsi que plusieurs pièces jointes : des photographies du reliquaire et des ossements qu'il contenait, sous différents angles ; le parchemin écrit en grec koinè inclus dans l'artefact ; et la traduction manuscrite que Tucci avait recopiée sur une feuille de papier blanche, avec un post-scriptum indiquant que la traduction avait été vérifiée par le Vatican. En supposant que ses téléphones puissent être sur écoute – une précaution toujours de mise dans l'aspect plus ésotérique de son travail – moins il avait de chances d'être identifié, mieux c'était.

Le contenu du message lui-même était bref et précis :

Un extraordinaire reliquaire biblique vient d'être découvert dans une grotte en France. Il n'en existe aucun autre de ce genre. Le prix est de 100 millions d'euros.

Zharkov examina les photos avec avidité, son excitation de collectionneur grandissant. Il ne tint pas compte du prix indiqué, mais en tant qu'acheteur prudent, il préférait en savoir le plus possible sur la provenance de l'objet et qu'il soit authentifié par des professionnels – ou du moins scrupuleusement examiné par un œil averti – à savoir un tiers de confiance.

Et pour cette tâche, il n'y avait qu'un homme dans tout Rome qu'il connaissait bien et en qui il avait une confiance implicite : le Dr Simon Ginzberg de l'Université Teller.

Tous deux juifs, les deux hommes se connaissaient depuis des décennies. Zharkov était le parrain d'honneur de la fille de Ginzberg, Rachel, même si la tradition juive ne reconnaît pas le concept de parrain et marraine. Mais l'une des plus grandes joies de Zharkov avait été de pourvoir à l'éducation de Rachel – en payant ses frais de scolarité à la Harvard Law School – ce que Ginzberg n'aurait pu offrir à sa fille unique avec un salaire d'universitaire. Il avait été honoré d'accepter la générosité de son riche ami.

Oui, il allait appeler Simon le lendemain matin, certain que son ami l'aiderait.

— *Shalom aleichem*, Simon, dit Zharkov après avoir passé l'appel à Rome.

— Dmitry ! *Aleichem shalom, yedidi*, répondit Ginzberg, heureux d'entendre la voix de son vieil ami.

Les deux hommes échangèrent des politesses et parlèrent brièvement de leurs familles et de leur santé respectives. Puis Zharkov passa aux choses sérieuses.

— Mon ami, j'ai besoin d'une faveur spéciale, dit Zharkov.

— Tout ce que tu veux, Dmitry, tu n'as qu'à demander.

— Je suis sur le point d'acquérir un objet extraordinaire

auprès d'un antiquaire respecté à Rome, du nom de Vincenzo Tucci. Et comme je ne suis pas là pour l'examiner moi-même – et que je ne saurais même pas quoi chercher – cela te dérangerait-il de rencontrer le signor Tucci en mon nom ?

— Bien sûr, je n'y vois pas d'inconvénient. De quel genre d'objet s'agit-il ?

— Tucci me l'a décrit comme un reliquaire sacré trouvé dans une grotte française, assez ancien et très important. Il contiendrait les ossements de Sarah, la soi-disant fille de Jésus-Christ et Marie Madeleine, mais je te laisse le soin de le déterminer au mieux.

Ginzberg fut stupéfait en entendant les mots que Zharkov venait de prononcer. Ce devait être le reliquaire que Michael avait perdu aux mains de ces barbares !

— J'ai entendu parler de ce reliquaire, Dmitry, oui. Mais j'ai cru comprendre qu'il y avait un problème de propriété en jeu dans cette affaire. À ta place, je serais très prudent.

— Nous pouvons nous occuper de ces questions plus tard, s'il le faut, Simon. Si je l'acquiers selon les termes proposés, de nombreuses options s'offriront à moi pour en disposer, je pourrais l'exposer publiquement et laisser les historiens l'authentifier, si c'est ce qui t'inquiète. Comme Tucci est actuellement en possession de l'objet, cela lui donne à mon avis le droit de le vendre, quelle que soit la façon dont il se l'est procuré.

Ginzberg n'était que trop conscient que l'éthique des riches collectionneurs pouvait être fluctuante, en fonction de leurs motivations – sans parler du fait que grâce à leur place dans l'échelle sociale, on leur refusait rarement ce sur quoi ils jetaient leur dévolu. Mais il se trouvait maintenant dans la position délicate de devoir choisir entre les ambitions contradictoires de deux amis. Et le terrain moral étant quelque peu douteux, ça ne simplifiait pas les choses. Il examina attentivement sa position. L'historien en lui voulait plus que tout être partie prenante de cette découverte. Mais savoir que Michael et ses amis avaient failli être tués pour elle le faisait également frissonner de peur.

— Je ferai ce que tu me demandes, Dmitry, dit Ginzberg. Mais étant donné l'ambiguïté concernant le propriétaire de cet objet – et tu peux comprendre ma position concernant ceux qui devraient vraiment «posséder» des objets aussi importants sur le plan historique – je ne fournirai mon analyse qu'à toi, et je ne réaliserai aucune authentification formelle pour quiconque. De plus, c'est bien trop complexe pour que je puisse la réaliser seul. Il faudrait probablement des années pour une analyse approfondie, et beaucoup de débats.

— C'est tout ce que je te demande, mon ami, dit Zharkov. Oui, je comprends qu'un objet de cette nature ne puisse être expertisé aussi rapidement. Mais s'il y a la moindre chance qu'il soit authentique, j'ai suffisamment de ressources pour prendre le risque. Et, bien sûr, je demande que cela soit fait de façon parfaitement confidentielle. Personne d'autre ne doit connaître mon intérêt personnel pour cet objet. Je vais t'envoyer les coordonnées de la personne. Oh, et, s'il te plaît, salue Rachel pour moi. J'espère qu'elle se débrouille bien à Harvard.

Confronté à de nouvelles complications, Ginzberg était maintenant déchiré entre deux loyautés. Devait-il dire à Michael que non seulement il savait où se trouvait le reliquaire, mais qu'il pouvait être impliqué dans son destin ?

QUARANTE-DEUX

À la fin de sa première journée de reprise, le sergent Karl Dengler était assis sur un grand tabouret en bois devant l'établi de l'armurerie de la Garde suisse, polissant assidûment son harnais de poitrine en acier tout en réfléchissant aux événements survenus dans la grotte du Trou de la Caune le week-end précédent.

Il avait été très occupé depuis, ayant pris un congé pour s'occuper de Lukas, et il venait juste de reprendre le travail. Il se demandait ce qui se serait passé si Jean-Claude n'avait pas été là pour le libérer, qui était responsable de cette terrible explosion et, pensant comme un soldat, il s'interrogeait sur la façon dont il avait géré la situation et sur ce qu'il aurait pu faire si les choses ne s'étaient pas passées aussi bien. *Un halle-bardier doit toujours être prêt*, se remémora-t-il.

À ce moment-là, Dieter Koehl entra dans la pièce. Toujours en uniforme, il regarda Dengler dans les yeux en silence, affichant un air embarrassé. Puis il retira son casque en acier à plumes et le rangea à sa place sur l'étagère. Comme c'est la coutume chez les frères de la Garde, Dengler se leva par réflexe pour aider Koehl à retirer son armure. Pas un mot ne fut prononcé par les deux hommes pendant la procédure compliquée qui faisait simplement partie de leurs rituels en fin de journée.

— Karl, commença Koehl doucement. Je dois te dire quelque chose. Cela ne me fait aucun plaisir d'avouer ce que j'ai fait, mais c'est une question d'honneur.

Dengler, déjà au courant du rôle obscur de Koehl dans l'histoire, resta stoïque.

— Continue, dit-il.

Les mots se bousculèrent dans la bouche de Koehl.

— Je sais que tu es allé faire de la spéléologie en France avec des amis le week-end dernier et qu'Ivan Gović a déclenché une explosion à l'entrée de la grotte, destinée à vous enfermer. Je le sais parce que j'ai compris quel était le véritable plan de Gović avec cette bombe – et je sais pour la bombe parce que c'est moi qui l'ai fabriquée !

Les yeux de Koehl brillaient d'émotion quand il poursuivit :

— Il m'a dit que l'explosif devait être utilisé dans la ferme de son cousin à l'extérieur de Rome, pour enlever un gros rocher dans un champ cultivé. Je te jure que je ne savais pas qu'il allait l'utiliser pour un acte aussi immoral, Karl, tu dois me croire ! Si ce n'était pas un péché mortel, je tuerais moi-même Gović pour m'avoir menti, pour m'avoir manipulé afin de réaliser son projet diabolique. Je n'attends pas de toi que tu me pardonnes. J'avais seulement besoin de m'ôter ce poids. Je dors mal depuis des jours, sachant que j'ai joué un rôle dans une telle abomination.

En l'écoutant et en observant la sincérité et l'humiliation évidente de Koehl, Dengler commença à se sentir ému lui aussi. Il regarda Koehl dans les yeux et il lui tendit la main.

— Merci, Dieter. Je savais que tu étais impliqué, mais je ne savais pas à quel point. Je te crois, et je te pardonne.

Koehl lui tendit la main et les deux hommes échangèrent une solide poignée de main.

— Mais péché ou pas, dit Dengler avec colère, je me vengerai de Gović pour ce qu'il a fait. Un de ses *schweine* a tiré sur Lukas, et ce qu'il avait l'intention de nous faire dans cette grotte est impardonnable.

— Karl, je ne savais pas que Lukas avait été blessé ! s'exclama Koehl. Il va bien ? !

— Oui, il va bien. La balle a traversé son avant-bras sans faire trop de dégâts. Il sera de retour en service limité plus tard dans la semaine.

— Eh bien, pour ce que ça vaut, les autorités m'ont interrogé hier, déclara Koehl, et je coopère pleinement avec elles pour traduire Gović en justice, par tous les moyens possibles.

Dengler en fut reconnaissant.

— Peut-être pouvons-nous y travailler ensemble. Je suis sûr que nous pouvons trouver une punition appropriée.

CHAPITRE

QUARANTE-TROIS

Le magasin d'antiquités de Vincenzo Tucci était fermé lorsque Simon Ginzberg arriva le lendemain en début de soirée, mais voyant une lumière allumée dans l'arrière-boutique, l'universitaire frappa fermement à la porte.

Une silhouette émergea des recoins sombres du fond de la galerie et s'approcha de la porte. Lorsque Tucci la déverrouilla puis l'ouvrit, Ginzberg sourit aimablement et entra.

— *Buona sera. Signor* Tucci, je présume ?

— Merci beaucoup d'être venu, docteur Ginzberg. J'apprécie vraiment. Mon client, M. Zharkov, vous recommande chaudement.

— Oui, Dmitry et moi nous connaissons depuis longtemps. Je suppose que je dois préciser que je suis ici pour lui rendre un service personnel, donc, comme vous pouvez le comprendre, mon expertise sera destinée à lui et lui seul.

— Bien sûr.

Après avoir verrouillé la porte, Tucci conduisit Ginzberg au fond de la boutique. Sur une large table en bois, sous un lustre en bronze français de style victorien, se trouvait le reliquaire, drapé d'un tissu damassé rouge bordeaux qui brillait sous les lumières qui l'éclairaient. Tucci retira le tissu et, immédiatement, Ginzberg fut envoûté.

Ses mains tremblèrent lorsqu'il s'approcha pour le toucher, le poids de son histoire présumée s'emparant de son esprit comme peu de choses en auraient été capables.

— Tout simplement extraordinaire, murmura-t-il distraitement en contemplant l'ivoire ancien incrusté et l'inscription en araméen gravée sur le devant, caressant l'objet avec respect.

Il leva les yeux vers Tucci, les yeux écarquillés derrière les verres épais de ses lunettes.

— Puis-je regarder à l'intérieur ?

— Bien sûr, répondit Tucci en relevant lentement le couvercle du reliquaire comme s'il dévoilait un coffre rempli de trésors.

Il tendit ensuite à Ginzberg une paire de gants en coton blanc.

En enfilant les gants, Ginzberg ne pouvait détacher son regard des reliques à l'intérieur. Déjà, des questions envahissaient l'esprit de l'érudit. S'il s'agissait réellement des restes de Sarah, fille de Jésus et de Madeleine, avait-elle des frères et sœurs ? Aurait-elle pu être la mère d'autres membres de la lignée sacrée ? Et où étaient-ils maintenant ? Comment avaient-ils traversé l'histoire ? Il y avait encore tant de choses à découvrir !

Tout d'abord, il prit le parchemin posé sur les ossements et en parcourut le contenu. Parlant couramment le grec koinè, il lut le document sans effort et s'imprégna de sa provenance supposée et de ses implications. Après l'avoir reposé, il joua avec les bijoux anciens, inspectant leur parure simple, courante pour l'époque. Il ramassa la fiole de myrrhe en verre épais, mais n'osa pas tenter de l'ouvrir de peur qu'elle ne se brise à cause de l'âge. Il la porta à ses narines, mais toute odeur résiduelle avait disparu depuis longtemps.

Il choisit de ne pas déranger les os, les laissant là où ils reposaient.

— Pour commencer, Signor Tucci, je recommande que nous réalisions une datation au carbone 14 de ces objets. Nous pouvons le faire discrètement dans mon laboratoire à l'université, et puisque M. Zharkov semble vouloir que les choses avancent rapidement, je suggère que nous commencions immédiatement. Pouvez-vous apporter le reliquaire à l'université Teller à la première heure demain matin, disons à huit heures ?

— Oui, c'est possible, dit Tucci, une pointe de nervosité dans la voix.

Ginzberg lui indiqua le chemin de son bureau, et Tucci le remercia pour le temps qu'il lui avait consacré.

Tucci arriva au palais Caprioli, comme prévu, à huit heures précises le lendemain matin, avec le reliquaire à nouveau drapé de sa couverture damassée rouge.

Ginzberg était en train de discuter avec un jeune technicien dans son bureau lorsque Tucci entra, et après s'être salués, les trois hommes traversèrent le hall pour se rendre au laboratoire de spectrométrie de masse par accélérateur.

— Noah va réaliser les tests pour nous aujourd'hui, dit Ginzberg à Tucci en parlant du technicien. Et nous devrions avoir les résultats assez rapidement.

Une fois dans le laboratoire, Noah posa le reliquaire sur une paillasse, leva le couvercle et en retira soigneusement tous les éléments qu'il déposa sur un plateau en acier inoxydable. Qu'importe ce qu'étaient ces objets. C'était seulement un travail, mais un travail qu'il faisait bien.

À l'aide d'un rasoir miniature, il préleva d'abord un minuscule échantillon du reliquaire en bois et le plaça dans un mortier en agate où il le réduisit en poussière à l'aide d'un pilon pour accélérer la réaction chimique avec l'ingrédient suivant du processus, l'acide chlorhydrique. Après avoir filtré les contaminants, il lyophilisa l'échantillon pour éliminer l'excès d'eau. Tout en exécutant la procédure, Noah expliquait comment cela fonctionnait.

— La datation par le radiocarbone repose sur la désintégration de l'azote dans le carbone 14, commença-t-il. Le C-14 résulte d'un processus naturel dû à l'interaction avec l'azote 14 présent dans l'atmosphère, qui est lui-même composé de neutrons produits par les rayons du soleil lorsqu'ils interagissent avec l'air qui nous entoure. Lorsque les plantes, les arbres et les animaux absorbent de l'air ou de la nourriture, ils absorbent aussi ces molécules de dioxyde de carbone, qui sont ensuite transmises à d'autres organismes par le biais de la chaîne alimentaire naturelle. La désintégration du radiocarbone est très lente et, lorsqu'un organisme meurt, la quantité de radiocarbone dans ses tissus diminue progressivement. Nous savons que le carbone 14 a une demi-vie d'environ 5 730 ans, ce qui signifie que la moitié du radio-isotope trouvé dans l'organisme se désintégrera au cours des 5 730 années suivantes. Comme le carbone se dégrade à une vitesse constante, on peut estimer la date de la mort d'un arbre ou d'une personne, par exemple, en calculant le radiocarbone résiduel présent dans son organisme – dans ce cas, le bois du reliquaire ou les ossements qui s'y trouvent.

Ayant terminé ces opérations, il inséra le mélange dans un spectromètre à scintillation liquide, et un ordinateur fournit un âge radiocarbone pour l'échantillon. Après avoir obtenu cet âge, Noah le compara à des échantillons d'âge connu en utilisant une courbe d'étalonnage terrestre avec un logiciel spécialisé, ce qui permettait d'obtenir l'âge calendaire de l'échantillon.

Levant les yeux vers les deux hommes, Noah donna son évaluation.

— On peut dire que l'analyse du bois nous donne une fourchette de dates calendaires allant de 25 à 60 de notre ère.

Ginzberg était silencieusement extatique. Cela le plaçait de toute évidence aux environs de l'an 33, à peu près au moment de la naissance supposée de Sarah. Et, le crâne et les mains étant tout petits, il était probable qu'elle soit morte jeune, peut-être dans son adolescence.

Il ne révéla rien à Tucci de son excitation ni de ses spéculations.

Noah exécuta la même opération minutieuse pour les os et obtint des données presque identiques pour la matière organique humaine. Ginzberg était maintenant convaincu qu'il s'agissait au moins d'une personne de l'époque adéquate.

Il ne lui restait plus qu'à décider quoi faire de ces informations. Il devait les transmettre à son vieil ami Zharkov, bien sûr.

Mais devait-il aussi informer Michael Dominic de sa collusion avec l'ennemi ? Son cher ami avait failli perdre la vie à cause de cet objet. Ceux qui étaient impliqués dans cette duperie, y compris lui-même, étaient-ils en sécurité ?

CHAPITRE

QUARANTE-QUATRE

Dans son appartement du palais San Carlo au Vatican, Enrico Petrini était en pleine réflexion, tirant sur sa pipe et sirotant un whisky écossais Puni Alba. Le riche arôme de cerise du mélange de tabacs Cavendish et Burley se répandait dans le somptueux salon qui donnait sur les jardins de la place Sainte-Marthe, mais le plaisir qu'il éprouvait était tempéré par le lugubre ultimatum du cardinal Dante. Il était déstabilisé.

À de tels moments, il repensait à des jours meilleurs – pas meilleurs pour les circonstances qui les entouraient, car ils concernaient la période sombre de la Seconde Guerre mondiale et le rôle de Petrini en tant que chef du maquis, une branche obscure du mouvement de la résistance clandestine française. Non, ce qui avait le plus marqué cette période pour lui était les amitiés solides, le dévouement de ses deux compagnons d'armes, Pierre Valois et Armand de Saint-Clair. Les trois hommes étaient alors connus sous le nom d'équipe Hugo et leurs succès discrets dans l'opération Jedburgh avaient contribué à faire basculer la guerre à l'avantage des forces alliées, empêchant les nazis de réaliser nombre de leurs ambitions les plus funestes.

Le second de Petrini à l'époque, Armand de Saint-Clair, était le descendant d'une famille de banquiers suisse remontant à trois cents ans. La Banque suisse de Saint-Clair était l'une des institutions les plus respectées de ce pays et l'une des rares à ne pas avoir subi de dommages au lendemain de la guerre, lorsque toutes les banques suisses faisaient l'objet d'innombrables enquêtes à cause de leur complicité avec les Allemands. Bien qu'officiellement neutres sur le plan politique, les banquiers suisses, dans l'ensemble, savaient que la machine de guerre d'Hitler nécessitait un financement important et continu, et que les enjeux étaient trop importants de part et d'autre d'une équation où l'on était toujours perdant. Si vous encouriez la colère d'Hitler en refusant de faire affaire avec lui, vous étiez vulnérable aux représailles du Führer. Ceux qui obtempéraient jouissaient à la fois de l'absence de persécution nazie et des prodigieuses récompenses financières fournies par un flot continu d'or et de devises pillés. Mais leur complicité avec le Troisième Reich firent d'eux des cibles pendant et après la guerre et les enquêteurs d'après-guerre n'hésitaient pas à appliquer la pleine mesure de la justice s'agissant des collaborateurs des nazis. Grâce à son héritage aristocratique et à sa sphère d'influence multigénérationnelle, le jeune Saint-Clair avait pu éviter adroitement d'avoir à choisir l'une des deux pires options en gardant sa banque à l'abri de la collaboration nazie et de la monstrueuse vengeance d'Hitler.

Saint-Clair et Petrini, également de sang noble européen, devinrent rapidement amis dans le maquis, ainsi qu'avec l'opérateur radio de l'équipe Hugo, Pierre Valois, qui était maintenant président de la République française. Tous trois avaient entretenu des liens étroits depuis la guerre et lorsque l'un d'entre eux avait besoin d'un conseil ou d'un soutien sous quelque forme que ce soit il se tournait vers les autres.

C'était vers Armand de Saint-Clair que Petrini devait maintenant se tourner, se disait-il en tirant sur sa pipe et en regardant distraitement les jardins. Armand était un vieil ami du Saint-Père, il connaissait les enjeux et les acteurs du dilemme auquel il était confronté, et il lui prodiguerait sûrement un conseil judicieux.

Il avala une gorgée de bon scotch, puis décrocha le téléphone.

— Grand-père ! s'écria joyeusement Hana en répondant au téléphone le lendemain matin. J'avais l'intention de t'appeler. J'ai tant de choses à te dire ! Tu es où ?

— Ah, ma petite Hana, dit Armand de Saint-Clair d'un ton apaisant en entendant la voix de sa petite-fille. Je suis à Genève, ma chérie. Et tu auras l'occasion de t'entretenir avec moi de vive voix. J'arrive à Rome ce soir et je voulais m'assurer que tu y étais toujours. Ton travail avance ?

— En fait, je suis ici pour une conférence d'une semaine, mais j'ai aussi pris des congés, donc je vais rester un peu plus longtemps.

— Les rédacteurs en chef du *Monde* sont très généreux, Hana. Je suis sûr qu'ils t'apprécient à ta juste valeur.

— Ce sera un plaisir de te voir ce soir, pépé. Qu'est-ce qui t'amène à Rome ? Une autre rencontre avec le pape ?

— Eh bien, je vais voir Sa Sainteté pendant que je suis là, oui, mais Enrico a besoin de mon aide pour une affaire assez sérieuse. J'ai bien peur de ne pas pouvoir entrer dans les détails, ma chérie, mais nous trouverons une solution d'une manière ou d'une autre. Je suppose que tu séjournes au Cavalieri ?

— Oui, répondit-elle. Je vais m'assurer que le personnel prépare ta chambre. Au revoir, à plus tard, pépé.

~

L'ÉTINCELANT DASSAULT FALCON 900 blanc atterrit sur la piste 33 de l'aéroport de Rome Ciampino juste au moment où le soleil se couchait. C'était une soirée fraîche et une pluie fine avait commencé à tomber.

Tandis que le pilote roulait vers un hangar privé adjacent au terminal Signature, le baron Armand de Saint-Clair rangea les documents sur lesquels il travaillait dans son attaché-case, puis il prit la veste que lui tendait Frédéric, son assistant personnel, qui faisait également office d'agent de bord, de chauffeur et de garde du corps.

— Restons-nous à Rome longtemps, monsieur le baron ? demanda Frédéric en brossant sa veste.

— Peut-être quelques jours, Frédéric, répondit Saint-Clair. Vous devriez passer du temps avec votre famille. Je vous appellerai quand mes affaires seront terminées.

— Merci, monsieur. Je vous souhaite une agréable visite.

Avec les compliments du cardinal Petrini, une limousine papale Mercedes S500 blanche attendait à côté du jet, son moteur vrombissant tandis que Saint-Clair descendait les marches de l'appareil. Un grand et athlétique chauffeur qui faisait également office de garde du corps attendait le baron à côté d'une portière arrière ouverte.

— *Buona sera, baron*, dit le chauffeur. Voulez-vous aller directement au Vatican, ou à votre hôtel ?

— À l'hôtel, je vous prie, le Cavalieri.

Alors que le véhicule sortait de l'aéroport et avançait dans les rues pluvieuses de Rome, Saint-Clair se demandait pourquoi son ami était si inquiet quand il l'avait appelé. De toute évidence, l'affaire était d'une telle importance qu'il ne pouvait pas en discuter au téléphone, et insister pour qu'il lui rende visite laissait entendre que Petrini avait probablement des ennuis.

Quoi qu'il en soit, il serait là pour son ami, comme toujours.

CHAPITRE

QUARANTE-CINQ

— **B**ienvenue, grand-père ! s'exclama Hana en enlaçant son grand-père sur le seuil de leur suite Palermo.

— Bonjour, ma chérie. Tu es ravissante. Le repos te convient, je vois !

Derrière eux, le porteur fit rouler le chariot à bagages dans l'entrée et dans la chambre du baron, puis il accrocha la housse à vêtements dans la penderie et posa les sacs sur le lit. Il prépara ensuite la cheminée dans le salon et, en quelques minutes, une bonne flambée commença à réchauffer la pièce. Hana remercia l'homme, puis le raccompagna.

— Installe-toi, pépé, j'ai beaucoup de choses à te dire. Veux-tu un verre ?

— Dans un moment, ma chérie, laisse-moi d'abord me remettre.

Pour un homme approchant les quatre-vingt-dix ans, Saint-Clair était remarquablement alerte, l'esprit vif et la mémoire leste.

Étant l'un des principaux banquiers d'Europe, habitué à la richesse, aux privilèges et au pouvoir d'une noble famille aris-

238

tocratique, la lignée d'Armand de Saint-Clair remontait à Henry de Saint-Clair, baron de Rosslyn, en Écosse, qui avait accompagné Godefroy de Bouillon lors de la première croisade en 1096. Les Saint-Clair avaient une longue histoire, riche et influente.

Pendant des siècles, certaines familles de la haute société européenne avaient été appelées à fournir des services personnels aux papes, un cercle élitiste connu sous le nom de *Consulta* papale. La famille de Saint-Clair entretenait depuis des générations des liens puissants avec la papauté et le baron lui-même avait fait partie de la *Consulta* de trois papes, ce qui lui assurait un accès quasi illimité au Saint-Père, de jour comme de nuit.

Après s'être rafraîchi, Saint-Clair sortit de la chambre.

— Tu vois, Hana, je crois que je vais prendre ce verre, maintenant. Un cognac, s'il te plaît, si nous en avons.

Pendant qu'Hana préparait le verre, son grand-père regardait la ville baignée de pluie, le ciel sombre contrastant avec les milliers de maisons faiblement éclairées qui s'étalaient sous lui.

— Pour quelle raison penses-tu que le cardinal Petrini a besoin de tes conseils, pépé ? demanda Hana.

Son grand-père s'assit et avala une gorgée de cognac avant de répondre.

— Je n'en sais rien, à ce stade. Il était assez prudent au téléphone, mais il a mentionné que le cardinal Dante y était pour quelque chose. Si ce voyou est impliqué, ça ne peut être bon pour personne. Dante ne pense qu'à lui.

Hana frissonna en entendant le nom de Dante.

— Tu en sauras plus quand tu rencontreras Enrico demain, dit-elle. Si je peux t'aider, fais-le-moi savoir.

— Bien sûr, ma chérie. Maintenant, raconte-moi toutes tes aventures de la semaine dernière. Tu as toute mon attention.

Assise près du feu, Hana but une gorgée du martini

qu'elle s'était préparé, puis elle se lança dans son histoire avec la découverte par Dominic de la carte-casse-tête de Pietro Vesconte, qui mentionnait la grotte en France, et son rôle dans le déchiffrage de celle-ci.

Elle lui fit revivre l'exploration de la grotte du Trou de la Caune, lui dit qu'ils avaient été surpris et capturés par Gović et ses hommes, parla de la blessure de Lukas, de la perte du reliquaire et, enfin, de l'explosion qui aurait pu tous les tuer ou du moins les piéger.

Saint-Clair restait assis, bouche bée, tandis qu'Hana déroulait allègrement ce récit complexe.

— C'est une terrible nouvelle, Hana ! s'exclama-t-il. On dirait que les ennuis ont tendance à te chercher, n'est-ce pas ? Ce Gović a-t-il un lien avec l'aventure de l'an dernier ? Je me souviens qu'il y avait aussi un Gović impliqué à l'époque.

— Oui, affirma-t-elle. Ivan est le fils de Petrov Gović, cet agent d'Interpol qui m'a kidnappée pour son profit personnel. Tel père, tel fils, comme dit le proverbe.

— Et qu'est-il arrivé à ce reliquaire ?

— Nous avons des raisons de penser qu'il pourrait se retrouver sur le marché noir, j'en ai bien peur. Michael – le père Dominic – m'a dit qu'un marchand d'antiquités de Rome pourrait l'avoir en sa possession. Nous sommes prêts à entreprendre tout ce qui sera nécessaire pour récupérer le reliquaire, grand-père. Peux-tu nous aider d'une manière ou d'une autre ?

— Je ne sais pas en quoi je pourrais être utile, ma chérie, mais, bien sûr, tu as mon soutien total, si tu en as besoin. Mais maintenant, je dois me retirer pour la soirée. J'ai rendez-vous avec Enrico demain matin et je veux être au mieux de ma forme. Bonne nuit, ma chérie.

QUARANTE-SIX

Simon Ginzberg fixait le téléphone sur son bureau, comme s'il voulait qu'il passe l'appel lui-même pour le libérer de cette obligation. Il prit le combiné et composa le numéro de Zharkov à Moscou.

— Bonjour, Dmitry. C'est Simon, dit le vieil homme.

— Simon, *meyn guter fraynd !* répondit Zharkov en yiddish. Tout va bien pour toi, j'espère ?

— Oui, tout va bien ici, merci. J'ai des nouvelles pour toi concernant le reliquaire.

— Vraiment ? dit Zharkov, l'impatience affleurant dans sa voix. Eh bien, je suis tout ouïe.

— Nous avons effectué une série de tests, une datation au carbone 14 du bois du reliquaire et des os qu'il contient, commença Ginzberg. Le procédé est complexe, mais très précis. Notre technicien attribue aux deux échantillons une fourchette de dates comprise entre 25 et 60 de notre ère. Ce qui les place exactement à l'époque de la vie de Marie Madeleine. Comme le *signor* Tucci te l'a sûrement dit, un parchemin l'accompagnait affirmant que les os étaient ceux de Sarah, fille de Yeshoua et de Mariam. Cela suffirait à me faire dire qu'il est en effet authentique. Mais on ne peut jamais être sûr à cent pour cent dans ce domaine, Dmitry. Il faudrait mener des recherches archéométriques beaucoup plus poussées – en utilisant des méthodes telles que la dendrochronologie, la thermoluminescence, la lumière infrarouge et ultraviolette et l'analyse aux rayons X, sans parler des examens de l'ADN des ossements, ce qui prend plus de temps – et il y aurait certainement des débats très animés dans de nombreux cercles savants. Mais comme le temps est un facteur pour toi, je peux t'affirmer avec certitude que les objets proviennent bien de la période adéquate. Quant à sa relation avec Jésus, ce n'est qu'une possibilité et, pour autant qu'on le sache, une possibilité lointaine. Je crains de ne pouvoir en confirmer beaucoup plus, mon ami.

Zharkov, optimiste de nature et donc désireux d'avoir confirmation, voulait pousser Ginzberg à en dire plus. Mais il avait raison, le temps était compté. Son instinct l'avertissait que la brigade artistique italienne pourrait déjà être en train de mettre son nez dans cette affaire de toute façon, il devait donc prendre une décision dans un sens ou dans l'autre. Et rapidement.

Même à cent millions d'euros, c'était une somme dérisoire pour lui, et s'il y avait une chance, même infime, que le reliquaire soit authentique, il susciterait l'envie des spécialistes de la Bible et des collectionneurs du monde entier. Une fois qu'il en serait propriétaire, il pourrait effectuer tous les tests nécessaires pour établir son authenticité de façon plus certaine.

Il avait pris sa décision.

~

— VINCENZO, c'est Zharkov. Je souhaite procéder à l'acquisition du reliquaire.

Tucci resta momentanément sans voix. Il venait de gagner une commission de vingt millions d'euros en quelques jours de travail.

— C'est une excellente nouvelle, *signor* Zharkov ! Je suppose que l'examen du Dr Ginzberg s'est bien passé, alors ?

— Aussi bien que possible étant données les circonstances. Mais je suis satisfait de son analyse préliminaire et je suis prêt à accepter le pourcentage de risque. Cependant, si les tests ultérieurs ne donnent pas de résultats satisfaisants, Vincenzo, je demanderai un remboursement total des sommes versées. En attendant, j'ai des instructions spécifiques pour vous en ce qui concerne la livraison. Vous avez dit que le consignateur était un jeune homme nommé Gović, c'est bien ça ?

— C'est exact, Ivan Gović.

— J'aimerais que M. Gović me livre personnellement l'artefact au port franc de Genève dans deux jours. Je veux qu'il voyage seul et ne parle à personne de sa mission ou de son itinéraire. Il doit acheter un téléphone prépayé avant de partir et je veux qu'il me faxe le numéro de téléphone. Le fax est plus sûr et pratiquement impossible à intercepter. Demandez-lui de le faire immédiatement. Je veux ce fax dans l'heure. Je vais aujourd'hui virer un acompte de cinquante millions d'euros sur votre compte suisse et je m'occuperai du solde avec M. Gović lorsque je le rencontrerai à Genève. Dites-lui que j'ouvrirai un compte bancaire suisse en son nom, car il pourrait avoir des difficultés à le faire lui-même. Cela vous convient, Vincenzo ?

— Très certainement, *signore*, j'exécuterai vos instructions à la lettre. Comme toujours, c'est un plaisir et un grand honneur de faire affaire avec vous.

Après avoir donné à Tucci son numéro de fax et lui avoir dit au revoir, Zharkov raccrocha.

Tucci s'assit à son bureau, se balançant sur sa chaise, ravi de sa bonne fortune. Il espérait seulement, il priait pour que les examens complémentaires de Zharkov sur le reliquaire prouvent son authenticité – du moins de façon suffisante pour satisfaire son client. Et si Tucci savait une chose, c'était que les clients laissaient souvent leurs désirs s'affranchir de toute prudence. Les objets tels que les reliquaires bibliques étaient notoirement difficiles à authentifier, mais la simple idée d'en posséder un aussi historiquement séduisant pourrait suffire à satisfaire les espoirs de ce collectionneur-là.

Et un acompte de 50 millions d'euros ! Gović sera sûrement plus que satisfait de ses cinquante millions fournis à la livraison, considéra Tucci. *Puisqu'il n'était pas au courant du prix de vente total convenu ni d'un acompte...*

— Ivan, c'est Vincenzo Tucci. J'ai de bonnes nouvelles : mon client vient d'accepter d'acquérir votre consignation !

Tucci donna à Gović la liste des instructions de Zharkov, y compris l'achat immédiat d'un téléphone prépayé et l'ordre de faxer le numéro à son client à Moscou dans l'heure, et il lui annonça qu'il serait payé cinquante millions d'euros par M. Zharkov en personne une fois arrivé à Genève – sur son propre compte bancaire suisse tout juste ouvert.

— Je... je ne sais pas quoi dire, Vincenzo, dit Gović en hésitant. Je suis sans voix ! Et je vous suis tellement reconnaissant d'avoir organisé tout cela. Je ferai tout ce que vous me direz. Quand dois-je récupérer le paquet ?

— Soyez là à la première heure demain matin. Je dois encore l'emballer, mais je vais faire en sorte que ce soit pratique pour voyager. Prenez le premier train pour Genève, en prévoyant de vous faire prendre par un taxi jusqu'à la gare. Et ne prenez pas de risques inutiles, Ivan. C'est mon client le plus important.

QUARANTE-SEPT

Le centre des opérations du siège de l'AISI à Rome était rempli d'équipements électroniques clignotants et vrombissants servant à toutes sortes de missions de renseignement et de surveillance, mais Massimo Colombo se tenait au-dessus d'un bureau en particulier tandis que la technicienne en communications était assise devant sa console. Tous deux portaient des écouteurs et écoutaient la conversation entre Vincenzo Tucci et Dmitry Zharkov.

Lorsqu'ils raccrochèrent, Colombo retira son casque et le posa sur le bureau.

— Donc, nous savons que Tucci a maintenant le reliquaire et que Gović va l'apporter à Genève, dit-il à la technicienne. Veuillez m'envoyer par courriel la transcription de cette interception et appelez le colonel Scarpelli de la brigade artistique pour moi, d'accord ?

Elle passa l'appel. Colombo prit place à un bureau vacant au fond de la pièce. Quelques instants plus tard, le téléphone sonna.

— Benny ? Oui, c'est Max. Nous avons une piste pour Gović et le reliquaire volé. L'acheteur est Dmitry Zharkov et il a demandé à Tucci de faire en sorte que Gović le lui livre à Genève, dans la zone de port franc. Vous et moi devrions réunir une équipe pour les intercepter ensemble – et il faut qu'ils soient ensemble, en train de conclure la transaction – puis nous pourrons les arrêter tous les deux. Je coordonnerai l'opération avec les autorités suisses pour que nous soyons en conformité avec leurs lois.

Colombo s'adossa à sa chaise, un sentiment d'optimisme l'envahissant. Après tout ce temps, il était tout proche. Et boucler les deux *bastardi* serait une énorme victoire.

Cependant, une autre pensée, beaucoup moins réjouissante, vint tempérer ce sentiment.

Et s'ils s'en sortaient ?

CHAPITRE

QUARANTE-HUIT

L es bureaux du secrétariat d'État du Vatican bourdonnaient d'activité alors que diverses équipes, dans des pièces éparpillées, mettaient au point leurs rôles respectifs pour le prochain voyage du pape en Amérique du Sud.

Les sergents Karl Dengler et Dieter Koehl géraient les protocoles de sécurité pour les services secrets du Vatican, ou *gendarmerie*, qui accompagnent le pape lorsqu'il s'immerge dans la foule, à l'air libre dans la papamobile, ainsi que pour le contingent d'honneur de la Garde suisse pour les cérémonies prévues.

Des cartes de toutes les villes visitées – São Paulo, Lima, Bogota et Buenos Aires – s'alignaient sur les murs de la pièce sécurisée, marquées de grosses lignes noires décrivant le trajet que le pape et son entourage emprunteraient dans chaque ville, et d'épais traits rouges indiquant les endroits où le Saint-Père pourrait être exposé à une attaque éventuelle.

Des équipes préparatoires avaient déjà coordonné leur action avec les forces de l'ordre locales qui s'ajouteraient aux équipes de sécurité du Vatican, mais Dengler s'inquiétait toujours de la fiabilité des forces qui n'étaient pas sous son contrôle.

La porte de la salle s'ouvrit et le secrétaire d'État, le cardinal Enrico Petrini, entra.

— Comment se passent les préparatifs, sergent Dengler ? demanda-t-il.

— Du mieux possible, Votre Éminence, répondit Dengler. J'ai quelques inquiétudes concernant les locaux, étant donné qu'il s'agit de l'Amérique du Sud. Avez-vous le temps d'en discuter maintenant ?

— J'ai bien peur que non, pas pour le moment. J'ai un rendez-vous sous peu. Je passais juste voir comment ça avançait. Discutons de vos plans un peu plus tard dans la journée.

— Bien sûr, Éminence. À l'heure qui vous convient.

Petrini jeta un coup d'œil à l'horloge murale. Armand devrait être là d'une minute à l'autre, pensa-t-il.

— Merci, sergent. Continuez.

Alors que Petrini retournait à son bureau, Armand de Saint-Clair sortit de l'ascenseur au moment où le cardinal traversait le hall. Les deux hommes échangèrent une poignée de main et des salutations, puis ils entrèrent dans le bureau personnel de Petrini.

Le père Bannon apporta un plateau de café et de biscotti et le posa sur la table basse entre deux fauteuils Queen Anne près de la fenêtre donnant sur le dôme de Saint-Pierre.

— S'il vous plaît, ne me passez pas les appels pendant une heure, Nick, dit Petrini à son secrétaire qui quittait discrètement la pièce.

« Armand, poursuivit-il gravement, au cours de nos longues années d'amitié, je n'ai jamais eu autant besoin de tes conseils que maintenant. Ma vie a été aussi bonne qu'un homme dans ma position peut l'espérer et j'en suis reconnaissant. Il y a cependant une partie importante de ma vie que j'ai tue à tout le monde, non sans raison, comme tu vas le voir. Je crains que le moment ne soit venu de révéler ce secret, car si je ne le fais pas moi-même, il semble que quelqu'un le fera pour moi d'une manière des plus impitoyables.

Saint-Clair était attentif, sirotant son café en fixant les yeux las de son ami.

— Cela semble sérieux, Enrico. Je t'en prie, continue. Je ne te jugerai pas.

— Lorsque j'étais curé de paroisse à New York, il y a une trentaine d'années, j'avais une gouvernante de longue date dans mon presbytère. Tu te souviens peut-être d'elle. Son nom était Grace Dominic.

— Oui, je m'en souviens, effectivement. N'était-elle pas la mère du père Michael Dominic ?

— En effet, répondit Petrini, avant de baisser les yeux sur sa tasse de café et la main tremblante qui la tenait. Et il se trouve que je suis son père.

Saint-Clair resta impassible, il posa sa tasse et prit la main de son ami, la serrant doucement.

— Enrico, cela ne me surprend guère. Je savais que vous étiez proches depuis de nombreuses années et, pour être franc, Michael te ressemble beaucoup, physiquement. Je m'en suis longtemps douté, mais bien sûr, je n'avais pas à poser de questions, et apprendre la vérité ne change rien à l'opinion que j'ai de toi. Mais en quoi est-ce un problème maintenant ?

Petrini, les yeux brillants, prit une grande inspiration et souffla lentement.

— Il semble que le cardinal Dante se soit donné beaucoup de mal pour fouiller dans mon passé afin d'y gagner quelque chose, à sa manière odieuse. Il a menacé de me dénoncer si je ne lui cédais pas mon poste. C'est tout ce qu'il veut, ce poste, et il est prêt à me détruire pour ça.

Sa colère augmentant, Saint-Clair se leva pour arpenter la pièce, les mains jointes.

— Dante ne peut pas s'en tirer comme ça, Enrico. Qu'il le

sache ou non, il se met en grand danger en tentant de se livrer à un chantage.

Le baron s'arrêta devant la fenêtre et regarda les jardins du Vatican tout en concevant un plan. Il se retourna vers Petrini.

— Je suggère que nous en parlions immédiatement au Saint-Père, proposa-t-il avec confiance. Ce n'est pas comme si tu étais le premier prêtre à avoir eu une liaison qui a donné naissance à un enfant. Et bien que l'Église ait pris des mesures dans de tels cas, ce qui est en jeu pour toi et Dante est bien plus important. Je sais que le pape te préfère à cette canaille, de toute façon. Je propose que nous adressions une pétition à Sa Sainteté sous forme de confession, lui demandant de s'occuper de Dante personnellement. Il nous le doit. Il me le doit.

Saint-Clair ne s'étendit pas sur les événements auxquelles il faisait allusion, mais Petrini savait bien que les deux hommes partageaient une longue et affectueuse histoire. L'un était maintenant pape et l'autre son plus proche conseiller.

— Si tu penses que c'est la meilleure solution, je vais téléphoner de suite, dit Petrini.

Ils se regardèrent, parfaitement conscients de l'épreuve que représentait une telle confession. Mais l'alternative était sans aucun doute pire. Au moins, de cette façon, ils avaient de meilleures chances de neutraliser Dante.

Assis, nerveux, à son bureau, le Cardinal Petrini prit le téléphone et composa le numéro personnel du pape.

Il était huit heures du matin à Buenos Aires lorsque le téléphone de l'archevêché de la cathédrale métropolitaine émit deux sonneries stridentes. Cette sonnerie irritait toujours le père Bruno Vannucci, dont l'oreille était plus finement accordée aux agréables sonneries de son téléphone portable.

— *Hola ?* répondit-il d'un ton bourru.

— Veuillez patienter, le Saint-Père va vous parler, dit une voix féminine.

Un instant plus tard, une voix plus reconnaissable se fit entendre.

— Cardinal Dante ? demanda le pape avec assurance.

— Pardonnez-moi, Votre Sainteté. Non, c'est le père Vannucci, le secrétaire de Son Éminence. Je vais vous passer le cardinal Dante. Veuillez patienter un instant.

Vannucci mit l'appel en attente et franchit à toute vitesse les doubles portes menant au bureau de Dante.

— Votre Éminence ! lança-t-il, à bout de souffle. C'est le pape ! Il est au téléphone !

— Ne soyez pas ridicule, Bruno. Ce doit être quelqu'un qui fait une blague. Le pape ne m'appelle jamais.

— Je vous jure que si, Éminence. L'appel est passé par le standard du Vatican.

Dante se redressa sur sa chaise, regarda Vannucci avec méfiance, puis décrocha le téléphone.

— Cardinal Dante, dit-il prudemment.

La voix familière était ferme et précise.

— Fabrizio, qu'est-ce que j'entends, vous faites chanter le cardinal Petrini ? Est-ce vrai ?

Dante se leva et se mit au garde-à-vous, occupé à trouver une réponse.

— Je... je, hum... non, bien sûr que non, Votre Sainteté, j'ai simplement eu une brève conversation avec le cardinal Petrini. Je ne comprends pas ce que vous entendez par chantage. Il a mal compris, bien sûr. Par la sainteté de l'Église, je voulais seulement...

— Ne soyez pas fuyant avec moi, Fabrizio, dit le pape. Je viens de discuter avec le cardinal Petrini au sujet de la proposition que vous lui avez faite. Nous sommes conscients de son imprudence passée, et je l'en ai personnellement absous. Quant à vous, si vous osez dire un mot de tout cela à qui que ce soit – ou si le père Dominic découvre de quelque manière que ce soit le rôle du cardinal Petrini – il y aura des conséquences. Si Buenos Aires n'est pas à votre goût, je suis sûr que nous pourrons vous trouver un poste plus adéquat.

Terriblement déçu, Dante comprit alors qu'il avait été vaincu. Il était dos au mur.

— Mes plus profondes excuses pour ce malentendu, Saint-Père. Je n'ai jamais voulu...

— C'est tout pour le moment, Fabrizio, l'interrompit le pape. Vous pouvez poursuivre votre travail en Argentine.

Le téléphone fut violemment raccroché.

QUARANTE-NEUF

Après une longue matinée de travail avec Toshi Kwan sur le projet ICR, la frustration de Michael Dominic concernant Govic prit le dessus. Colombo avait beau gérer cette affaire à sa manière, le reliquaire – la plus importante découverte religieuse depuis au moins un siècle – pourrait être perdu. Le tic-tac de l'horloge résonnait dans sa tête. Il sortit son iPhone et envoya un SMS à Karl Dengler : **Est-ce que Dieter et toi pouvez me retrouver pour déjeuner à la cantine de suite ?**

Quelques instants plus tard, la réponse arriva : **Le timing est parfait, nous faisons aussi une pause pour le déjeuner. On se retrouve là-bas.**

Dominic entra dans la cafétéria animée où Dengler, arrivé plus tôt, leur avait réservé une table près de la fenêtre. Quand Dominic approcha, lui et Koehl l'attendaient.

— Allons nous servir, on discutera après.

Faisant la queue parmi d'autres employés du Vatican, ils prirent des portions de diverses pâtes, de morue cuite au four avec de l'andouille caramélisée et épicée, de tomates romaines grillées et de tiramisu, puis retournèrent à table avec leurs assiettes bien garnies.

Après que le père Dominic eut dit les grâces, ils s'attaquèrent à leur repas. Au bout de quelques minutes, Dieter Koehl prit la parole.

— Je veux vous aider de toutes les manières possibles à arrêter Gović et à récupérer le reliquaire, dit-il en rompant un morceau de pain. Et comme tu l'as dit, Michael, il faut faire vite.

— Oui, j'y ai pensé, Dieter, dit Dominic en posant sa fourchette et en croisant les doigts. Tu devrais l'appeler aujourd'hui et demander à le voir. Dis-lui que tu dois lui parler de vive voix et que tu as besoin de ses conseils. Joue sur son supposé pouvoir.

Dengler n'était pas aussi charitable.

— Pourquoi ne pas le tuer et en finir ?

Dominic le dévisagea avec étonnement, puis parcourut la pièce des yeux.

— Moi non plus, je n'aime pas beaucoup ce type, Karl, mais on ne peut pas faire ça. Le but est de récupérer le reliquaire. Il est peut-être déjà trop tard. Si Dieter peut se débrouiller pour le rencontrer, nous pouvons tous les trois le forcer à nous y conduire. Il devrait être assez surpris que nous ayons survécu à l'explosion de la grotte.

— D'accord, dit Koehl. Je vais l'appeler, puis en fonction de l'heure qu'il me fixe, on peut mettre au point un plan.

CINQUANTE

L e grand bloc rectangulaire de mousse grise solide que Vincenzo Tucci avait retiré de la mallette Pelican Protector noire dans laquelle le reliquaire devait être transporté était posé sur sa table de travail.

Le travail de Tucci consistait maintenant à découper et à façonner la mousse pour qu'elle protège parfaitement l'artefact, ainsi que le passe-partout et la carte rectangulaire de Vesconte au cours du transport. La valise Pelican était grande, d'une dimension intérieure de 70 x 47,5 x 42,5 cm, avec quatre solides roues en polyuréthane pour la manier plus facilement. Bien que lourde, elle servirait à dissimuler le reliquaire le temps du voyage de Gović jusqu'à Genève.

Il prit les mesures du reliquaire et de la carte, puis dessina les contours sur la mousse avec un marqueur noir. À l'aide d'un couteau à découper électrique, il évida soigneusement les parties de la mousse correspondant aux mesures du reliquaire, puis de la carte, et en conserva une partie pour rembourrer le dessus lorsque le travail de base serait terminé.

Une fois le logement en mousse terminé et replacé dans la

valise Pelican, Tucci y plaça délicatement le reliquaire, puis la carte dans son propre réceptacle et il ajouta le rembourrage supplémentaire sur le dessus pour maintenir le contenu stable pendant le transport. Il referma ensuite la mallette et fixa des cadenas Ingersoll très résistants sur chacune des deux fermetures à double action.

Gović n'avait plus qu'à la récupérer

Il était dix heures, le vendredi soir lorsque Gović répondit au téléphone.

— Bonjour, Ivan, c'est Dieter. Tu as une minute ?

— Juste une minute, Dieter, fais vite.

Gović mit le téléphone sur haut-parleur et continua à préparer son sac.

— Je dois te voir au sujet de quelque chose d'important, c'est en rapport avec le plastic que j'ai fabriqué pour toi. Les autorités italiennes m'ont interrogé sur un incident dont elles pensent qu'il y est lié. On peut se voir dans la matinée ?

Gović resta prudent, mais brusque.

— Je crains que non. Je dois prendre le premier train pour Genève pour affaires. Ça devra attendre mon retour.

— Tant pis, déclara Koehl. Bon, fais-moi savoir quand tu reviens. Nous devons nous accorder sur nos histoires.

— Ben quoi, il n'y a pas vraiment d'histoire, à part le déblaiement d'un gros rocher dans un champ cultivé. Quoi qu'il en soit, je dois y aller maintenant. Au revoir, Dieter.

Il appuya sur le bouton rouge de son téléphone pour mettre fin à la communication.

Ses valises prêtes, Gović se sentit un peu anxieux au sujet de l'appel de Koehl et de l'implication des autorités. Comment avaient-ils pu remonter la piste de l'explosif jusqu'à Dieter ? Peu importe. Mais dans quelques jours, il n'aurait plus aucun souci à se faire et, avec autant d'argent, il prendrait un vol direct de Genève à Buenos Aires sans un coup d'œil en arrière. Il engagerait des avocats pour régler ses problèmes en Italie.

Il rangea son pistolet Glock 19 dans le sac à dos, vida son verre de vodka, puis s'allongea pour dormir.

— IL QUITTE LA VILLE, Michael, il prend un train tôt demain matin pour Genève. Qu'est- ce qu'on fait ?

Koehl avait lancé une conférence téléphonique pour que Karl Dengler participe avant de téléphoner à Dominic.

— Genève ? demanda Dominic. Il y a quoi à Genève ?

— Il a dit que c'était pour affaires, ajouta Koehl. Il aura peut-être le reliquaire avec lui. Il a peut-être trouvé un acheteur. Comme Karl le sait, la Suisse est une plaque tournante du marché noir. Beaucoup d'argent sale transite par Genève.

Dominic réfléchit un instant. Il devait mettre Colombo dans la confidence, mais l'AISI agirait-elle assez vite ? Il ne pouvait pas laisser Ivan s'échapper.

— Toi et Karl devriez le suivre par précaution. C'est le week-end, vous êtes tous les deux de repos, non ?

Dengler et Koehl acquiescèrent en même temps.

— Bon, vous deux, allez à la *Stazione Termini* à Rome le plus tôt possible, avant l'aube, au cas où. Surveillez Gović et prenez le même train que lui. Évitez qu'il vous voie, si possible... déguisez-vous d'une manière ou d'une autre ou gardez vos distances. Karl, tu as toujours le traceur AirTag que je t'ai donné l'été dernier ?

— Tu parles, il est ici dans mon casier.

— Tu dois trouver un moyen de le mettre dans les bagages de Gović. Ou, s'il a le reliquaire avec lui, il doit être dans une sorte de caisse ou de boîte. Débrouille-toi pour l'ouvrir et trouve un endroit pour cacher le traceur à l'intérieur. N'oublie pas de l'enregistrer sur ton iCloud, sinon ça ne sert à rien. Hana et moi allons trouver un moyen de vous rejoindre à Genève. Je vais aussi prévenir Colombo et le mettre au courant. On aura ce serpent d'une manière ou d'une autre.

CINQUANTE-ET-UN

Sur la route du Grand-Lancy, une avenue banale à l'extrémité sud du lac Léman, en Suisse, se trouve un ensemble d'entrepôts gris terne et jaune pâle du nom de Ports Francs et Entrepôts de Genève, bien connu de l'élite mondiale ultra-riche qui y stocke ses trésors inestimables.

Derrière ses murs climatisés et ignifugés sont cachées des œuvres d'art d'une valeur totale de plus de cent milliards de dollars, dont un millier d'œuvres de Pablo Picasso, ainsi qu'un nombre incalculable de tableaux de maîtres anciens qui auraient leur place dans des musées. Au total, plus d'un million d'œuvres d'art parmi les plus sublimes jamais réalisées ont élu domicile au port franc de Genève.

Les bâtiments abritent également d'autres objets de collection de grande valeur tels que des lingots d'or, des antiquités étrusques, grecques et romaines, ainsi qu'un extraordinaire assortiment de vins rares – quelque trois millions de bouteilles. Tous ces objets sont entreposés dans le plus grand secret, tandis que leurs propriétaires bénéficient d'une exonération fiscale. En effet, stockés dans cet environnement sécurisé, tous les biens sont considérés comme étant « en transit » et, malgré leur présence physique en Suisse, hors du territoire douanier. Ainsi, tous les droits de douane et les obligations fiscales sont reportés jusqu'à ce que les objets quittent cette propriété bien protégée. Mais peu d'objets sortent de la zone franche ; il existe même des salles spéciales où leurs propriétaires peuvent les exposer, acheter et vendre, sans taxes et dans le plus grand secret, tout en restant dans l'abri privilégié qu'offre la zone.

Au-delà de ses activités légales, le port franc de Genève – comme de nombreuses zones franches économiques dans d'autres pays – a également la réputation d'être le lieu idéal pour le transfert et le stockage d'antiquités pillées et vendues sur le marché noir, ainsi que pour les butins résultant d'opérations de blanchiment d'argent à l'échelle mondiale. Une grande partie de cet inventaire exclusif reste là, prenant de la valeur, pendant des décennies. Et peu de gens le voient.

Dmitry Zharkov n'était pas seulement le plus gros actionnaire de la société, il faisait partie des clients les plus actifs du port franc, une activité qu'il exerçait aussi dans des zones franches situées au Luxembourg, en Croatie, en Biélorussie et en Russie. Cette situation lui offrait une énorme latitude et lui permettait d'étendre sa sphère d'influence au sein des individus ultra-fortunés, ainsi que parmi les éléments les plus riches qui opéraient sur le marché illicite des antiquités, auprès desquels il avait acquis une grande partie de sa vaste collection.

DEVANT LE LONG BAR Dalbergia de son penthouse moscovite, Zharkov se servit un verre de vodka Beluga Noble tout en apportant une touche définitive à son changement de plan pour Ivan Gović.

Une fois qu'il serait dans le train pour Genève, il appellerait le jeune Croate sur son téléphone prépayé et lui donnerait les détails. Il était possible qu'il soit suivi – que ce soit par la brigade artistique ou quelqu'un d'autre – et Zharkov ne pouvait prendre aucun risque. Trop de choses étaient en jeu.

Se tournant vers son ordinateur, il fit en sorte que son Airbus A319 soit prêt à quitter l'aéroport Vnoukovo de Moscou pour Genève dans la matinée. Puis il prévint le personnel des Rives d'Argentière, un établissement cinq étoiles niché dans les Alpes à Chamonix-Mont-Blanc, afin que son chalet soit prêt pour son arrivée le lendemain après-midi.

Il pourrait même skier un peu s'il avait le temps.

CINQUANTE-DEUX

Ivan Gović frappa sèchement à la porte de la boutique de Vincenzo Tucci à six heures précises le samedi matin, un sac à dos en bandoulière.

Un instant plus tard, la porte fut déverrouillée et Tucci l'ouvrit en grand, jetant un coup d'œil à l'extérieur pour voir si quelqu'un d'autre rôdait dans les parages tandis que Gović entrait dans le bâtiment. Il y avait peu de monde dehors si tôt un matin de week-end. Le taxi que Gović avait pris l'attendait sur le trottoir, le moteur ronronnant.

Tucci referma la porte et la verrouilla avant de l'escorter jusqu'à la pièce du fond.

— Cette mallette spéciale est parfaitement sécurisée et j'ai emballé les deux éléments avec soin, dit-il en remettant à Gović les clés des cadenas de la valise Pelican. Ne la perdez pas de vue. Une fois que vous serez en route, M. Zharkov veut que vous l'appeliez directement pour de nouvelles instructions. À quelle heure part votre train ?

— Je prends celui de 7 h 15 pour Genève, dit le Croate. C'est un voyage d'environ sept heures avec un arrêt à Milan.

— *Arrivederci* alors, Ivan. Appelez-moi si vous avez le moindre problème.

Gović posa la valise Pelican sur le sol et la fit rouler jusqu'au taxi qui attendait. Le chauffeur descendit, ouvrit le coffre et y lâcha la valise.

— Hé, attention ! brailla Gović. *Estúpido tanos*, fulmina-t-il en espagnol. Puis il ajouta en italien : *Staziona Termini, veloce-mente !* (À la gare et faites vite.)

Le taxi s'écarta brusquement du trottoir et remonta la rue à toute allure vers le cœur de la ville.

— Gović vient de partir, *signor* Zharkov, dit Tucci d'un ton mal assuré au téléphone. Il prend le train de 7 h 15 pour Genève. Je lui ai dit de vous appeler dès qu'il serait à bord.

— Merci, Vincenzo, dit Zharkov. À partir de maintenant, je prends les choses en main.

La technicienne en communication de l'AISI, ayant entendu la conversation de Tucci et Zharkov, avertit Colombo de l'interception. Armé de nouveaux détails, Colombo appela Dominic.

— Père Michael, c'est Max Colombo. Gović sera dans le train de 7 h 15 de ce matin pour Genève, au départ du hall principal. Dites à Koehl et Dengler qu'il voyage seul, mais aura le reliquaire avec lui. Si nous désignons des agents pour le suivre, nous risquons de l'alerter, mais nous aurons une équipe en Suisse qui prendra le relais. Nous devons surprendre Gović et Zharkov ensemble pour procéder à l'arrestation, et cela va probablement se passer dans le port franc. Donc, si vous pouvez demander à vos gars de garder un œil sur lui et de rester à distance, ça devrait aller.

— Merci, Max, dit Dominic. Le baron Saint-Clair nous a offert de nous emmener dans son jet à Genève, donc nous partons nous aussi sous peu. Vous serez là-bas ?

— Bien sûr, je ne veux pas rater ça après tout ce que nous avons fait ensemble. Avec un peu de chance, nous aurons quelque chose à fêter ce soir. Vous avez mon numéro de portable si vous avez besoin de quoi que ce soit entre-temps.

Après s'être dit au revoir, ils raccrochèrent.

Dominic, qui avait appelé depuis la suite d'Hana au Cavalieri, se tourna vers son grand-père.

— Monsieur le baron, je ne peux vous dire à quel point je vous suis reconnaissant de votre offre généreuse de nous emmener avec vous à Genève.

— N'y pensez pas, Michael. Je rentrais, de toute façon, donc je ne fais pas de détour. Et qui sait, je pourrais encore vous être utile. Je peux facilement m'arranger avec les autorités suisses. Gardez ça à l'esprit si la situation évolue.

CINQUANTE-TROIS

Même si tôt un matin de week-end, la gare Centrale de Rome grouillait d'activité, avec des touristes qui se levaient tôt et se précipitaient pour prendre le train vers des destinations au-delà de la Ville éternelle.

Dominic venait d'appeler Karl Dengler afin de lui donner les détails du train que prendrait Gović. Dengler avait réservé des sièges en deuxième classe et acheté des billets pour Dieter Koehl et lui-même sur le train à grande vitesse, le Frecciarossa de 7 h 15 à destination de Genève, puis il les avait compostés dans l'un des nombreux composteurs jaunes éparpillés dans le hall.

Pour être sûrs de ne pas rater Gović, ou au cas où il prendrait un autre train, les deux gardes suisses – portant des vêtements de ville décontractés, une casquette de baseball et des lunettes de soleil si nécessaire – se tenaient aux extrémités opposées de la plus haute mezzanine et surveillaient les vingt-quatre quais de gare, les guichets et les alentours. Comme le reliquaire étant imposant, il était difficile de manquer un tel paquet tiré par un voyageur.

Fidèle à son nom, le Frecciarossa, ou Flèche rouge, était peint d'un rouge pomme brillant, les locomotives au nez bas et pointu fixées à chaque extrémité du train. Avec une vitesse de pointe de trois cents kilomètres à l'heure, il faisait la fierté de l'Italie et était le pendant des trains à grande vitesse français et japonais.

Stationné sur la voie 3, le Frecciarossa à destination de Genève se trouvait juste en dessous de l'endroit où se tenait Dengler sur la mezzanine, ce qui lui offrait une vue dégagée sur les voyageurs qui montaient à bord. Il jeta un coup d'œil à l'énorme horloge au-dessus des trains, aux grands chiffres romains faciles à repérer de loin et constata qu'il était 6h50.

Juste à ce moment-là, il aperçut Gović qui quittait le guichet et se dirigeait vers le train rouge de la voie 3. Il portait un jean et un sweat-shirt, ses longs cheveux blonds en recouvrant la capuche. Il tirait une grande valise noire Pelican à roulettes et marchait d'un pas vif vers la première classe à l'avant du train.

Dengler sortit son téléphone et envoya un SMS à Koehl, à l'autre bout de la gare : **Il est là. Retrouve-moi voie 3**.

DENGLER ET KOEHL s'installèrent en seconde classe dans la dernière voiture, l'un en face de l'autre, côté fenêtre. Leurs sacs à dos, contenant leurs pistolets Sig Sauer P220 et quelques autres affaires, étaient coincés entre leur hanche et la fenêtre.

Le chef de gare sur le quai siffla alors que le train commençait lentement à sortir de la gare. Prochain arrêt : Milan, où ils changeraient de train pour prendre celui de Genève.

CINQUANTE-QUATRE

Dans les trains à grande vitesse italiens les plus récents, on trouvait au bout de chaque voiture, en face des toilettes, un large espace de rangement pour les bagages trop volumineux pour les rangements en hauteur au-dessus des sièges. Le règlement du train interdit aux passagers de les garder avec eux et Gović avait donc dû ranger sa valise Pelican loin de là où il était assis. Mais il s'était assuré de l'avoir en ligne de mire depuis son siège côté couloir, plus loin dans la voiture. Ce n'était pas comme s'il devait aller quelque part.

Il n'avait pas beaucoup dormi la nuit précédente, excité par les cinquante millions d'euros qu'il était sur le point de toucher. Il n'arrivait toujours pas à croire à sa bonne fortune. C'était le coup le plus facile qu'il ait jamais réalisé. Et il n'avait que vingt-neuf ans. Il était tranquille pour le reste de ses jours !

Le ronronnement monotone de la locomotive et le balancement du train le plongèrent bientôt dans un état de transe. Oui, il devait contacter Zharkov, mais il était encore tôt à

Moscou. Il appellerait le Russe après avoir fait une petite sieste.

— COMMENT METTRE l'AirTag dans la valise Pelican ? demanda Dengler à Koehl alors qu'il enregistrait et synchronisait l'appareil sur son iPhone.

— Eh bien, entre nous, je suis le seul à savoir crocheter les serrures, non ? Donc, je suppose que la décision a été prise. Je dois juste m'assurer que Gović ne me reconnaisse pas. Le mieux serait d'attendre qu'il aille aux toilettes, ce qui doit arriver à un moment ou un autre. Nous devons nous rapprocher de lui et attendre le bon moment.

Comment ça marche, d'ailleurs ? demanda Koehl en tripotant le disque blanc qu'il tenait dans ses mains.

Dengler l'expliqua à son ami.

— Les AirTags sont des dispositifs de tracking Bluetooth à bande ultra-large développés par Apple. On peut les fixer sur presque tous les objets dont on veut garder la trace. Ensuite, une fois enregistrés, on peut les localiser quelle que soit la distance – partout dans le monde, en fait – en utilisant l'application Find My d'Apple. Tout ce dont l'appareil a besoin pour relayer son signal crypté à faible énergie, c'est d'un iPhone à proximité, même celui d'un inconnu dans une foule. La balise envoie alors son signal de localisation à l'appareil domestique via iCloud, et l'objet est retrouvé. C'est ainsi que nous avons localisé Hana lorsqu'elle a été enlevée par le père de Gović l'année dernière.

— C'est incroyable ! déclara Koehl, clairement impressionné. Bon, alors je vais me balader à l'avant avec ma casquette et mes lunettes de soleil, en prenant soin de jeter un coup d'œil à chaque passager sur mon chemin. Au fait, que porte Gović ?

— Il avait un sweat à capuche noir quand je l'ai repéré,

avec la capuche baissée, du moins elle était baissée dans la gare. La valise est trop grande pour les compartiments en hauteur, elle doit donc être dans l'espace de rangement en face des toilettes. Je vais venir avec toi et rester à proximité au cas où tu aurais besoin d'aide. Prêt ?

— C'est maintenant ou jamais, dit Koehl. Donne-moi ton couteau.

— Mon couteau ? Pourquoi ?

— Parce que j'ai besoin de la pince à épiler pour l'utiliser comme clé de tension, et je me servirai du cure-dent du mien pour entrer dans le trou de la serrure et tripatouiller le cadenas. Tout soldat suisse à peu près compétent le sait.

Dengler sourit, acceptant la pique avec grâce. Autrefois distants et se parlant à peine, les deux hommes avaient tissé des liens plus étroits après l'attentat à la bombe et les excuses sincères de Koehl pour son rôle dans cet incident. Ils étaient désormais dans le même camp, avec pour objectif commun de se venger d'Ivan Gović. Et ils tenaient là leur meilleure chance.

Dengler lui tendit son couteau suisse, puis regarda, horrifié, Koehl extraire, puis plier, une des branches de la pince à épiler à un angle de quatre-vingt-dix degrés.

— Désolé, mon vieux, c'est pour la bonne cause, dit-il avec une sincérité feinte. On t'en trouvera un nouveau.

 ils se dirigèrent vers l'avant du train, jetant un coup d'œil à travers les vitres de chaque porte avant d'entrer dans la voiture suivante, Dengler regardant sur le côté gauche tandis que Koehl scrutait les têtes sur la droite. Avant de monter à bord, Dengler avait compté neuf voitures au total. Ils en avaient traversé six avant de voir la valise Pelican dans l'espace de rangement de la voiture suivante.

Plusieurs passagers de première classe faisaient la queue pour utiliser les toilettes, ce qui était une chance pour les gardes, car cela permettait de dissimuler leur activité dans l'espace de rangement.

En regardant derrière les passagers debout, Koehl vit Gović dans un siège côté couloir, dans la neuvième rangée, apparemment endormi. Il le désigna à Dengler.

— Nous devons agir vite, chuchota Dengler. Notre timing semble bon tant que ceux qui utilisent les toilettes prennent leur temps !

Appuyant sur le gros bouton d'ouverture de la porte de la voiture, Koehl se faufila et s'agenouilla près de la valise Pelican, Dengler à sa suite. Pendant que Koehl s'escrimait sur les serrures, Dengler était debout, tournant le dos à Gović, comme s'il faisait également la queue, dissimulant le reliquaire à la vue du Croate.

Koehl était remarquablement doué pour crocheter les serrures, pensa Dengler en regardant son ami déverrouiller adroitement un cadenas Ingersoll puis l'autre sur la valise Pelican à l'aide de deux couteaux suisses.

Ayant inséré la pince à épiler tordue servant de clé de tension au bas du cadenas, Koehl introduisit ensuite le cure-dents dans le trou de la serrure et poussa plusieurs fois vers le haut afin de mettre les goupilles en position verticale.

Même si cela parut à Dengler une éternité, il ne fallut à Koehl qu'une quinzaine de secondes pour déverrouiller chaque cadenas. Pendant ce temps, Dengler sortit son téléphone et prit une photo de la valise Pelican, au cas où il en aurait besoin plus tard.

Dengler se risqua à tourner légèrement la tête pour voir si Gović dormait encore. C'était le cas. Mais la file d'attente pour les toilettes avançait plus vite qu'il ne l'aurait souhaité. Il n'y avait plus que trois personnes debout. Bientôt, tout le monde serait en mesure de voir clairement ce qu'ils faisaient !

Le couvercle de la valise étant ouvert, Koehl sortit l'AirTag de sa poche, mais à ce moment-là, il le fit tomber sur le sol. Il transpirait maintenant abondamment. Il le ramassa près de la porte de la voiture et le dissimula sous la mousse intérieure, aussi loin que possible sans déloger les objets qu'elle contenait.

La porte des toilettes s'ouvrit, une personne en sortit et une autre prit sa place. Il ne restait plus que deux passagers debout… et Gović se réveillait !

En regardant entre les jambes près de lui, Koehl vit le Croate s'étirer et regarder par la fenêtre. Il devait filer immédiatement !

Après avoir rabattu le couvercle de la mallette, les mains tremblantes sous l'effet de l'adrénaline, Koehl remit les deux cadenas, puis il se retourna et appuya sur le gros bouton près de sa tête. La porte s'ouvrit et il se leva pour sortir calmement de la voiture, Dengler le suivant nonchalamment.

Lorsqu'ils eurent regagné leurs places dans le dernier wagon, essoufflés par les risques évidents qu'ils avaient pris, Dengler sortit son iPhone et ouvrit l'application Find My. En rafraîchissant l'option Objets, il trouva l'emplacement de la valise Pelican qui clignotait sur une carte en couleur, cent vingt-cinq mètres devant eux.

Ils avaient réussi !

ALORS QUE LES vibrations du train servaient de berceuse pour certains, ces mêmes vibrations secouaient l'anse de l'un des cadenas de la valise Pelican, celle que Koehl, dans sa hâte, n'avait pas bien enclenchée. Un instant plus tard, il s'ouvrit.

CHAPITRE

CINQUANTE-CINQ

— **D**ésirez-vous une boisson, père Dominic ? demanda le steward.

— Bien sûr, je prendrai juste une bouteille d'eau gazeuse si vous en avez, merci.

— Et vous, mademoiselle Sinclair ?

— La même chose, Frédéric, merci.

— Monsieur le baron, je peux vous apporter quelque chose ?

Saint-Clair jeta un coup d'œil à sa Patek Philippe. Il était onze heures du matin.

— Je prendrai un petit verre de whisky, Frédéric.

Hana regarda son grand-père d'un air faussement réprobateur.

Il lui fit un clin d'oeil.

— C'est mon avion, je commande ce que je veux, je te remercie.

Dominic rit.

— C'est bon d'être roi, dit-il en rejetant la tête en arrière de manière joviale.

— Nous devrions être à Genève dans une heure environ, dit Hana en regardant Dominic. Quel est le programme ?

— Eh bien, Govié n'arrivera pas avant quatre heures, donc nous avons quelques heures à tuer. Max a dit qu'il avait une équipe au port franc de Genève prête à l'intercepter. Je suppose qu'ils sont en civil, en fait, je ne sais pas comment ils procèdent. Je ne suis pas sûr qu'il y ait vraiment quelque chose à faire à part attendre.

— Nous pouvons rester au château de grand-père jusqu'à ce que Max nous appelle. C'est d'accord, pépé ?

— Bien sûr, ma chérie, vous êtes tous les deux les bienvenus à La Maison des Arbres aussi longtemps que vous le souhaitez.

— Vous êtes sûr ? On ne voudrait pas s'imposer, dit Dominic.

Hana lui sourit.

— Le château a douze chambres, Michael, je suis sûre qu'il y a beaucoup de place. Il y a même une chapelle, tu te sentiras comme chez toi.

Maintenant complètement réveillé, Govié alla dans la voiture-bar pour acheter un sandwich froid et une bière, puis il retourna à son siège. Il était temps d'appeler le client. Il sortit le téléphone prépayé de sa poche et composa le numéro que lui avait donné Tucci.

— *Da ?* répondit le Russe.

— Monsieur Zharkov ? C'est Ivan Govié.

— Oui, Ivan, merci d'avoir appelé. L'objet est avec vous, exact ?

— Oui, monsieur, je l'ai sous les yeux.

Il jeta un coup d'œil à la valise Pelican au bout du couloir.

— Bien, dit Zharkov. Il y a un changement de programme.

J'ai des raisons de croire que vous pourriez être intercepté par la police à votre arrivée à Genève, donc j'ai pris d'autres dispositions. Je veux que vous sortiez discrètement du train à Milan, puis que vous récupériez la voiture que j'ai réservée à votre nom au bureau Europcar à la gare Centrale. Vous roulerez ensuite jusqu'à Chamonix-Mont-Blanc, dans les Alpes françaises, ça ne devrait pas vous prendre plus de quatre heures et c'est un trajet très agréable. Je vous retrouverai à mon chalet à Chamonix; je vous enverrai les indications pour y parvenir. Une fois mon inspection terminée, je m'occuperai de votre paiement, puis vous apporterez l'objet au port franc de Genève. Est-ce que c'est compris ?

— C'est compris, monsieur Zharkov, oui. Je descends à Milan, je loue une voiture pour Chamonix, puis, de là, je vais à Genève.

— *Da*, très bien. Et ne parlez à personne de ce nouveau plan, et ne téléphonez à personne d'autre que moi. Je vous verrai bientôt, d'accord ?

Zharkov raccrocha.

Regardant le téléphone, puis la valise Pelican au loin, Gović fut ébranlé par la pensée de la police à ses trousses. Il ne pouvait plus faire confiance à personne.

CHAPITRE

CINQUANTE-SIX

L a gare Centrale de Milan est, comme l'architecte Frank Lloyd Wright l'a lui-même proclamé, «la plus belle gare du monde ». Sa grande façade Art déco à coupole de verre mesure deux cents mètres de large et soixante-douze mètres de haut, une prouesse architecturale à couper le souffle qui recouvre vingt-quatre voies dont les trains accueillent plus de cent millions de passagers par an.

Pour sa première visite à Milan, Ivan Gović fut rempli d'admiration devant sa beauté monumentale et l'histoire qui l'entouraient. Il aurait aimé avoir plus de temps pour explorer la ville, mais il avait un délai très court. Il pourrait revenir quand il serait riche, ce qui devrait arriver dans quelques heures.

Alors que le Frecciarossa rouge vif s'engageait lentement sur son quai, Gović et les autres passagers qui débarquaient se levèrent pour rassembler leurs affaires. Jetant son sac à dos sur son épaule, Gović alla chercher la valise Pelican près de la porte. En tirant la poignée, il remarqua qu'un des cadenas n'était pas fermé et qu'il pendait sur son anse. Inquiet, il s'agenouilla pour l'examiner de plus près.

Il ne trouva rien de notable, mais il ne se souvenait pas avoir vu s'ils étaient complètement verrouillés ou non. Il était sûr qu'il l'aurait remarqué.

Soudain, un frisson lui parcourut l'échine. Il regarda les autres passagers pour voir s'il reconnaissait quelqu'un, attentif à tout comportement suspect. Aurait-il pu s'ouvrir tout seul ? Peut-être que Tucci ne l'avait pas bien fermé.

Sortant ses clés, il ouvrit l'autre cadenas. En regardant à l'intérieur, il trouva le reliquaire et la carte de Vesconte correctement emballés dans de la mousse, apparemment intacts. Il soupira de soulagement.

Il se dit que ce n'était rien, referma la mallette, puis verrouilla les deux cadenas, tirant sur chacun d'eux pour tester leur résistance. Ils semblaient bien fonctionner.

— C'est quel train, pour Genève ? demanda Koehl à Dengler alors qu'ils se levaient pour partir, faisant la queue derrière les autres passagers qui se dirigeaient vers la porte.

— L'Eurocity Express, voie 12, répondit-il, en se référant à son billet.

À ce moment-là, Dengler leva les yeux et vit Gović traîner la valise Pelican derrière lui sur le quai, devant la vitre de leur voiture. Le verre fumé les empêchait d'être vus, mais ils tournèrent malgré tout la tête par réflexe.

— Je ne veux pas le perdre de vue, Dieter, dit Dengler. Dépêchons-nous.

Bousculant les autres passagers, les deux hommes sortirent rapidement du train et cherchèrent Gović dans les environs de la voie 12 et devant les nombreux kiosques installés dans la gare. La grande valise Pelican était difficile à manquer et ils le trouvèrent facilement – non pas en direction de la voie 12, mais s'enfonçant dans la gare, vers la sortie.

— Où va-t-il, bon sang ? lança Koehl.

— On ne le saura pas si on ne le suit pas. Mets ton écharpe et tes lunettes de soleil.

Ils sortirent des écharpes et des lunettes de soleil de leurs sacs et, leurs casquettes de baseball bien enfoncées, ils étaient certains d'être aussi bien déguisés que possible.

Gović était maintenant à une dizaine de mètres devant eux. Il n'était pas encore midi et la gare chaotique grouillait de travailleurs et de touristes – tous allant dans différentes directions, des bagages à roulettes dans leur sillage, les enfants criant et courant dans tous les sens, les pickpockets rôdant dans la foule à la recherche de cibles faciles – le tout sous un flux constant d'annonces par haut-parleurs en italien qui dirigeaient les voyageurs vers les trains en partance.

Dengler et Koehl regardèrent anxieusement Gović entrer dans le bureau de location Europcar. Instinctivement, Dengler lança :

— Attends ici !

Il suivit Gović dans le bureau où quatre courtes files de voyageurs faisaient la queue. Il se mit dans la file derrière Gović, tête baissée, avec une personne entre eux.

Quand Gović arriva au bureau, Dengler écouta du mieux qu'il put.

— Oui, j'ai une réservation, s'il vous plaît. Ivan Gović, dit-il à l'employée en lui remettant son passeport.

— Oui, *signor* Gović, je vois que vous allez à Chamonix-Mont-Blanc, puis à Genève. *Signor* Zharkov a fait la réservation pour vous et a demandé une Audi R8. Et comme vous entrez en Suisse, vous aurez besoin de la vignette autoroutière suisse, qui a déjà été placée sur la vitre de la voiture. Si vous voulez bien signer ici... c'est tout. On vous apporte la voiture, si vous voulez bien attendre à l'extérieur, dans la section Europcar délimitée près du trottoir, et montrer vos papiers au voiturier. Bon voyage, monsieur.

Dengler détourna le regard lorsque Gović passa devant lui, puis bondit vers un comptoir qui venait de s'ouvrir.

— J'ai besoin d'une voiture pour la France et éventuellement la Suisse, s'il vous plaît.

— Vous avez une réservation, monsieur ?

— Non, juste une envie soudaine.

— Je crains que nous n'ayons plus qu'une seule voiture avec une vignette autoroutière suisse, *signore*. Mais c'est un beau véhicule, une Porsche 911. Ça ira ?

Dengler sourit.

— Oui, ce sera parfait, merci.

Pendant que l'employée préparait les papiers, Dengler se trémoussait nerveusement, espérant que cela ne prendrait pas trop de temps. Il se tourna pour regarder Koehl debout devant la vitrine, perplexe, puis il haussa les épaules et lui fit signe d'être patient.

Après avoir rempli les formalités administratives et obtenu les clés du véhicule, il se précipita hors du bureau.

— Zharkov a loué une voiture pour Gović. Il se rend à Chamonix. Nous allons le suivre dans une voiture que je viens de louer. Ils ont donné à Gović une Audi R8 – *mein Gott*, c'est une voiture haut de gamme. Elle coûte dans les cent quatre-vingt mille euros !

— Eh bien quoi, c'est de Zharkov qu'on parle. Ce n'est rien pour un milliardaire. Qu'est-ce qu'on a ?

Dengler leva les yeux vers son ami plus grand, avec un large sourire.

— Une Porsche 911 ! Dieter, on va voler jusqu'à Chamonix !

CINQUANTE-SEPT

— Apparemment, il y a eu un changement de programme, Michael.

Dengler était au volant de la Porsche 911 Carrera bleue, roulant vers l'est sur l'Autostrade A4 en direction de Chamonix, son iPhone collé à l'oreille.

— Zharkov s'est arrangé pour que Gović descende à Milan et prenne une voiture de location pour Chamonix-Mont-Blanc, une ville en altitude dans les Alpes françaises. Dieter et moi la connaissons bien, c'est une célèbre station de ski et un lieu de rendez-vous pour la jet-set fortunée. J'y ai skié moi-même, donc elle m'est assez familière. Nous sommes en train de suivre Gović.

Dominic, désormais installé avec Hana au château La Maison des Arbres de son grand-père, fut perturbé par la nouvelle.

— Si Zharkov a modifié son plan initial, cela pourrait signifier qu'il sait que les autorités l'attendent à Genève. Je suis sûr qu'un homme avec de telles ressources a des relations. Ça sent mauvais, Karl. Je vais informer Colombo et Scarpelli. Il faut qu'ils soient au courant.

— Nous avons réussi à mettre l'AirTag dans la valise du reliquaire, au fait, ça, c'est bon. C'est comme ça qu'on a pu le rattraper. Nous devrions être à Chamonix à trois heures cet après-midi. Vous nous y retrouverez ? Qu'est-ce qui va se passer maintenant ? Je veux dire, je n'aurais aucun problème à m'occuper moi-même de Gović – mais tu peux imaginer ce que je lui ferai, si j'en ai l'occasion.

— Non, je ne pense pas que ce soit raisonnable, Karl. Il doit être traduit en justice, ainsi que Zharkov, pour trafic d'antiquités volées. Laissons Colombo s'occuper de lui. Je te recontacterai après avoir parlé à Max, mais préviens-moi s'il y a du nouveau, d'accord ?

— Compris, Michael. Fais attention à toi.

Hana et Armand avaient écouté un côté de la conversation alors qu'ils étaient tous trois assis dans la grande salle de la maison surplombant le lac de Genève.

— On dirait que Zharkov a changé ses plans. Gović est maintenant en route pour Chamonix. Vous pensez qu'il va le retrouver là-bas ?

— Oui, j'imagine, dit Saint-Clair. Zharkov a un grand chalet là-haut, plutôt un manoir, dans le complexe hôtelier Les Rives d'Argentière. Je l'ai lu dans le magazine *Billionaire*.

— Vous avez même votre propre magazine ? ! Je n'ai pas choisi le bon secteur d'activité.

— Eh bien, dit Saint-Clair, je ne fais pas partie de ce noble cercle , mais en tant que banquier, je me tiens au courant de la façon dont mes clients dépensent leur argent.

Pendant que les deux hommes discutaient, Hana réfléchissait à des alternatives.

— Et si Zharkov ramène lui-même le reliquaire à Moscou, sans passer par le port franc de Genève ? Cela représente un dilemme en soi. Max et son équipe ne pourront pas lui mettre le grappin dessus ni prendre Gović sur le fait.

— J'appelle Max de suite, demandons-lui son avis.

Dominic prit son téléphone et tapota sur le contact de Max. Un instant plus tard, l'agent répondit.

— Max, c'est Michael Dominic.

Il exposa les nouveaux faits tels que Dengler les avait rapportés, puis écouta la réponse de Colombo, passant sur haut-parleur pour que tous puissent entendre.

— *Merda !* Ça complique sérieusement les choses. Dites aux sergents Koehl et Dengler de ne rien entreprendre contre Gović, seulement de le garder en ligne de mire. Nous sommes à Genève, nous allons donc nous rendre à Chamonix sous peu. Ce n'est qu'à quatre-vingt-dix minutes, donc nous devrions y être avant leur arrivée.

— En fait, nous sommes nous aussi à Genève, Max. Nous partons immédiatement et nous vous retrouvons là-bas.

Après avoir raccroché, il regarda Hana.

— Est-ce qu'une voiture pourrait être mise à notre disposition ?

Saint-Clair répondit pour elle.

— Nous prendrons la mienne. Frédéric est aussi mon chauffeur ; il nous y conduira rapidement et en toute sécurité.

Puis, appelant son assistant :

— Frédéric, préparez la Rolls. Nous allons à Chamonix.

Dominic leva les yeux au ciel et fixa Hana.

— Une Rolls-Royce ?

— Mais bien sûr, dit-elle, en affectant un faux air arrogant. Tu nous imagines tous entassés dans une Fiat comme dans une voiture de clowns ?

CHAPITRE

CINQUANTE-HUIT

Niché dans l'ombre alpine des majestueux sommets enneigés du Mont-Blanc se trouve le charmant village français de Chamonix, une petite ville pittoresque remplie de boutiques, d'auberges, de bistros et d'églises historiques ayant une population de moins de dix mille habitants.

Mais pendant la haute saison d'hiver, le flot de touristes et de skieurs peut atteindre à lui seul plus de vingt mille personnes, pour la plupart de riches Européens et des oligarques russes qui peuvent s'offrir les lieux de villégiature les plus luxueux au monde. Dior, Hermès, Prada et autres grands couturiers ont tous des boutiques chics dans la région Auvergne-Rhône-Alpes, et les affaires sont florissantes toute l'année, surtout grâce aux Russes qui, s'ils ne comprennent pas le français, commandent tout simplement le plat le plus cher du menu, en supposant que c'est le meilleur que la maison puisse offrir. Les locaux considèrent les Russes comme des gens robustes, capables de survivre à un week-end en altitude sans dormir, grâce à un régime apparemment composé de café, de cigarettes, de vodka et de femmes.

Son Airbus s'étant posé le matin même à l'aéroport de Genève, le cortège de deux véhicules de Dmitry Zharkov entra dans la région de Chamonix à midi et franchit les portes de l'établissement Les Rives d'Argentière, sur les rives de l'Arve. Arrivée à son chalet, l'équipe de sécurité vérifia qu'il n'y avait pas de mouchards ou d'autres dispositifs de surveillance avant de laisser Zharkov et sa suite entrer dans la maison.

Ayant encore quelques heures avant l'arrivée de Gović, il décida de prendre un bain de vapeur et de se détendre après les quatre heures de vol depuis Moscou.

— Tatiana, Katerina, rejoignez-moi dans le *banya*, d'accord ? Et apportez deux bouteilles de Stoli Elit bien fraîches et quelques verres. Nous avons besoin de nous reposer de notre long voyage.

La Porsche 911 Carrera se manœuvrait parfaitement bien sur les méandres de la route de montagne, comme Karl Dengler l'avait prévu. C'était sa première expérience avec une Porsche et, s'il n'avait pas suivi Gović à une distance raisonnable – laissant les voitures les doubler pour qu'ils puissent rester aussi discrets que possible – il l'aurait testée pour de bon, afin de connaître les effets de la vitesse et de la gravité.

En l'occurrence, l'Audi noire Mythos, qui les précédait d'un bon kilomètre, roulait à vive allure, Gović la mettant à l'épreuve sur les routes alpines sinueuses.

— Ce serait bien qu'il ralentisse un peu, déclara un Koehl nerveux en agrippant le tableau de bord. J'ai une femme et une fille qui ont besoin que je reste en vie.

— Détends-toi, Dieter, on ne va qu'à cent trente kilomètres à l'heure. Ce petit bijou est parfait pour ces routes. Nous devrions être à Chamonix dans environ une heure.

~

FRÉDÉRIC CONDUISAIT TOUT en douceur la Rolls-Royce Phantom argentée vers le sud-est sur l'autoroute A40 tandis que Saint-Clair, Hana et Dominic contemplaient les paysages. On entendait à peine le bruit de la circulation dans l'habitacle de la luxueuse voiture, et encore moins le son de son puissant moteur V12 alors qu'elle filait à travers les cols escarpés.

— J'aimerais qu'on sache comment ça va se passer, dit Hana, en joignant les mains nerveusement.

— C'est entre les mains de Max, maintenant, dit Dominic, en posant sa main sur la sienne pour l'empêcher de trembler. Le mieux que nous puissions espérer est qu'ils nous laissent ramener le reliquaire à Rome. Qui trouve garde et tout. Mais je pense que les Français peuvent avoir leur mot à dire sur les antiquités découvertes sur leur sol.

Puis, se tournant vers Saint-Clair :

— Armand, pensez-vous que le président Valois pourrait nous aider à ce sujet, si nécessaire ?

— Peut-être, répondit Saint-Clair. Mais je ne suis pas sans influence sur ces questions. Nous ferons ce qui doit être fait, Michael. Mais, comme vous le dites, tout repose sur l'agent Colombo.

C'est alors que le téléphone d'Hana sonna.

— C'est Max, dit-elle en appuyant sur le bouton vert et en mettant le téléphone sur haut-parleur.

— Hana, nous sommes sur le point d'entrer dans Chamonix et je pense que vous aussi. Quand vous arriverez, retrouvez-nous dans le hall du Grand Hôtel des Alpes au 75 rue du Docteur Paccard. Nous l'utiliserons comme centre d'opérations.

— Merci, Max, on se voit là-bas.

CINQUANTE-NEUF

L'Audi R8 noire s'arrêta devant la barrière surveillée des Rives d'Argentière et un homme en uniforme sortit de sa guérite pour accueillir le conducteur.

— Bonjour, monsieur. Avez-vous une réservation ou rendez-vous visite à un client ?

— En visite. Dmitry Zharkov, répondit Gović. Je m'appelle Gović.

Le garde retourna dans la guérite, consulta une écritoire à pince et revint au véhicule avec une feuille de papier.

— Puis-je voir votre passeport, monsieur ?

Gović tendit sa pièce d'identité à l'homme. Le garde l'inspecta avec soin, comparant la photo avec son titulaire, et la lui rendit.

— M. Zharkov vous attend, monsieur. Voici un plan d'accès à son chalet. Veuillez vous y rendre directement et respecter la limitation de vitesse indiquée lorsque vous circulez sur la propriété. Au revoir.

La barrière se leva et Gović la franchit avant de suivre le plan. Le domaine était vaste, et il passa devant plusieurs grands chalets en retrait de la route. La couche de neige des deux côtés de l'allée était épaisse, soixante centimètres par endroits, mais la chaussée était dégagée.

Gović trouva l'adresse en quelques minutes et il s'engagea dans la large allée, notant que deux véhicules étaient déjà garés. Lorsqu'il s'arrêta, deux hommes corpulents vêtus d'épaisses vestes noires, dont l'un portait une mitraillette FN P90, s'approchèrent de lui. Gović sortit de la voiture. Pendant que l'homme armé restait à l'écart, l'autre s'approcha du Croate et le fouilla. Il se pencha ensuite dans l'Audi et récupéra les clés de contact. Les deux hommes ne dirent pas un mot.

Une fois qu'il eut terminé, celui qui l'avait fouillé plaça son bras derrière Gović, le guidant vers la porte ouverte du chalet, puis il referma la porte derrière lui. Les deux hommes restèrent à l'extérieur.

Gović était seul dans l'entrée, attendant que quelqu'un vienne l'accueillir. Bien qu'il se sentît nerveux à l'idée de laisser la valise Pelican dans la voiture, il était bien conscient que cet homme puissant effectuerait la transaction selon son bon vouloir. Ce qui ne le mettait pas davantage à l'aise. Il regarda autour de lui. Devant lui se trouvait une immense salle, haute de deux étages, jusqu'au sommet du toit à pignons, avec un mur en verre épais allant du sol au plafond (probablement blindé, pensa-t-il) et donnant sur la vallée de Chamonix ; sur les autres murs étaient exposée des têtes d'animaux trophées – antilopes, springboks, chevreuils et même un tigre de Sibérie – le tout dans une architecture rustique classique que l'on s'attend à trouver dans les Alpes.

— Ivan Gović, je présume ?

La voix tonitruante semblant venir de nulle part fit sursauter Gović. Levant les yeux, il vit un homme costaud, probablement âgé d'une cinquantaine d'années, qui descendait du palier supérieur par le large escalier en demi-rondins.

— Monsieur Zharkov, je présume ? répondit Gović, en tendant la main lorsque Zharkov s'approcha de lui.

Mais au lieu de la lui serrer, le Russe le serra dans ses bras.

— Bienvenue chez moi, Ivan Gović. Tatiana ! hurla-t-il. Vodka dans la grande salle, immédiatement ! Apporte aussi du hareng et des cornichons, mon amour. Notre invité doit être affamé. Comment s'est passé le voyage, Ivan ? Pas de problèmes sur la route ?

— Non, monsieur, le trajet à travers les Alpes a été excellent. Et merci d'avoir loué une voiture aussi incroyable. C'est un rêve de la conduire.

— Je vous en prie. Vous m'avez rendu un grand service en m'amenant personnellement l'objet.

À ce moment-là, les deux hommes qui l'avaient accueilli à l'extérieur apportèrent la valise Pelican et la posèrent sur une table en chêne massif dans la salle à manger adjacente.

Regardant autour de lui, Gović observa que des armes anciennes de toutes sortes couvraient les murs du chalet : longues épées, dagues à l'air dangereux, hallebardes bava-roises et autres armes à hampe, ainsi que des montages de têtes de divers animaux sauvages. Il était entouré par la mort et ses instruments.

— D'abord, buvons, Ivan !

Une jeune blonde superbe vêtue d'une combinaison dorée brillante et de talons hauts assortis sortit de la cuisine, portant un plateau en argent garni d'une grande bouteille, de deux verres et de bols de filets de hareng et de minuscules corni-chons à l'aneth.

— Mangez des *zakuski*, Ivan, c'est la tradition russe avec la vodka – et c'est de la Russo-Baltique que nous buvons. La meilleure vodka que l'on puisse acheter. Maintenant, vous pourrez vous le permettre, non ?

Il jeta un regard complice à Gović et sourit.

Tatiana versa le liquide pur et clair dans deux verres, puis elle posa le plateau sur la table à côté de la valise Pelican et quitta la pièce.

— Voyons ce que vous m'avez apporté.

Gović sortit une clé de sa poche. Il ouvrit les cadenas, puis souleva le couvercle de la mallette.

— Extraordinaire, murmura Zharkov en regardant le contenu. La fille de Jésus-Christ et de Marie Madeleine. Personne d'autre ne possédera jamais de tels objets sacrés.

Zharkov sortit le reliquaire de son enveloppe de mousse moulée et le posa sur la table. Puis il prit la clé squelette. Il déverrouilla l'objet et souleva le couvercle.

Le Russe contempla avec stupéfaction les objets qui s'y trouvaient – le crâne et les os de la main, les bijoux anciens, le flacon de myrrhe de couleur sombre, le parchemin et, placée à côté dans la mousse de la valise Pelican, la carte de Vesconte, qu'il saisit les mains tremblantes. Zharkov examina attentivement le puzzle avec curiosité.

Essayant d'être utile, Gović souligna :

— C'est la carte qui a été utilisée pour trouver le reliquaire. D'après ce que j'ai compris, elle date du XIIIe siècle.

— Oui, Vincenzo m'en a parlé, un trésor en soi.

Tandis que le Russe restait planté là avec un regard émerveillé et avide, la vision des cinquante millions d'euros qui, dans quelques instants, seraient à lui tourbillonnait dans la tête de Gović. Il s'efforçait de rester calme. L'excitation que Zharkov ressentait devant ce nouvel ajout à sa collection, Gović l'éprouvait à l'égard de cette énorme manne.

Zharkov se leva et déambula dans la pièce, réfléchissant à ses nouveaux trophées.

— Bien joué, Ivan, dit-il en examinant la carte-casse-tête entre ses mains. Mais j'ai encore un travail pour vous.

Il se retourna pour regarder Gović.

— Mon informateur à Interpol me dit que la brigade artistique italienne est déjà ici, à Chamonix, attendant que je prenne possession de l'objet avant de pouvoir m'arrêter pour recel d'antiquités volées. Malheureusement pour eux, cela n'arrivera pas.

Le visage de Gović s'affaissa, estomaqué que les autorités puissent savoir qu'il avait apporté l'objet à Zharkov. Comment pouvaient-ils être au courant ? ! Ça devait être Tucci. Il était le seul à savoir.

— Qu'attendez-vous de moi, monsieur Zharkov ?

— Tatiana, cria Zharkov par-dessus son épaule. Apporte-moi l'ordinateur.

Puis, se retournant vers Gović, il poursuivit :

— Je veux que vous apportiez le reliquaire au port franc de Genève, comme prévu initialement. À votre arrivée, demandez à voir Herr Heinrich Becker. Il vous attendra. Vous devez partir maintenant, Ivan, et vous laisserez l'Audi ici. Je vous donne une autre voiture au cas où vous seriez suivi. Appelez ça un bonus pour votre travail : une belle BMW. On est en train de la préparer pour vous.

Tatiana entra dans la salle à manger avec un iPad Pro et le tendit à Zharkov. Après s'être connecté à son compte bancaire, il transféra en quelques instants vingt-cinq millions d'euros sur le nouveau compte suisse de Gović, montrant au Croate ce qu'il venait de faire.

— Vingt-cinq millions d'euros maintenant, le solde de vingt-cinq millions d'euros lorsque le travail sera terminé et que le reliquaire sera en sécurité au port franc.

Il fouilla ensuite dans sa poche de poitrine et tendit à Gović une petite carte en plastique.

— Voici une carte Maestro, une carte de débit spéciale pour votre compte, afin que vous ayez un accès immédiat aux fonds.

Le Russe sourit.

— Quel effet ça fait d'être riche, Ivan ?

Le corps entier de Gović frissonna d'exaltation.

— C'est très agréable, monsieur Zharkov ! Merci !

Comme si Zharkov les avait fait apparaître par magie, ses deux hommes revinrent dans la pièce, remballèrent le reliquaire dans la valise Pelican, puis ils quittèrent la pièce en l'emportant avec eux. Zharkov tenait toujours la carte Vesconte.

— Je ne peux pas garder le reliquaire ici, car je m'attends à ce que les Italiens arrivent à tout moment. Vous devez partir immédiatement. Faites très attention, Ivan. Je vous fais confiance pour terminer le travail. Herr Becker me contactera cet après-midi quand le reliquaire sera dans mon coffre au port franc, et je vous enverrai le solde. D'accord ?

—— Parfaitement. Merci encore, monsieur Zharkov.»

Le Russe accompagna Gović dehors, jusqu'au grand garage pour six voitures et désigna une magnifique BMW i8 Roadster blanc perle au toit baissé.

— Regardez, elle est blanche, comme la vierge ! rit Zharkov. Elle est toute à vous, Ivan. Conduisez prudemment. Cargaison précieuse à bord.

Tremblant devant sa richesse nouvellement acquise et une BMW flambant neuve en prime, Gović se sentait tel un nanti, enhardi et invincible. Il était libre ! Il avait enfin réussi.

La valise Pelican avait déjà été placée dans le coffre par les hommes de Zharkov et les clés étaient sur le contact. En montant dans la voiture, Gović regarda autour de lui, se familiarisant avec les différentes commandes et respirant cette odeur de voiture neuve. Il aimait particulièrement les vitres fumées, mais comme il faisait froid, il trouva le bon bouton pour remonter le toit de la voiture, s'enfermant ainsi à l'intérieur. Il mit le contact et écouta le puissant moteur allemand. Le paradis.

Il ouvrit la portière, ressortit, serra la main de Zharkov et ils se dirent au revoir. Puis il remonta à bord et quitta la propriété.

En respectant la limite de vitesse, quelques minutes plus tard, il avait atteint la barrière de sécurité. En sortant, il remarqua que deux vans noirs et une Rolls-Royce entraient de l'autre côté du poste de garde.

Je devrais peut-être m'acheter moi aussi une Rolls-Royce, pensa-t-il.

Pendant ce temps, Zharkov rangeait la carte de Vesconte dans un petit coffre dissimulé derrière un tableau dans son bureau. Il attendait des visiteurs d'une minute à l'autre.

SOIXANTE

— Nous sommes ici en mission officielle pour voir M. Dmitry Zharkov, dit l'inspecteur Émile Boucher de la police judiciaire.

Montrant sa carte officielle à l'agent de sécurité à l'entrée des Rives d'Argentière, il ajouta :

— Et ces deux véhicules sont avec moi. Laissez-nous passer immédiatement.

— Je dois d'abord appeler M. Zharkov, monsieur, dit le garde.

— Vous ne ferez rien de tel, à moins que vous ne souhaitiez être arrêté pour obstruction à la justice. Ouvrez les portes immédiatement et n'informez pas M. Zharkov de notre présence.

— Oui, monsieur.

Le garde ouvrit la barrière et laissa passer les trois véhicules. Après qu'ils l'eurent franchie, le garde décrocha son téléphone et appela le chalet de Zharkov, informant la femme qui répondit que la police était en route.

Quelques minutes plus tard, Colombo et Scarpelli, accompagnés de leurs équipes respectives comprenant les agents de la police judiciaire, ainsi que Dominic, Hana et Saint-Clair, défilèrent dans l'allée du chalet de Zharkov, passant devant la voiture garée que Gović avait louée à Milan. Tout le monde descendit de son véhicule, mais le groupe de la Rolls-Royce resta à l'écart pendant que Boucher et Colombo s'occupaient d'entrer en contact avec Zharkov.

Personne n'étant présent pour les accueillir, Boucher sonna à la porte. Après quelques instants, une femme russe de forte corpulence ouvrit la porte.

— *Da chego ty khochesh ?* (Oui, que voulez-vous ?) dit-elle en russe d'un ton bourru.

— Est-ce que quelqu'un ici parle français ou anglais, ou même italien ? demanda Boucher à la femme.

Elle haussa les épaules, comme si elle ne comprenait pas, voire s'en fichait.

— Monsieur Zharkov ! cria Boucher en anglais. Nous savons que vous êtes ici, monsieur. Voulez-vous vous présenter ?

Un bruit de pas lourds descendant un escalier se fit entendre tandis que l'employée de maison s'éloignait de la porte, la laissant entrouverte.

Zharkov apparut et se dirigea vers eux.

— Oui, messieurs, que puis-je faire pour vous ?

— Je suis l'inspecteur Boucher de la police judiciaire. Je suis accompagné de messieurs Colombo et Scarpelli, les autorités italiennes qui enquêtent sur le vol d'un reliquaire de grande valeur. Nous croyons savoir que cet objet pourrait être en votre possession, monsieur, et nous avons un mandat de perquisition pour inspecter les lieux.

— Je n'ai aucune idée de ce dont vous parlez, inspecteur, mais je n'ai rien à cacher, dit le Russe avec assurance. Entrez si vous le souhaitez, mais je vous garantis que je vais déposer plainte auprès du ministre français de la Justice, il se trouve que je le connais très bien.

L'équipe élargie de Colombo se déploya dans la maison et tous se mirent à la recherche du reliquaire et de la carte de Vesconte en s'aidant de photographies fournies par Dominic ou encore de la valise Pelican noire que Dengler avait photographiée dans le train.

Le chalet étant immense, avec de nombreuses armoires et cachettes, Colombo ne s'attendait pas à le trouver. La fouille avait pour but de faire peur à Zharkov, de lui faire comprendre qu'ils étaient sur sa piste. S'ils avaient de la chance, ils pourraient trouver quelque chose.

— Où est le *signor* Gović ? demanda Colombo. Il n'est pas ici avec vous ?

— Je ne connais personne du nom de Gović. Il n'y a personne d'autre ici que mes employés, qui sont venus avec moi de Moscou. Quant à ce – comment l'avez-vous appelé, un reliquaire ? – vous devez vous tromper, agent Colombo.

Vingt minutes plus tard, l'équipe de Colombo se rassembla dans l'entrée, les mains vides.

— Rien ici, patron, lui dit l'un d'eux. Nous avons même vérifié tous les véhicules.

Colombo serra les dents. Arrêter les deux hommes ensemble au moment de la transaction avait été son objectif. Il s'attendait à ce que le reliquaire soit bien caché, mais où était Gović ? Il leur aurait suffi de trouver un criminel recherché ici pour justifier l'arrestation et leur permettre une inspection plus approfondie. Mais sans Gović...

— Signor Zharkov, je dois vous informer que c'est un crime international d'héberger des criminels – je parle du *signor* Gović, là – et de faire le commerce d'antiquités culturelles volées. Si vous êtes reconnu coupable de l'un de ces crimes, vous nous reverrez. Nous aurons alors des documents tout à fait différents.

— Puis-je maintenant retourner à mon travail, messieurs ? Comme vous l'avez vu, il n'y a rien ici qui puisse vous intéresser.

Colombo et son équipe, y compris Dominic et ses amis, quittèrent le domaine et retournèrent au Grand Hôtel des Alpes pour discuter des prochaines étapes.

AUX COMMANDES de son roadster très maniable sur les routes alpines sinueuses, Ivan Govíc ressentait un mélange de joie intense, voire de privilège, et de colère à peine contenue. De la joie parce qu'il était désormais multimillionnaire, avec toute latitude pour faire et acheter ce qu'il voulait. Et de la colère parce que Zharkov laissait entendre que les forces de l'ordre étaient maintenant impliquées, un désagrément qui atténuait son exubérance.

Mais il était hors de question que le Russe le laisse tomber, il y avait trop d'enjeux pour eux deux. De plus, il avait le reliquaire.

Il avait besoin d'une pause. Alors qu'il traversait lentement la petite ville de Chamonix, avec son riche éventail de boutiques de créateurs, il repéra une belle bijouterie dans un angle. Il tourna dans une petite rue latérale, s'arrêta sur le trottoir et coupa le moteur. Il inspira à fond pour sentir l'odeur de sa première automobile neuve, une BMW i8, rien que ça, qui sentait le cuir de bonne qualité. Il se pencha en arrière sur le siège pour s'en imprégner.

Il attrapa la carte platinum Maestro que Zharkov lui avait donnée. En la regardant, il imagina les vingt-cinq millions d'euros sur son propre compte en Suisse. Il devait vérifier si ça marchait, s'il avait vraiment un tel pouvoir d'achat.

Il sortit de la voiture, appuya sur le bouton de verrouillage du porte-clés et traversa la rue jusqu'à la bijouterie située à l'angle opposé. Il voulait seulement faire un petit test avec la carte. Après tout ce qu'il avait fait, il méritait une petite folie.

— Cette Rolex Submariner est fantastique sur vous, monsieur, dit la vendeuse, une charmante Française d'un certain âge qui savait reconnaître les nouveaux riches quand elle en voyait. Le bracelet est un mélange d'acier inoxydable massif et d'or dix-huit carats, et met magnifiquement en valeur le bleu marine profond du cadran. C'est une montre qui parle d'elle-même. Une montre qui dit «vous êtes arrivé». Et elle ne coûte que vingt-quatre mille euros.

— Je la prends, déclara Gović en souriant à la femme.

Il lui tendit fièrement sa carte Maestro, retenant son souffle pendant qu'elle procédait au paiement. Un instant plus tard, elle lui remit le reçu, puis plaça la boîte de la Rolex dans un beau petit sac blanc plastifié.

— Merci beaucoup, monsieur. Passez une bonne soirée.

Après avoir passé vingt minutes dans la boutique à examiner le vaste choix, Gović était ravi de son achat final. Le simple poids de la montre sur son poignet était un plaisir viscéral, et tandis qu'elle brillait dans le soleil de fin d'après-midi, il se demanda si la vie pouvait être meilleure.

Il n'y avait pratiquement pas de circulation lorsqu'il traversa la rue, toujours admirant sa nouvelle Rolex, et il décida qu'il devait trouver un endroit où manger avant de se rendre à Genève. Juste un petit en-cas et il reprendrait la route. Et il y avait encore vingt-cinq millions qui l'attendaient là-bas !

Après avoir traversé, il se dirigea vers l'endroit où il avait garé la voiture tout en jetant un coup d'œil aux magasins sur le trajet pour voir si quelque chose d'autre ne lui plaisait pas, secouant son poignet pour sentir le poids de la montre coûteuse. Puis il tourna dans la rue latérale.

Il oublia la Rolex.
La BMW avait disparu.

SOIXANTE-ET-UN

Dans la lointaine périphérie de Chamonix-Mont-Blanc se trouvait le minuscule quartier des Pèlerins, un ancien hameau pittoresque peu fréquenté par la plupart des touristes, mais suffisamment proche pour accueillir des clients lorsque les auberges et les restaurants les plus populaires de Chamonix affichaient complet pendant la haute saison.

À la limite méridionale des Pèlerins, juste au pied des Alpes, plusieurs campements sordides faits d'appentis et de tentes recouvertes de bâches en plastique abritaient une bande de gitans nomades, plus connus sous le nom de Roms, mais généralement appelés «gens du voyage» dans une grande partie de l'Europe.

Originaires d'Inde, les Roms sont arrivés en Europe de l'Est aux alentours du Xe siècle, s'installant principalement en Roumanie et en Bulgarie, mais migrant vers de nombreux autres pays européens, des voyageurs qui cherchaient tout simplement à travailler et échapper aux persécutions. Ils sont considérés comme des parias dans tous les pays où ils se rendent et lorsque leurs campements et leurs populations deviennent suffisamment importants pour affoler les habitants, on envoie la police pour les expulser et détruire leurs logements délabrées et, souvent, beaucoup sont renvoyés en Roumanie. On estime à 400 000 le nombre de Roms vivant rien qu'en France et, même si beaucoup se réclament de l'islam, les Roms français sont profondément catholiques, bien qu'ils aient peu d'endroits pour pratiquer leur foi en dehors de leurs campements infestés de rats.

Shandor et Milosh Lakatos, deux frères nés et élevés dans diverses communautés nomades des Alpes, prenaient les boulots qu'ils pouvaient trouver pour aider leurs parents et la communauté. Mais il avaient du mal à trouver du travail rémunérateur. Personne ne voulait d'eux, car les Roms étaient largement perçus comme des mendiants et des voleurs répugnants à qui on ne pouvait pas faire confiance et donc inemployables. Ainsi, comme c'est le cas pour de nombreuses cultures défavorisées et opprimées, le crime était leur unique option pour survivre.

Milosh, le jeune frère de Shandor, était le plus intelligent de la famille. Ses tactiques pour mendier et obtenir l'aumône des touristes étaient toujours les meilleures, et elles rapportaient gros. Il avait appris à faire avec aisance les poches des touristes dans les rues de Chamonix, où lui et Shandor travaillaient la plupart du temps. Il fournissait un approvisionnement constant de téléphones portables, de montres, de portefeuilles et autres objets que les gens portaient sur eux et qui pouvaient être facilement volés, revendus ensuite par le biais d'un réseau d'autres Roms occupant des postes plus élevés dans la chaîne et qui travaillaient dans les grandes villes. Ils conservaient souvent de nombreux trésors qu'ils « trouvaient », comme les iPhone neufs non verrouillés dont les deux frères profitaient après avoir œuvré dans une foule particulièrement riche dans l'un des hôtels de ski.

Milosh était également doué pour la mécanique, capable

de réparer les radios cassées et autres appareils électroniques que lui et son frère récupéraient dans les poubelles. Il s'y connaissait également en voiture, notamment pour s'y introduire par effraction et s'emparer de leurs plus grands trophées : des véhicules de choix qu'ils écoulaient rapidement par le biais du gang de Roms qui les chapeautait.

Alors qu'il réalisait ses fantasmes dans la bijouterie, Gović ne remarqua pas que Shandor traînait devant la vitrine, avec à la main un boîtier de piratage numérique. Comme pour toutes les voitures ne nécessitant pas de véritable clé, la carte de la BMW dans la poche de Gović émettait un signal constant de faible énergie à la recherche d'un récepteur compatible, à partir duquel – en pratique – il déverrouillait le véhicule, permettant au conducteur de l'utiliser à loisir.

Milosh, debout à côté de la BMW, tenait un amplificateur d'émission. Lorsque le signal radio de la carte de Gović rencontra le récepteur de Shandor, celui-ci fit rebondir le signal vers le boîtier émetteur de Milosh, qui instantanément ouvrit la voiture et permit au bouton de démarrage de fonctionner.

Dès que Shandor entendit le sifflement strident de son frère, il sut que Milosh avait terminé le travail. Il traversa la rue en courant, sauta dans la BMW, qui s'éloigna du trottoir et remonta la rue, en direction des Pèlerins et du camp de leur famille.

~

— Alors où est Gović maintenant ? Et qui détient le reliquaire ? demanda Dominic aux autres, rassemblés dans le bar du Grand Hôtel des Alpes.

Colombo, plongé dans ses pensées, était furieux. Tant de ressources consacrées à cette opération et pas le moindre résultat. Ils avaient attendu d'être certains que la voiture de Gović était arrivée au chalet. Tout le monde était exaspéré.

— Attendez une minute, dit Dengler au groupe en lançant l'application Find My sur son iPhone. Nous avons vu que l'Audi de Gović était toujours chez Zharkov quand nous sommes partis, non ? Mais il n'y avait aucun signe de lui là-bas. Et pourtant, le traceur AirTag est en mouvement, en ce moment même, il se dirige vers l'est à un rythme assez rapide. Pensez-vous que Zharkov pourrait avoir fourni un autre véhicule à Gović ?

— C'est la seule explication censée, déclara Hana, en regardant l'application par-dessus l'épaule de Dengler. Ou alors, il aurait pu confier le reliquaire à quelqu'un d'autre, mais ça semble peu probable. Nous devrions quand même suivre le signal, vous ne croyez pas ?

— Absolument ! déclara Dengler avec vigueur. Je veux ce fils de – oh, pardonnez mon langage pas très catholique, mon Père – je veux ce fils de pute à tout prix.

— C'est bon, Karl, mon langage n'est pas toujours très catholique, plaisanta Dominic. Max, vous, Benny et quelques-uns de vos gars devriez nous emmener avec vous pour suivre le traqueur.

Puis, se tournant vers Saint-Clair :

— Monsieur le baron, si cela ne vous dérange pas de rester ici, je pense qu'une Rolls-Royce pourrait être un peu gênante pour la suite des opérations.

— Bien sûr, Michael, c'est l'heure de mon cocktail de toute façon. Vous deux, vous tous, faites attention à vous. Je serai là à votre retour.

Ils prirent les deux camionnettes Citroën noires de la police, Dominic, Hana, Dengler, Koehl et Colombo dans le véhicule de tête, et Scarpelli ainsi que plusieurs agents armés dans le second, et il partirent sur les traces de l'AirTag.

CHAPITRE

SOIXANTE-DEUX

Ivan Gović était à la fois furieux et terrifié, et il ne savait pas comment gérer ces deux émotions.

— Comment peut-on voler une BMW dernier cri ? ! se demanda-t-il à voix haute en arpentant le trottoir. Qu'est-ce qui m'a pris de m'arrêter pour acheter quelque chose avant de partir à Genève ? Si Zharkov le découvre, je suis un homme mort !

Les pensées se bousculaient maintenant dans sa tête. *Il ne doit pas l'apprendre, c'est aussi simple que ça. Mais comment localiser la voiture – et le reliquaire ? ! Je ne connais pas du tout cet endroit. Et je ne peux pas appeler la police ! Oh mon Dieu, qu'est-ce que j'ai fait ? Qu'est-ce que je dois faire ?*

Je dois filer.

Il retraversa la route, retourna à la bijouterie et demanda à la femme s'il y avait une agence de location de voitures en ville.

— Oui, monsieur. À trois pâtés de maisons, vers le sud, il y a une agence Europcar, répondit-elle.

Gović courut tout le long du chemin et trouva l'agence

302

dans la rue principale de la ville. Il tira la porte et se précipita vers le comptoir.

— J'ai besoin d'une voiture, s'il vous plaît. Je la rendrai à Genève.

— Tout ce qui nous reste, c'est une Ford Fiesta en catégorie économique, monsieur. Est-ce que ça vous convient ? demanda l'employé.

Gović gémit. *Quelle ironie*, pensa-t-il.

— Oui, c'est parfait. Je vais la prendre.

Après avoir photocopié son passeport, l'employé prépara les papiers et remit à Gović les clés de sa nouvelle voiture. Il quitta le magasin, monta dans la voiture et quitta Chamonix-Mont-Blanc aussi vite qu'il le put. Une fois arrivé à Genève, il prendrait un vol direct pour Buenos Aires et il en aurait fini avec tout ça. Il serait encore riche.

Mais il regarderait toujours par-dessus son épaule.

— François, dit Colombo au téléphone à son assistant au siège. Je veux que tu déposes immédiatement une notice rouge Interpol pour Ivan Gović. Assure-toi que toutes les gares, tous les aéroports et tous les postes-frontière en soient informés. Il ne nous est plus possible de l'arrêter en même temps que Dmitry Zharkov.

Dengler était frustré d'entendre ça.

— Vous savez que ça me prive de ma vengeance, Max. L'honneur est en jeu ici. Gović doit payer pour ce qu'il a fait à Lukas et Michael.

— Oui, j'en suis conscient, sergent, répondit Colombo. Mais croyez-moi, il paiera pour ça et plus encore là où il va. Le pénitencier Regina Coeli de Rome est souvent comparé à la pire des prisons turques, où seuls les criminels les plus endurcis sont envoyés. Gović sera le bienvenu au sein de leur population – il deviendra la petite amie de quelqu'un en un rien de temps. Et ça, c'est sûrement une punition pire que tout ce que vous pourriez lui faire.

Dengler sourit à cette idée. Puis, en consultant son téléphone, il remarqua que le point rouge de l'AirTag avait cessé de bouger et se trouvait à la limite d'un quartier sur la carte du nom de Pèlerins. Il avertit le conducteur de la camionnette, en levant le téléphone pour que l'agent puisse voir l'itinéraire par lui-même.

— Ce n'est qu'à un quart d'heure d'ici, dit le chauffeur, puis il transmit l'information par radio à la camionnette qui le suivait.

Après avoir traversé l'ancien village, les deux camionnettes quittèrent l'avenue principale et s'engagèrent dans un chemin de terre conduisant à la forêt. Quelques minutes plus tard, ils se retrouvèrent dans ce qui était manifestement un campement de gitans, avec des tentes délabrées, des feux dans des bidons métalliques afin de garder les habitants du camp au chaud, et plusieurs dizaines de personnes habillées de façon minable – hommes, femmes et enfants, ainsi que quelques chiens, chats et poulets – qui déambulaient sur le terrain ou étaient regroupés en cercle, discutant et mangeant.

La seule chose qui jurait dans cet environnement terne était une BMW blanche neuve et étincelante, un spectacle étrange dans un paysage par ailleurs misérable.

— C'est une communauté rom, dit Dominic. Que ferait Gović ici ?

— L'AirTag est dans la BM ! cria presque Dengler en la désignant.

Colombo, Scarpelli et leurs hommes sortirent lentement du véhicule, armes dégainées, tandis que les autres ne bougeaient pas encore.

Pendant ses études à l'université de Toronto, Dominic avait rencontré de nombreux Roms lors de diverses missions locales auxquelles il avait participé avec d'autres étudiants de troisième cycle, et il savait que les Roms français étaient en grande partie catholiques – et la plupart très fervents. Comme beaucoup de pays, le Canada avait une importante population nomade, principalement des gens paisibles à la recherche de travail et de sécurité, mais qui ne trouvaient ni l'un ni l'autre.

Il eut une idée. Il doutait que ces gens aient beaucoup de considération pour la police et les autorités en général, mais, avec un peu de chance, ils verraient un prêtre d'un autre œil.

Il enfila rapidement sa chemise et son col noirs qu'il gardait dans son sac à dos et passa sa croix pectorale autour de son cou.

— Tu cherches à faire quelques conversions, c'est ça ? dit Hana en souriant.

— Non, mais d'après moi, il y a des chances pour qu'ils soient plus rassurés par un prêtre que par un flic, répondit-il en haussant les épaules. Ça ne peut pas faire de mal !

Dominic, Hana, Dengler et Koehl sortirent du van et s'approchèrent du petit groupe d'hommes qui parlaient avec Colombo.

— Père Dominic, dit Colombo. Voici Gunari Lakatos, le voïvode, ou chef, de cette communauté. Je lui ai dit que nous recherchons Ivan Gović, mais ils ne savent rien de lui. Il dit que la voiture a été trouvée par ses fils, Milosh et Shandor, « abandonnée ».

Dominic tendit la main pour serrer celle de l'homme, puis dit en parfait romani, la langue maternelle des gitans :

— C'est un grand honneur de vous rencontrer, voïvode Gunari. Nous ne cherchons qu'un objet de valeur sacrée pour l'Église romaine, qui nous a été volé en France par cet homme dont nous parlons. Avez-vous vu un tel objet ?

Les mâchoires lui en tombèrent lorsque Dominic parla l'ancienne langue, impressionnant clairement le chef de la tribu.

Celui-ci répondit dans la même langue.

— Non, mon Père, nous n'avons pas vu un tel homme. Mais si ce que vous cherchez se trouve dans ce véhicule, servez-vous. Nous préférerions, bien sûr, garder la voiture...

— Nous ne sommes pas intéressés par le véhicule, Gunari, seulement par l'objet qui s'y trouve. En ce qui nous concerne, nous ne voyons même pas de voiture...

Le chef sourit d'un air entendu.

Dominic murmura en italien les termes de sa négociation à Colombo, pour s'assurer que cet arrangement était acceptable, d'autant plus qu'il avait déjà préparé le terrain.

— Oui, mon Père, ça me va. Je suis sûr qu'elle ne manquera pas à Zharkov, mais je m'attends à ce que l'enfer se déchaîne quand il découvrira que Gović a perdu le reliquaire, s'il est bien ici. Il y a presque quelque chose de poétique dans cette justice, quand on y pense, non ? Ouvrons le coffre et voyons ce qu'on y trouve.

Alors que Gunari demandait à ses hommes de reculer, Colombo chargea l'un de ses agents d'ouvrir le coffre. Il le fit depuis le siège avant de la BMW. Le coffre s'ouvrit et la valise Pelican noire était bien là.

Tout le monde poussa un soupir de soulagement. La longue recherche était terminée.

— Comment on l'ouvre maintenant ? demanda Hana.

Dieter Koehl s'avança.

— Permettez, mademoiselle.

Dengler fouilla dans sa poche pour prendre son couteau suisse, en retira la pince à épiler qu'il tendit à Dieter, qui sortit son propre couteau et tira le cure-dent. Les deux cadenas furent ouverts en une minute.

Le reliquaire était là, sain et sauf, mais la carte manquait.

Dominic prit une grande inspiration, rayonnant de joie en serrant Hana dans ses bras pour fêter ça.

— Mais où est la carte ? demanda Hana.

— Peut-être que Zharkov l'a gardée, répondit Dominic, de la déception dans la voix. Elle est assez petite pour être cachée n'importe où dans son chalet.

Puis, se tournant vers Colombo :

— Nous avons le reliquaire, mais je veux cette carte. Elle appartient au Vatican, pas à une collection privée, dit-il avec un peu plus d'urgence dans la voix qu'il ne l'aurait voulu, ce qui était le reflet de sa culpabilité d'avoir pris la carte dans les Archives sacrées.

— Alors nous devons à nouveau parler avec le *signor* Zharkov, dit Colombo. Mais, au moins, vous avez récupéré le gros lot.

L'inspecteur Boucher s'avança.

— Il nous reste à régler la question du propriétaire légitime, puisqu'il a été trouvé sur le sol français.

— Je pense que mon parrain peut nous aider à résoudre ce problème, dit Hana avec un sourire plein d'assurance.

— Oh, mademoiselle ? Et qui est votre parrain ? demanda Boucher avec suffisance.

— Il s'appelle Pierre Valois. Je crois que vous le connaissez en tant que président de la République française, non ?

Boucher en fut abasourdi.

— Ah, mais oui... Oui, j'ai déjà entendu ce nom, dit-il en rougissant et en souriant.

CHAPITRE

SOIXANTE-TROIS

La longue file de voyageurs avec d'énormes bagages et des enfants hurlants serpentait devant le guichet de la classe économique de la compagnie aérienne KLM à l'aéroport de Genève, mais la file de la première classe était vide lorsqu'Ivan Gović s'approcha du comptoir.

— Un aller simple pour Buenos Aires, s'il vous plaît. En première classe, dit-il à l'employée.

Il lui tendit son passeport et la carte platinum Maestro.

— Bien sûr, monsieur, un aller simple pour Buenos Aires.

Elle émit le billet, puis le lui tendit avec son passeport.

— Vous enregistrez des bagages ?

— Non, je n'ai que ça.

L'employée le regarda bizarrement, mais continua son travail. Il réalisa que son sac à dos usé n'était pas en adéquation avec un voyageur en première classe. Mais ce n'était pas grave. Il allait bientôt porter des bagages Louis Vuitton. Il sourit.

— En attendant votre vol, vous pouvez profiter du confort de notre salon KLM Crown, monsieur Gović. Une fois que vous aurez passé la sécurité par la file prioritaire, vous le trouverez près de votre porte d'embarquement. Vous ne pouvez pas le manquer.

— Merci, dit Gović, en se dirigeant vers la sécurité.

Il avait hâte de monter à bord du jet, de tourner à gauche dans la section première classe pour la première fois de sa vie, puis d'expérimenter le privilège d'avoir sa propre suite privative équipée d'un lit sur le vol transatlantique. Ça se passerait ainsi à partir de maintenant – pour le reste de sa vie, toujours la première classe.

Il restait beaucoup de temps avant son vol. Peut-être pourrait-il même prendre une douche dans le salon de première classe avant l'embarquement. Dieu sait qu'il en avait besoin.

S'approchant de la file prioritaire au portique de sécurité, il déposa son sac à dos et la Rolex dans un bac en plastique gris, puis passa sous le portique. Heureusement, il s'était débarrassé de son Glock avant d'arriver à l'aéroport.

Mais l'alarme se déclencha malgré tout. L'agent de sécurité lui demanda de se soumettre à un contrôle à l'aide d'un détecteur, qui révéla simplement les clés de la BMW toujours dans sa poche. L'agent de sécurité le laissa passer.

Après qu'il eut franchi le portique, trois hommes, dont deux en uniforme et armés, s'approchèrent de Gović.

— Monsieur, pouvez-vous me suivre, s'il vous plaît ? demanda le responsable.

— Pourquoi ? Il y a un problème ? J'ai un vol à prendre ! dit Gović de manière catégorique, presque en pleurnichant.

— Cela ne prendra qu'un instant, monsieur. S'il vous plaît, par ici.

Gović récupéra sa Rolex puis son sac à dos dans le bac en plastique, mais l'un des gardes armés le lui prit. Ils le conduisirent dans un couloir, passèrent une porte quelconque et entrèrent dans ce qui semblait être une salle d'interrogatoire, le laissant seul et verrouillant la porte de l'extérieur.

Alors que Gović était assis là, toutes sortes de craintes lui traversèrent l'esprit. Zharkov avait-il déjà découvert qu'il ne s'était pas présenté au port franc et avait-il usé de son influence pour le faire arrêter ? Tucci l'avait-il dénoncé d'une manière ou d'une autre, et si oui, dans quel but ? Ça pourrait-il être lié à la bombe en France ? Mais comment auraient-ils pu savoir qu'il était impliqué ? Personne ne devrait avoir survécu ! À moins que...

Quinze minutes plus tard, la porte s'ouvrit et deux hommes entrèrent, le responsable qu'il avait vu précédemment et l'un des membres de la sécurité armé.

— Monsieur Ivan Govic, je dois vous informer qu'en vertu d'une notice rouge Interpol émise par les autorités italiennes, vous êtes placé en détention provisoire. Vous faites l'objet d'une enquête criminelle pour contrebande d'antiquités et tentative de meurtre. Vous avez le droit de garder le silence et de ne pas coopérer avec la police. Vous avez le droit d'être représenté par un avocat de votre choix ou commis d'office. Et vous avez le droit de demander les services d'un interprète. Comprenez-vous vos droits, monsieur ?

La bouche de Govic s'ouvrit comme pour dire quelque chose, mais aucun mot n'en sortit.

— Monsieur ? Comprenez-vous vos droits tels que je vous les ai expliqués ?

— Non, je ne comprends pas ! s'exclama Govic, les événements le laissant en pleine confusion.

En ce moment même, il aurait dû être assis dans sa cabine de première classe à bord du vol 1932 de KLM à destination de Buenos Aires, en train de déguster une coupe de champagne – et non pas être arrêté !

Le responsable soupira, puis recula quand l'agent de sécurité sortit des menottes. Toujours mystifié, Govic se leva. L'agent lui passa les menottes, puis l'escorta jusqu'à une cellule de détention, où les menottes furent retirées et la porte de la cellule verrouillée.

— Ai-je au moins droit à un appel téléphonique ?

— Vous aurez le temps plus tard, dit le responsable avant de s'éloigner.

Le temps. Gović baissa les yeux sur sa Rolex neuve et brillante, seul rappel de la belle vie qu'il avait envisagée pour le reste de ses jours.

SOIXANTE-QUATRE

Lorsque Gović avait été arrêté, cela faisait quatre heures qu'il avait quitté le chalet de Zharkov à Chamonix, et le Russe était non seulement inquiet, mais de plus en plus en colère. Le trajet jusqu'à Genève ne prenait que quatre-vingt-dix minutes, mais le Croate ne s'était jamais présenté au port franc. Où pouvait-il bien être ? Zharkov avait-il été trahi ? Peut-être Gović avait-il obtenu une meilleure offre de quelqu'un d'autre et prenait-il Zharkov pour un idiot. Dans ce cas, Gović était un homme mort.

Comme la plupart des riches et des puissants, Zharkov pouvait compter sur quelqu'un concernant ce qu'il ne pouvait pas, ou ne devait pas, faire lui-même. Connus dans ces cercles sous le nom de «combinards», ces spécialistes effectuaient des missions particulières ou réglaient des situations trop délicates, ou simplement trop fastidieuses pour leurs employeurs, et, souvent, cette tâche comportait des aspects louches ou carrément illicites.

Véronique Dupont était l'une de ces personnes, une avocate française compétente généreusement rémunérée par Dmitry Zharkov depuis de nombreuses années. Véronique s'occupait notamment de fournir de faux passeports aux amis de Zharkov qui pouvaient en avoir besoin, d'organiser la mise en liberté sous caution et l'assistance juridique des associés du Russe, de le représenter au tribunal pour un grand nombre d'affaires et, si nécessaire, d'organiser l'élimination de toute nuisance dans la vie de M. Zharkov.

Et Ivan Gović était devenu une telle nuisance.

— Nikki, dit Zharkhov après avoir appelé Véronique sur le téléphone portable sécurisé qu'il lui avait fourni exclusivement pour ses appels, j'ai besoin que tu me trouves quelqu'un, et rapidement.

Il expliqua la situation concernant Gović et lui fournit tous les détails pertinents – la BMW, une certaine antiquité qu'il avait achetée, le port franc de Genève, Tucci – tout ce dont elle avait besoin pour commencer à le traquer.

Suivant son intuition, Véronique appela tout d'abord un collègue de la police judiciaire, pour voir s'ils n'auraient pas des informations sur Gović. Il pourrait avoir été victime d'un accident, auquel cas son nom serait enregistré dans la base de données de la police nationale. En attendant, elle dressa une liste des autres endroits à appeler entre Chamonix et Genève : hôpitaux, hôtels, compagnies aériennes. Elle connaissait la marche à suivre.

Lorsque son collègue revint, il avait des nouvelles : une notice rouge Interpol avait été émise pour Gović, et il avait été provisoirement arrêté à l'aéroport de Genève alors qu'il était sur le point d'embarquer sur un vol KLM pour Buenos Aires.

Étant à Paris, Véronique ne pouvait pas agir personnellement dans l'immédiat, mais elle avait des relations et de l'influence.

Au bureau genevois d'Interpol, elle joignit Andreas Yoder, un proche confident sur lequel elle pouvait compter pour intervenir concernant la situation de Gović. Yoder, parfait montagnard suisse ardent, était depuis longtemps épris de

Véronique et il aurait fait n'importe quoi pour elle – sans parler de l'argent auquel il la savait liée par l'intermédiaire de Dmitry Zharkov.

— Je suis tout à toi, Nikki, dit Yoder de sa voix la plus désarmante. Dis-moi ce dont tu as besoin.

UNE DEMI-HEURE PLUS TARD, un grand et bel homme en costume austère entra dans le bureau de la sécurité de l'aéroport de Genève.

Après avoir présenté une carte d'Interpol avec sa photo – mais un nom complètement différent – Andreas Yoder demanda à voir l'agent responsable. Lorsque l'homme apparut, Yoder lui ordonna de lui remettre Ivan Gović immédiatement, qu'il allait le mettre en détention.

Quelques minutes plus tard, l'agent de sécurité présenta Gović, à nouveau menotté. Des papiers furent signés du pseudonyme concocté par Yoder, et tous deux quittèrent l'aéroport dans la Mercedes noire de l'agent.

Gović menotté sur le siège arrière, Yoder régla le GPS pour un entrepôt dans la banlieue de Genève. Un entrepôt appartenant à un certain Dmitry Zharkov.

SOIXANTE-CINQ

L e reliquaire désormais en sécurité dans le coffre de la Rolls-Royce, Frédéric ramena tout le monde au château de La Maison des Arbres de Saint-Clair, à Genève. Après des appels discrets à Pierre Valois, le président de la République, la police française avait confié la valise Pelican et son contenu à Saint-Clair.

Le cuisinier avait préparé le déjeuner pour les invités du baron et, tandis qu'ils étaient assis autour de la grande table à manger avec vue sur le lac Léman, la conversation s'engagea sur la récupération de la carte de Vesconte.

— Où devrions-nous commencer à chercher ? demanda Dengler. La maison de Zharkov doit être une forteresse, si c'est là qu'elle se trouve.

— Je dirais que c'est le meilleur endroit, dit Hana d'un ton rassurant. Où pourrait-elle être, si elle n'est pas dans la valise Pelican avec le reliquaire ?

Une idée lui vint.

— Michael, et si Gunari et ses fils roms étaient capables de nous aider ? Ils semblent savoir se débrouiller dans des situations de ce genre. Peut-être qu'ils ont des moyens que nous n'aurions même pas envisagés, ou... euh... tentés.

Tout le monde à la table savait ce que Hana voulait dire : une approche plus criminelle du problème. Mais c'était une analyse astucieuse de sa part.

— Quand j'étais au séminaire, je n'aurais jamais pensé me livrer un jour à une entreprise criminelle, dit Dominic en riant. Et regardez-moi maintenant ! Ce n'est pas une mauvaise idée, Hana. Mais comment les motiver ?

— Michael, dit Saint-Clair au prêtre, il est clair que vous aurez besoin de certaines ressources pour récupérer la carte. Permettez-moi de vous aider. On ne sait jamais quand on peut avoir besoin d'argent pour inciter les autres à agir.

À ce moment-là, Frédéric sortit une valise couleur argent. Il la posa sur la table en face de Dominic et l'ouvrit, révélant quantité de liasses d'euros empilés soigneusement à l'intérieur.

— Je dirais que cinquante mille euros devraient couvrir toutes les dépenses nécessaires, y compris le billet d'avion pour retourner à Rome lorsque votre mission ici sera terminée. Et ce que vous n'utiliserez pas, considérez-le comme un don à l'Église, ou mettez-le de côté en cas de coup dur. C'est à vous de voir. Et je vous en prie, prenez la Maserati. C'est ma voiture personnelle quand Frédéric me laisse conduire.

Il regarda le chauffeur, qui leva les yeux au ciel. Il était évident que tous deux étaient intimement liés, et depuis longtemps.

— En attendant, Hana, Dieter et moi retournerons à Rome et nous vous y attendrons.

— C'est trop généreux de votre part, monsieur le baron, dit Dominic en regardant l'argent liquide dans la valise. Et, pour être honnête, je ne vois pas ce dont Gunari et son peuple pourraient avoir plus besoin que d'argent. Ils vivent dans une misère noire et ça pourrait sans aucun doute leur servir. Sans parler de les motiver à nous aider.

— C'est réglé alors, dit Saint-Clair en tapant sur la table avant de se lever. Frédéric, allez chercher les clés de la voiture pour nos invités. Et bien sûr, vous resterez ici, au château, en attendant.

Hana et son grand-père rassemblèrent ce dont ils pourraient avoir besoin pour quelques jours, puis ils se rendirent à l'aéroport de Genève où Frédéric chargea le tout dans le Dassault Falcon pour leur voyage vers Rome.

Pendant ce temps, Dominic et Dengler restèrent au château, leur seul objectif étant désormais de récupérer la carte de Vesconte chez Dmitry Zharkov. La façon de s'y prendre était pour eux un défi.

Mais peut-être pas pour les gitans.

Accompagné de son homologue suisse, Colombo se présenta au bureau du chef de la sécurité de l'aéroport de Genève.

— Je suis l'agent Massimo Colombo de l'agence de sécurité italienne, dit l'homme en montrant sa carte d'identité. Je suis ici pour mettre Ivan Gović en détention.

Le chef de la sécurité regarda Colombo d'un air absent.

— Mais, monsieur, l'agent d'Interpol a déjà arrêté Gović, il n'y a même pas une heure !

— Quoi ? ! s'écria Colombo. Interpol n'est pas un organisme chargé de faire respecter la loi, imbécile ! Ils n'ont pas le pouvoir de procéder à des arrestations, et ne mettent personne en détention. Leur rôle se limite aux renseignements. Vous ne savez pas ça ? ! *Merda !*

Dûment réprimandé, le chef de la sécurité se contenta de hausser les épaules.

— Je suis désolé, monsieur, mais je ne peux rien faire de plus à ce sujet. Gović n'est plus ici.

— Avez-vous le nom de cet agent d'Interpol ? demanda Colombo.

— Oui, un instant, s'il vous plaît.

L'homme vérifia ses registres et trouva l'entrée.

— Le voici. La signature est très difficile à lire, mais le nom imprimé ressemble à "M. Otto Graf". Peut-être est-il allemand ?

Colombo se prit la tête à deux mains et se tapota les joues.

— OTTO GRAF ? ! Vous plaisantez ! C'est une blague ? !

L'homme était maintenant désespérément meurtri, ne comprenant pas l'ironie. Il marmonna :

— Monsieur Colombo, je suis vraiment désolé, mais je dois retourner au travail. Au revoir.

Il s'empressa de regagner son bureau, laissant Colombo dans l'entrée de la sécurité.

SOIXANTE-SIX

Tôt le lendemain matin, le vol Air France de Véronique Dupont atterrit à l'aéroport de Genève après une heure de vol depuis Paris. Comme son unique client avait besoin de ses services et que sa rémunération était liée à certaines attentes, sa présence sur les lieux était requise.

La cabine de première classe était relativement vide, ce qui lui avait permis de passer une série d'appels privés pendant le vol, puisant dans son vaste réseau pour en apprendre le plus possible sur la situation et les personnes impliquées. Au moment de l'atterrissage, elle avait beaucoup de choses à dire à son employeur.

Zharkov avait envoyé une voiture la chercher à l'aéroport, et quatre-vingt-dix minutes plus tard, elle était arrivée à son chalet à Chamonix. Son patron était d'une humeur massacrante.

— *Privyet*, Nikki, la salua Zharkov. Comment s'est passé ton vol ?

— Bien, Dmitry. Dis-m'en davantage sur ce qui se passe.

Véronique Dupont ne mâchait jamais ses mots.

En sus des brefs détails qu'il lui avait fournis au téléphone la veille, Zharkov expliqua que Vincenzo Tucci, à Rome, lui avait parlé du reliquaire, qu'il savait peu de choses sur la façon dont il était entré en sa possession, qu'il avait payé Tucci et Gović, qu'il ait donné à Gović une BMW avec pour mission de livrer le reliquaire au port franc de Genève, qu'il ait été perquisitionné par la police française et les autorités italiennes ici, dans son chalet, et que Gović avait maintenant apparemment pris la fuite avec le reliquaire et son argent.

Véronique s'imprégna de son récit avec l'efficacité d'une avocate habituée à régler les détails. Et elle avait des tas de choses à ajouter.

— Il semble que beaucoup d'autres personnes soient impliquées dans cette affaire, Dmitry, commença-t-elle. C'est un prêtre du Vatican qui a découvert le reliquaire dans une grotte au sud de la France. Le père Michael Dominic. Il était accompagné d'une journaliste suisse du nom d'Hana Sinclair – qui se trouve également être l'unique héritière de la Banque suisse de Saint-Clair à Genève – et de deux soldats de la Garde suisse du Vatican enrôlés par le père Dominic. Ils se trouvaient tous dans la grotte lorsque M. Gović leur a volé le reliquaire, puis a fait sauter une bombe pour les y enfermer. Apparemment, il a fait ça pour venger la mort de son père l'an dernier, dont il accuse en particulier le père Dominic.

« Après l'explosion, cependant, il semble qu'ils aient tous pu s'échapper et qu'ils aient probablement poursuivi Gović pour récupérer le reliquaire. La police française et l'AISI italienne sont maintenant impliquées – comme vous le savez évidemment depuis leur descente ici – et ils aident le Père Dominic à récupérer les objets volés.

« Mes sources me disent également que le baron Armand de Saint-Clair, le grand-père d'Hana, les a ramenés de Rome à Genève en avion et les a tous hébergés dans son château, donc nous savons qu'ils sont dans la région. Nous avons également découvert que Gović a acheté une Rolex à Chamonix et, peu après, a loué une voiture, une Ford Fiesta, dans un bureau Europcar à Chamonix hier, apparemment peu après avoir quitté ton chalet. Nous devons donc supposer que la BMW que tu lui as donnée a été volée ou a eu un accident. Le premier scénario est le plus probable.

Zharkov l'avait écoutée en silence, impressionné comme toujours par la maîtrise qu'avait Véronique de la situation et par l'étendue de ses relations pour obtenir de telles informations.

— Quant à M. Gović, poursuit-elle, Interpol avait émis une notice rouge pour son arrestation et les autorités aéroportuaires de Genève l'ont intercepté alors qu'il s'apprêtait à embarquer sur un vol pour Buenos Aires. Heureusement, nous l'avons maintenant sous notre garde dans ton entrepôt à Genève. Mais le reliquaire a disparu. Il n'a pas encore été interrogé. J'ai pensé qu'il valait mieux te laisser faire.

— Oui, Nikki, dit sombrement Zharkov, j'ai beaucoup de questions pour le jeune M. Gović. D'abord, laisse-moi te montrer l'objet qui les a menés au reliquaire.

Zharkov se dirigea vers le mur de son bureau, fit pivoter la grande toile, ouvrit le coffre-fort et en sortit la carte de Vesconte.

— Cette carte a en fait été réalisée sous forme de casse-tête par le cartographe italien Pietro Vesconte..., commença-t-il, racontant la suite de l'histoire telle qu'elle lui a été narrée par Vincenzo Tucci. En soi, c'est une remarquable prouesse technique, surtout pour le XIIIe siècle.

Il la posa fièrement sur son bureau, l'appréciant comme seul un collectionneur passionné pouvait le faire.

Véronique le regarda comme s'il s'agissait simplement d'une autre des nombreuses babioles insignifiantes qui entouraient Zharkov dans son chalet et dans son penthouse à Moscou, où elle avait souvent dîné. Véronique Dupont se souciait peu des objets historiques. Mais elle adorait tirer les gens de situations fâcheuses.

— Que ferons-nous de M. Gović quand tu en auras fini avec lui, Dmitry ?

— Ça se terminera comme d'habitude dans ce genre de cas, je suppose. Je ne vois pas en quoi il pourrait encore m'être utile. Je suis plus préoccupé par ce prêtre et ses amis. Ils ont peut-être déjà repris le reliquaire à Gović. Cela pourrait expliquer qu'il veuille quitter le pays. Ce sont peut-être eux qui ont trouvé la BMW. Où penses-tu qu'ils puissent être maintenant ?

SOIXANTE-SEPT

— Comment se fait-il que je conduise autant de voitures cool ces derniers temps ? demanda Dengler pour la forme alors que la Maserati Quattroporte vert émeraude filait vers Les Pèlerins et le camp de gitans.

Copilote de l'élégante berline de tourisme, Dominic réfléchissait à la manière dont il pourrait approcher Gunari Lakatos afin qu'il l'aide à récupérer la carte de Vesconte. Qu'il s'agisse d'acheter ou de vendre, il savait que les Roms aimaient négocier, ce qui faisait partie de leur nature tribale, car ils se battaient pour obtenir les meilleures affaires lorsqu'ils voyageaient de ville en ville.

Et si Zharkov l'avait dans son chalet, comment passeraient-ils la sécurité de la propriété ? Ses gardes ou quelqu'un d'autre seraient-ils là ? Et si la carte était enfermée quelque part ? Ces questions et bien d'autres encore tournaient en boucle dans sa tête tandis que Dengler empruntait les routes alpines sinueuses avec aisance, le paysage enneigé défilant et Dominic agrippant le tableau de bord devant lui, légèrement inquiet de la vitesse élevée à laquelle ils roulaient.

.Heureusement, la voiture commença à ralentir à l'entrée du quartier des Pèlerins et se fraya un chemin à travers la forêt jusqu'au campement des Roms. Ils furent accueillis par la même scène que précédemment : des gens agglutinés autour de braseros en train de discuter, d'autres coupant du bois récupéré dans la forêt pour les garder au chaud jusqu'à la nuit.

Tous les yeux se tournèrent pour voir les nouveaux arrivants dans la Maserati. Milosh reconnut le père Dominic – qui portait à nouveau sa chemise noire de prêtre, son col blanc et son pantalon noir – de sa visite précédente lorsqu'ils avaient trouvé le reliquaire à l'intérieur de la BMW. Milosh lui sourit en appelant son père.

Gunari Lakatos émergea de l'une des tentes centrales du camp et se dirigea vers l'endroit où Dominic et Dengler parlaient à son fils. Dominic le salua dans sa langue maternelle.

— Bonjour, voïvode. Ravi de vous revoir.

— C'est un honneur, mon Père. En quoi pouvons-nous vous aider aujourd'hui ?

— Gunari, nous avons un autre problème, commença Dominic. Il semble que le scélérat qui a volé notre reliquaire pourrait avoir donné un autre objet qui l'accompagnait – une sorte de carte ancienne – à un homme du nom de Dmitry Zharkov. Nous aimerions que vous nous aidiez à récupérer cette carte. Mais je dois vous dire qu'il y a peut-être du danger.

— Quel genre de danger, mon Père ?

— D'après ce que m'ont dit les policiers qui ont fait une descente chez lui, Zharkov vit dans un chalet bien protégé à Chamonix. L'entrée du domaine est surveillée et il est possible qu'il ait deux gardes du corps, peut-être d'autres employés. Nous ne sommes même pas sûrs que l'objet soit là, mais nous sommes assez confiants. Nous vous paierons généreusement si vous nous aidez à retrouver cette carte.

Gunari regarda Dominic dans les yeux tout en réfléchissant à son offre.

— Vous dites qu'il pourrait y avoir des gardes. Pensez-vous qu'ils pourraient être armés ?

— Très probablement, oui.

Gunari baissa les yeux vers le sol, puis les leva vers ses fils Milosh et Shandor, qui avaient rejoint ceux qui s'étaient rassemblés autour du petit groupe. Il ordonna à tous, sauf à ses fils, de s'éloigner. Une fois les retardataires partis, il donna sa réponse.

— Nous pouvons faire ça pour vous, mon Père. Mes deux fils sont les meilleurs pour s'occuper de ce genre de travail, mais comme les risques sont importants, cela requiert des sacrifices de part et d'autre.

Dominic comprit ce que le chef voulait dire.

— Nous sommes prêts à vous payer cinq mille euros en liquide, tout de suite, dit-il fermement.

— Quinze, rétorqua le chef, un regard narquois dans les yeux.

— Huit, dit Dominic, répondant au regard du chef.

— Douze, répliqua le Gunari.

Dominic fouilla dans sa poche et en sortit une liasse de billets retenue par une bande.

— Dix mille euros, dit-il, en la tendant à Gunari.

Aucun mot ne pourrait jamais égaler la vue d'une épaisse liasse de billets tout neufs.

— Nous avons un accord, Père Michael, dit Gunari, souriant, très fier de ses talents de négociateur, en empochant l'argent. Maintenant, venez chez moi et discutons des détails.

SOIXANTE-HUIT

Au confluent du Rhône et du lac Léman se trouvait une zone sordide connue sous le nom de quartier des Pâquis, juste au nord-ouest du port de Genève. Bien que la ville elle-même soit considérée comme sûre – comme toutes les grandes villes européennes – le quartier était connu pour sa prostitution endémique, ses dealers, ses bars à strip-tease, ses pickpockets et la population généralement plus bohème de la deuxième plus grande ville de Suisse.

Les Pâquis abritaient également l'entrepôt de Dmitry Zharkov, un ancien site de stockage de conteneurs qui répondait désormais à tous les besoins de l'empire de l'oligarque en matière de commerce maritime.

C'était également un endroit isolé et pratique pour s'occuper de nuisances telles qu'Ivan Gović.

À ce moment-là, Gović était ligoté à une chaise au centre d'un grand bureau vacant. La seule autre personne présente sur les lieux était Andreas Yoder. Tous deux attendaient l'arrivée imminente de Zharkov et de sa suite.

— Vous savez, je connaissais votre père avant sa disparition prématurée, dit Yoder au Croate. Nous avons tous deux fièrement servi l'Oustacha.

Il brandit son Ehrenring devant le visage de son captif.

Le désespoir de Gović se transforma rapidement en espoir.

— Alors vous devez me libérer ! Nous sommes frères, non ? ! *Za dom-spremni !*

— J'ai bien peur que ma loyauté aille en premier à M. Zharkov, cher ami. Je ne sais pas ce qui vous a mis dans ce pétrin. Je ne fais que suivre les ordres. Mais il vaut mieux ne pas contrarier Zharkov, alors on va rester ici jusqu'à ce qu'il décide quoi faire de vous.

— Mais tout ça n'est qu'une monumentale erreur ! On a volé ma voiture, et...

— Oui, j'ai entendu votre histoire dans la voiture, l'interrompit Yoder avec sympathie. Néanmoins, nous devons attendre. Peut-être que notre employeur verra votre situation d'un bon œil, qui sait ?

Le son d'une porte qui se fermait en claquant résonna dans l'entrepôt et plusieurs voix s'approchèrent du bureau. Malgré le temps froid et l'humidité du bâtiment, Gović transpirait abondamment, terrifié par ce qui l'attendait.

La première personne à franchir la porte était une grande et séduisante femme en tailleur-pantalon noir portant un manteau de zibeline sombre, suivie de Zharkov et de ses deux sbires. Le Russe se dirigea vers Gović et se plaça face à lui.

— Ivan, dit-il sur le ton de la réprimande, tout en restant calme. Tu as été un vilain garçon. Où est mon reliquaire ?

— Monsieur Zharkov, je ne me suis éloigné de la voiture que quelques minutes et on me l'a volée . Je...

— Oui, nous savons que tu t'es arrêté pour acheter une Rolex à Chamonix, ce qui n'est pas exactement ce que j'attendais de toi pour une course aussi simple. Cela n'aurait pas pu attendre que tu aies terminé ta mission ? Tu serais plus riche de vingt-cinq millions d'euros, et tu ne serais pas assis ici, à attendre la mort.

Gović fondit en larmes. À travers ses sanglots, il réussit à dire :

— Mais ce n'était pas ma faute ! Vous ne comprenez pas ? ! Je ferai tout ce que vous voulez. Je retrouverai le reliquaire et punirai ceux qui l'ont pris. Tout ce que vous voudrez, s'il vous plaît !

— Je ne pense pas que nous reverrons un jour le reliquaire, Ivan. Il est probablement déjà en route pour Rome. Tu sais ce que je ressens ? À quel point c'est humiliant ?

Son humeur déjà sombre s'aggrava, la voix de Zharkov devenant plus forte à chaque phrase.

Jetant un coup d'œil à l'un de ses hommes, Zharkov hocha simplement la tête. Yuri enleva sa veste, la posa sur le dossier d'une chaise voisine et se dirigea calmement vers Gović. Sa main gauche se leva et retint un instant le menton du Croate, tandis que son bras droit se levait et s'abattait lourdement sur le visage de Gović.

Son nez cassé, le sang gicla sur le visage de Gović. Ses yeux commencèrent à gonfler lorsque le poing gauche s'abattit après un crochet. Gović hurla de douleur. Des filets de larmes mélangées à du sang coulaient sur sa poitrine. Son corps douloureux était pris de convulsions.

Yuri retira ensuite la Rolex du poignet de Gović et la tendit à Zharkov. Le Russe la regarda avec admiration, puis la fit tourner autour de son index.

— Je me suis toujours demandé pourquoi elles étaient si lourdes, dit-il, tandis que Gović regardait la montre avec appréhension à travers ses yeux enflés.

Malgré la douleur et sa peur grandissante, il ne pensait

qu'à une chose : *Tout ça pour une putain de montre ? Pourquoi ? Pourquoi ? !*

Zharkov rapprocha la Rolex pour que son captif puisse mieux la voir. Puis il la fit rebondir plusieurs fois sur le front en sueur de Gović, la tint en l'air, puis il la laissa tomber sur le sol froid en béton.

— On dirait que tu n'as plus le temps, Ivan.

Zharkov leva la jambe et posa son pied sur la Rolex à 24 000 €, la broyant en mille morceaux avec ses chaussures russes en veau New & Lingwood lustrées.

Gović était assis là, tremblant d'une peur qu'il n'avait jamais connue auparavant. Une tache sombre et humide apparut sur son entrejambe. Se raccrochant à un mince espoir, il lança :

— Mais vous avez déjà tellement, presque tout. Ce n'était que quelques os...

— « Que quelques os » ? ! s'écria Zharkov, sa colère à son comble.

Sur ce, il fouilla dans la veste d'un de ses gardes du corps, arracha le Glock 22 de l'homme de son étui d'épaule, le pointa sur la poitrine de Gović et appuya deux fois sur la détente. Les détonations ébranlèrent l'entrepôt, faisant sursauter Véronique et les autres. Puis la pièce redevint silencieuse. Le sang suintait du corps flasque de Gović, dégoulinant sur les éclats de la Rolex désormais sans valeur.

Quelques instants plus tard, Véronique s'approcha de Zharkov et lui dit tranquillement :

— Cela aurait pu se passer autrement, Dmitry. Tu aurais dû me laisser m'en occuper. Au moins, j'aurais pu récupérer les vingt-cinq millions que tu lui as déjà donnés. Maintenant, cet argent est irrécupérable, bloqué sur le compte suisse de Gović.

Zharkov la regarda, réalisant maintenant ce que sa colère lui avait coûté.

— Tu as raison, Nikki. C'était stupide de ma part. Je dois apprendre à me contrôler. Bon, ce qui est fait est fait. Rentrons à la maison. Yuri, appelle notre équipe de nettoyage et fais disparaître tout ça. Immédiatement.

SOIXANTE-NEUF

près avoir obtenu de Colombo l'adresse et le plan du chalet de Zharkov, Dominic, Dengler et les deux jeunes gitans – dissimulés dans le coffre spacieux de la Maserati – se mirent en route pour Chamonix et le domaine des Rives d'Argentière. Le temps était frais, mais il ne neigeait pas, et le soleil jetait une blancheur presque aveuglante sur le paysage de la vallée d'Argentière.

Faisant office de chauffeur, Dengler conduisait la voiture tandis que Dominic était assis sur le siège arrière sous le grand toit ouvrant, sa croix pectorale en argent scintillant dans la lumière vive du soleil.

Alors que le véhicule approchait de la barrière de sécurité, un garde sortit de la guérite. *Seigneur*, pria Dominic avec ferveur, *pardonne-moi ce petit péché que je suis sur le point de commettre...*

— Oui, monsieur ? salua le garde.

Dominic avait baissé sa vitre pour s'adresser au garde, qui se dirigea vers l'arrière de la voiture pour parler au prêtre.

— Bonjour, monsieur, dit-il en français, langue qu'il parlait couramment. Je suis Monseigneur Dominic du diocèse de Genève. Nous sommes ici en tant qu'équipe de préparation au nom du Vatican afin d'inspecter vos locaux en vue d'une éventuelle visite du pape plus tard dans l'année. On m'a dit que votre établissement pourrait fournir un hébergement très approprié pour Sa Sainteté, qui, comme vous ne le savez peut-être pas, est un skieur passionné.

Dominic fit un clin d'œil, comme s'il transmettait quelque chose de très personnel au garde, qui, comme la plupart des gens de la région, était très probablement catholique. Dominic priait pour qu'il le soit, en tout cas.

— Le Saint-Père ? Ici à Chamonix ? ! Mon Dieu ! dit le garde, les yeux écarquillés d'étonnement.

L'instinct de Dominic portait ses fruits.

— Nous ne souhaitons pas rencontrer la direction pour l'instant, car notre équipe de préparation agit dans le plus grand secret pour des raisons évidentes de sécurité. Nous sommes seulement ici pour voir les différents établissements hôteliers et résidences privées de la région dignes d'accueillir Sa Sainteté. Puis-je avoir votre parole, monsieur, que notre visite restera entre nous pour le moment ? Nous voulons seulement faire le tour de la propriété pendant un moment, évaluer son intérêt, et envoyer notre rapport à Rome. Cela vous convient-il ?

— Ah, mais oui, Monseigneur Dominic. Vous n'avez jamais été ici.

Le garde lui adressa un clin d'œil en retour, puis ouvrit le portail en fer forgé, leur permettant de passer.

Dominic leva la main pour faire le signe de croix, donnant sa bénédiction à l'homme, puis il remonta sa fenêtre alors que la Maserati entrait dans la propriété et se dirigeait vers le chalet de Zharkov.

. . .

LA MAISON de Zharkov étant située sur sa propre et vaste propriété, inutile de s'inquiéter des voisins, personne d'autre ne pouvait les voir rôder. Dengler remonta l'allée circulaire et arrêta la voiture devant l'entrée. Dominic sortit et se dirigea vers la porte principale.

Le plan était simple. Il frapperait et, si quelqu'un répondait, il demanderait si c'était bien la maison d'une Mme Charbonneau, une dame qui avait appelé pour demander qu'un prêtre lui rende visite – auquel cas il se contenteraient de repartir et ils réessaieraient un autre jour.

Personne, cependant, ne répondit aux coups de Dominic. Il sonna pour être sûr. Toujours pas de réponse. Il retourna à la voiture.

Une allée latérale menait à l'entrée de service à l'arrière de la maison, alors Dengler fit le tour et gara la voiture là où elle ne pouvait pas être vue de la route.

Il ouvrit ensuite le coffre et Milosh et Shandor bondirent hors du véhicule, s'étirant pour décontracter leurs muscles.

— Personne ne semble être à la maison. Que faisons-nous maintenant ? demanda-t-il aux gitans.

Milosh s'avança.

— Laissez-nous faire, moi et Shandor, mon Père. Nous l'avons déjà fait souvent.

Il le dit avec à la fois de la fierté et une légère gêne, car il s'adressait à un prêtre, après tout. Il demanderait pardon plus tard.

Milosh et Shandor testèrent rapidement la plupart des fenêtres et portes du grand chalet, vérifiant les mesures de sécurité visibles, regardant à travers chacune d'elles pour s'assurer que l'endroit était bien désert. Des bûches coupées étaient entassées contre un mur extérieur, à côté duquel se trouvait des portes de cave inclinées. En testant le verrou, Milosh découvrit qu'il n'était pas fermé à clé, ce qui n'était pas surprenant puisqu'on devait souvent apporter du bois pour les nombreuses cheminées du chalet.

Après avoir soulevé l'une des deux portes, Milosh conduisit les hommes dans la cave sombre, où ils tapèrent leurs bottes pour faire tomber la neige. De là, ils trouvèrent l'escalier menant à la partie principale de la maison.

Ils entrèrent.

Dans la cuisine, Dengler ouvrit son téléphone et montra à Milosh et Shandor des photos de l'objet qu'ils cherchaient, la carte de Vesconte. Ils se déployèrent rapidement dans les différentes pièces à sa recherche. Milosh et Shandor s'occupaient de l'étage, et les autres du rez-de-chaussée.

Quelques instants plus tard, Dengler et Dominic entrèrent en même temps dans la grande salle par des portes différentes, n'ayant encore rien trouvé.

Montrant du doigt les armes sur le mur, Dengler fut impressionné et surpris.

— Regarde, Michael ! Ces hallebardes sont identiques à celles que nous avons appris à utiliser, et que nous portons encore aujourd'hui pour garder le Vatican. C'est une collection étonnante.

— Nous ferons la visite une autre fois, Karl. Trouvons cet objet et partons d'ici. La chance pourrait tourner.

LE GARDE à l'entrée de la propriété était toujours enthousiasmé à l'idée que le Saint-Père vienne visiter sa ville natale quand un SUV Mercedes noir s'approcha de la barrière. Reconnaissant M. Zharkov et ses hommes, il ouvrit et leur fit signe d'entrer. La voiture remonta lentement la rue, à quelques minutes du chalet.

. . .

EN ENTRANT dans ce qui semblait être le bureau de Zharkov, Dominic découvrit d'autres armes anciennes sur les murs, ainsi qu'une vaste collection de vieilles cartes encadrées et d'art architectural. Ce type aimait vraiment collectionner des objets, se dit-il, en faisant l'inventaire de chaque recoin du bureau afin de trouver des signes de la carte.

Puis il la vit – juste là, sur le bureau ! Ça n'aurait pu être plus simple.

— Karl, je l'ai trouvée ! chuchota-t-il à voix haute, laissant tomber la carte dans son sac à dos tout en se dirigeant vers la porte.

Il entendit quelqu'un courir dans l'escalier et, un instant plus tard, Dengler apparut dans l'entrée. Il était sur le point de dire quelque chose à Michael quand il entendit un bruit derrière lui.

Le son parfaitement reconnaissable d'une clé introduite dans une serrure.

SOIXANTE-DIX

ENGLER se précipita vers Michael et le repoussa dans le bureau.

— Ils sont là ! chuchota-t-il. Quelqu'un entre !

Ils regardèrent autour d'eux rapidement, réfléchissant aux diverses options. Il n'y avait qu'une seule porte pour sortir du bureau, et c'était celle qu'ils venaient de franchir, qui donnait sur l'entrée, où ils voyaient maintenant distinctement Zharkov et une femme ôter leurs manteaux et secouer la neige de leurs bottes.

Ils étaient piégés.

Des voix attirèrent leur attention.

— Tu veux boire quelque chose de chaud, Nikki ? demanda Zharkov. Ou peut-être un bon cognac ?

— Bien sûr, Dmitry. Un cognac serait parfait. Il fait froid dehors.

LES VOIX S'ESTOMPÈRENT alors qu'ils se dirigeaient vers la cuisine, loin du bureau. En regardant autour de lui, Dengler remarqua l'une des hallebardes accrochées au mur et alla la chercher, la retirant discrètement de son support. Dominic, se sentant soudain sans défense, attrapa une antique masse perse en bois posée sur une étagère, même si elle ne serait pas d'une grande utilité s'ils devaient affronter une arme à feu. Mais c'était mieux que rien.

Il se demandait ce que Milosh et Shandor faisaient. Il devrait maintenant être évident pour eux qu'ils avaient de la compagnie. Ils essaieraient probablement de s'échapper par les fenêtres de l'étage. C'était logique. La probabilité qu'ils remplissent leurs poches de bijoux ou d'autres objets de valeur qu'ils auraient pu trouver était également logique, mais pour l'instant, tout ce qui intéressait Dominic était de se sortir de cette situation fâcheuse.

Le dos littéralement collé au mur du bureau, les armes à la main, ils attendaient. Alors que Dengler se mettait en position de combat, une des lattes de chêne craqua sous ses pieds.

Les deux hommes retinrent leur souffle, restant parfaitement immobiles.

Quand ils estimèrent que tout était assez calme, ils jetèrent un coup d'œil dans le coin. L'entrée était déserte. Ils se glissèrent par la porte du bureau et se dirigèrent discrètement vers la sortie principale.

C'est alors que Véronique arriva de la cuisine. Elle tenait à la main un petit, mais mortel derringer .357 et le pointa tour à tour sur Dominic et Dengler.

— Dmitry, appela-t-elle calmement. Il semble que nous ayons de la compagnie.

À ce moment-là, l'un des gardes du corps de Zharkov franchit la porte d'entrée, les yeux écarquillés devant cette situation inattendue. Il saisit le Glock dans son manteau. Dengler, debout entre l'homme et Véronique, enfonça la hallebarde dans la poitrine de l'homme.

Véronique pointa le derringer sur Dengler et appuya sur la détente au moment où celui-ci se retournait. La balle effleura son épaule droite, puis atteignit le garde du corps en plein visage. Tous deux s'effondrèrent.

Dominic sauta sur la femme, la masse levée bien au-dessus de la tête et il l'écrasa sur sa clavicule. Elle tomba au sol.

Entre-temps, Zharkov était sorti de la cuisine et s'était jeté dans la mêlée. Il saisit Dominic par derrière et le serra furieusement dans ses bras. La force inattendue du Russe eut raison du prêtre et son bras droit musclé se referma sur la gorge de Michael pour l'étouffer. Plus Dominic essayait de se libérer du Russe, plus la prise se resserrait. Il ne pouvait plus respirer.

Dengler se leva, s'empara de la masse et se dirigea vers Zharkov, au moment où le deuxième garde du corps se précipitait par la porte d'entrée, son arme dégainée.

— Lâchez ça ! De suite ! cria l'homme à Dengler.

Dominic était en train de perdre connaissance, et Karl ne savait pas quoi faire.

Depuis le palier en haut de l'escalier, au-dessus du garde, Milosh sauta par-dessus la rampe et sur le dos de l'individu, une féroce dague à la main. Tous deux roulèrent au sol, Milosh saisit les cheveux de l'homme, tira sa tête en arrière et la dague lui entailla la gorge de gauche à droite. Le sang artériel jaillit tandis qu'il s'effondrait, des torrents rouge foncé giclant à chaque battement de son cœur mourant.

Dengler se glissa derrière Zharkov et frappa lourdement de la masse, une fois, deux fois, trois fois la tête du Russe toujours accroché à Dominic.

Zharkov finit par relâcher sa prise sur le prêtre. Ils s'affalèrent tous deux.

Dengler se rua vers Dominic. Le prêtre était inconscient, respirant à peine. Dengler se pencha sur lui et commença à lui faire du bouche-à-bouche, ignorant la douleur de sa blessure à l'épaule.

Pendant ce temps, Shandor dévalait les escaliers avec sa

propre dague, prête au combat. Lui et Milosh se placèrent dos à Dengler qui s'efforçait de ranimer Dominic, un de chaque côté, prêts à affronter d'autres adversaires. Personne ne vint.

Dominic remua et ouvrit les yeux, puis il commença à tousser lorsque Dengler cessa la respiration assistée. Il se redressa, les yeux vacillant tandis que son esprit émergeait des ténèbres. Dengler l'aida à se relever et commença à évaluer la situation.

Deux morts, deux inconscients. Il décida de les sortir de là avant que Zharkov ou la femme ne reviennent à eux.

Dominic étant toujours instable, Dengler prit son sac à dos et l'aida à sortir par la porte arrière de la cuisine, puis tous quatre sautèrent dans la Maserati.

— Milosh, dit Dengler. Toi et Shandor devriez retourner dans le coffre, pour que le garde ne se méfie pas quand nous passerons la porte.

Les deux gitans s'exécutèrent. Désormais presque rétabli, Dominic s'installa sur le siège arrière et se redressa, tandis que Dengler – après avoir essuyé le sang de sa blessure bénigne à l'épaule – démarrait la voiture et descendait l'allée. Quelques minutes plus tard, ils atteindraient le portail et quitteraient la station.

REPRENANT CONSCIENCE, Zharkov se redressa et regarda autour de lui en gémissant de douleur. Ses agresseurs semblaient être partis. Ses gardes du corps paraissaient morts. Et Véronique gisait inconsciente sur le sol à côté de lui.

Son premier instinct fut la fureur, et dans son sillage, la vengeance. Chancelant, il se leva et se traîna jusqu'au téléphone de la maison. Il composa le numéro de la barrière de sécurité.

· · ·

LA MASERATI s'approchait à peine du portail en fer fermé quand le garde sortit de sa guérite, souriant à ses invités importants. Dominic baissa sa vitre.

Le garde s'approcha de lui.

— Alors, monseigneur, avez-vous trouvé notre établissement compatible avec la visite du Saint-Père ? demanda-t-il avec espoir.

— Oui, monsieur, cela devrait faire l'affaire. Vous avez un bel emplacement ici.

Juste à ce moment-là, le téléphone sonna dans la guérite.

— Excusez-moi, mon Père, j'arrive dans un instant.

— En fait, dit Dominic précipitamment, nous sommes un peu pressés et devons retourner rapidement en ville. Pourriez-vous ouvrir la barrière, s'il vous plaît ?

Le garde, désireux de discuter un peu plus de la visite du pape, soupira.

— Bien sûr, monsieur. Bon voyage.

Il appuya sur le bouton pour ouvrir la barrière en fer. Pendant que la voiture la franchissait, le garde entra dans la guérite pour répondre au téléphone.

— Oui ?

— Empêchez le prêtre de partir ! cria Zharkov, haletant de rage.

Confus, le garde leva les yeux. La Maserati était déjà hors de vue, filant à toute allure vers Genève.

SOIXANTE-ET-ONZE

Une fois parvenu au nord-est de Chamonix, Dengler arrêta la Maserati sur un accotement enneigé pour libérer Milosh et Shandor du coffre.

Dominic les étreignit tous deux avec gratitude lorsqu'ils s'en extirpèrent.

— Vous nous avez énormément aidés là-bas, les gars. Je suis incapable d'exprimer à quel point nous vous sommes reconnaissants. Karl et moi n'aurions jamais pu nous sortir de ce pétrin sans vous.

Milosh était encore gorgé d'adrénaline après cette lutte. Une folle énergie dansait dans les yeux du jeune homme, même si la culpabilité transparaissait dans ses paroles.

— Mon Père, je regrette sincèrement d'avoir pris une vie, mais je n'avais pas le temps de réfléchir, et vous étiez tous deux en si grand danger. Je prie pour le pardon de Dieu, et le vôtre.

— Je comprends, Milosh. Mais comme tu le dis, tout s'est passé très vite. Ces gens n'avaient aucun respect pour nos vies, car la femme a tiré sur Karl, et le Russe et ses hommes nous auraient tous tués. À mon avis, vous avez agi en état de légitime défense. Si vous demandez l'absolution, je peux vous l'accorder si vous souhaitez vous confesser. On va d'abord vous ramener chez nous. Nous pourrons le faire là-bas.

Quinze minutes plus tard, ils s'arrêtèrent dans le camp rom des Pèlerins. Milosh courut hors de la voiture pour retrouver son père et lui raconter leur aventure. Gunari rejoignit Dominic et Dengler, les remercia d'avoir pris soin de ses fils au cours d'une situation qui, il s'en apercevait maintenant, aurait pu être terrifiante.

— C'est nous qui devrions vous remercier, Gunari, dit Dominic. Vous avez deux merveilleux jeunes hommes qui nous ont aidés à récupérer un objet important que nous pouvons maintenant ramener à Rome. Sans eux, nos vies auraient pu être en grand danger.

Plongeant la main dans son sac, il en sortit une autre liasse de dix mille euros.

— Voïvode, permettez-nous de contribuer au bien-être de votre communauté. Considérez ça comme un petit geste de bonté pour votre aide précieuse.

Ganuri regarda l'argent, à la fois tenté et circonspect.

— Père Michael, nous, les Roms, avons une longue et fière tradition. Nous faisons ce que nous devons pour survivre, mais nous ne demandons pas la charité. Nous préférons gagner nos moyens de subsistance, malgré nos méthodes parfois peu conventionnelles.

« Cependant, ajouta-t-il, une lueur sincère dans les yeux, je serais reconnaissant d'accepter cette offre en tant qu'avance pour les aides futures que nous pourrions vous apporter. Pour le dire autrement, nous serons en dette. Et j'attends avec impatience le jour où nous pourrons la payer.

Il tendit la main gauche et Dominic y déposa la liasse. Ils sourirent et se serrèrent la main.

— Marché conclu, Gunari, dit le prêtre, vous avez ma bénédiction. En parlant de ça, ajouta-t-il, Milosh et moi devons passer un petit moment ensemble. Y a-t-il un endroit où nous pourrions avoir un peu d'intimité ?

Sachant que son fils avait tué un homme, et que ça pesait lourdement sur la conscience de Milosh lorsqu'il en avait parlé à son père, Gunari les conduisit dans sa tente.

— Prenez le temps nécessaire, mon Père.

De retour au château de Saint-Clair à Genève, Dominic et Dengler déchargèrent la Maserati et la ramenèrent au garage.

Puis Michael sortit la valise Pelican du meuble dissimulé à la vue où Saint-Clair l'avait rangée, l'apporta dans la salle à manger et la posa sur la table afin d'y remettre la carte-casse-tête. Ils la regardèrent tous deux, le souffle court, impatients, non seulement à cause de ce qu'elle contenait, mais en tant que récompense pour les jours éprouvants passés à la chercher, puis à se battre pour elle et la récupération de la carte.

La valise était restée fermée, mais non verrouillée depuis que Dieter l'avait ouverte dans le camp des Roms après l'avoir sortie de la BMW. Dominic souleva le couvercle et libéra le reliquaire de son moule en mousse. Les mains tremblantes, il saisit le passe-partout et l'inséra dans la serrure égyptienne qui émit un craquement métallique suivi d'un bruit sec lorsque les garnitures s'alignèrent avec les fentes et que le cylindre se mit en place.

Il retint son souffle et souleva le couvercle.

Le parchemin, le crâne et les os des mains, les bijoux et la fiole de myrrhe en verre – tout était encore fascinant au regard de Dominic et Dengler qui contemplaient les restes de Sarah.

Dominic joignit les mains et se mit à prier afin de recevoir compréhension et conseil sur la façon de gérer les consé-quences d'une telle découverte. Dengler imita son ami et baissa la tête, par respect pour ce moment.

Après avoir fait le signe de croix, Dominic se tourna vers Dengler :

— Karl, je ne suis pas vraiment sûr de ce que ça pourrait signifier pour le monde, à condition que le pape permette que son existence soit révélée. Pour ce que j'en sais, toi et moi sommes peut-être les derniers à le voir. Nous devrions profiter de cet instant.

Dengler hocha la tête en silence.

DOMINIC DEVAIT FAIRE deux choses avant d'appeler un taxi pour les conduire à leur vol vers Rome.

La première était d'appeler Armand de Saint-Clair qui était maintenant à Rome. Faire franchir la douane à un bien culturel antique était un problème que le baron avait déclaré pouvoir régler lorsque Michael serait prêt à le ramener à Rome.

La seconde – une autre tâche primordiale que le baron pourrait faciliter – était de s'arrêter à la banque suisse de Saint-Clair où Dominic pourrait transférer dans les trente mille euros sur son compte à la banque du Vatican, puisqu'expliquer autant d'argent liquide au personnel des douanes présenterait certainement une difficulté indésirable en soi.

SOIXANTE-DOUZE

Tandis que les passagers du vol Alitalia 575 en provenance de Genève débarquaient à l'aéroport Leonardo da Vinci de Rome, Hana, Lukas et Dieter attendaient au terminal des douanes, surveillant l'arrivée de Dominic et Dengler.

Après le coup de fil de Dominic depuis Genève, Armand de Saint-Clair, grâce à son vaste réseau, avait réussi à obtenir rapidement un certificat de libre circulation, un document nécessaire pour que de tels objets puissent franchir les frontières internationales. Posséder les papiers adéquats – avec les tampons officiels et les certificats colorés requis que les autorités italiennes adorent – rendait l'importation du reliquaire en Italie plus aisée qu'elle aurait pu l'être.

Il était facile de repérer la chemise noire et le col blanc de Dominic au milieu des arrivants et, après qu'ils eurent passé la douane et récupéré leurs bagages et la valise Pelican, leurs retrouvailles furent un déluge d'étreintes et de visages heureux reflétant la réussite de leur mission.

Hana s'accrocha longuement à Michael, avant de le regarder dans les yeux.

— Je suis si contente que vous soyez tous deux de retour et entiers. Il me tarde d'entendre ce qui s'est passé.

Une fois leurs affaires chargées dans la Jeep Wrangler de Dengler, ils roulèrent vers le Vatican et Michael et Karl relatèrent leurs activités des derniers jours.

— Voilà à peu près toute l'histoire, Rico, dit Dominic au cardinal Petrini après avoir résumé leurs aventures en France et en Suisse.

La valise Pelican encore fermée était posée sur une table voisine. Petrini n'avait pas arrêté d'y jeter des coups d'œil pendant le récit de Dominic, son contenu alléchant exerçant un pouvoir de séduction sur son imagination tandis qu'il écoutait ces paroles inconcevables.

— Je dois dire, Michael, que je suis bouleversé par ce que tu viens de me raconter. La façon dont tu t'es retrouvé dans cette situation est en soi fascinante, mais j'ai appris depuis longtemps à me fier à ton instinct. Mais ça… c'est réellement extraordinaire. Je peux voir le reliquaire, maintenant ? demanda-t-il avec respect.

— Bien sûr, répondit Michael.

Ils se levèrent et se dirigèrent vers la table. Dominic souleva le couvercle de la valise et en sortit le reliquaire, le posa sur la table puis il l'ouvrit avec le passe-partout.

Il regarda Petrini savourer ce moment sacré, comme lui l'avait fait précédemment. Au bout d'un moment, le cardinal regagna son siège.

— Tu réalises, Michael, qu'à partir d'aujourd'hui, il est possible que plus personne ne voie ça, ou même n'en apprenne l'existence ? Je dois expliquer tout ça à Sa Sainteté et, comme toujours dans de tels cas, il décidera de ce qu'on en fera.

« S'il te plaît, demande à tes amis de se soumettre à ma

requête, veux-tu ? Il n'est pas question de susciter la frénésie des médias au sujet d'une chose dont nous savons si peu de choses à ce stade.

« Et le pape souhaitera peut-être qu'il soit analysé par des universitaires et des théologiens triés sur le volet. Comme tu peux l'imaginer, les conséquences sont profondes et d'une portée considérable. Si le Christ et Marie Madeleine ont effectivement eu un enfant, ça met sérieusement à mal les fondations mêmes de l'Église. Et avec le document que tu as découvert l'an passé, un tel savoir peut être dangereux pour l'institution et pour la foi qui en dépend.

Tous deux restèrent assis en silence, réfléchissant aux profondes ramifications qu'impliquerait de cacher ou de révéler l'existence du reliquaire.

Comme pour le papyrus de Madeleine qu'on lui avait ordonné de cacher dans la Riserva du Vatican l'année précédente, Dominic avait des sentiments contradictoires concernant les valeurs de la vérité et de la transparence, de la foi et de la fidélité. Même si ses propres croyances dépendaient de concepts plus ésotériques, la force de la dévotion de milliards de catholiques était bien davantage fondée sur des convictions établies. Saper ces fondations pourrait créer des troubles et encore plus de divisions dans un monde déjà chaotique.

Mais qu'en est-il de la vérité ? D'être honnête avec tous les chrétiens, et pas seulement les catholiques ? Qui est garant de la morale dans de telles situations ?

Ces pensées lui traversaient l'esprit alors qu'il mettait en balance l'insatisfaction et l'acceptation, la colère concernant le fait que la préservation de l'institution passe au-dessus de la perspective plus éclairée de la révélation historique. Il imaginait sans problème des années de débats universitaires concernant l'authenticité de l'objet, mais, au moins, la discussion serait ouverte. Mais à quel prix pour les fidèles, et l'Église ?

L'été précédent, on l'avait chargé de cacher le papyrus de Madeleine, mais Mendoza l'avait trouvé. La vérité était difficile à dissimuler. Michael était content d'avoir préservé un objet aussi précieux des mains salies par l'avidité. Mais il n'était plus entre ses mains non plus. Le prêtre savait qu'il ne reverrait peut-être plus jamais le reliquaire et son contenu, ne connaîtrait jamais son destin. Il ferma les yeux en une prière silencieuse d'acceptation et de gratitude que les décisions à venir ne lui appartiennent pas.

CHAPITRE

SOIXANTE-TREIZE

Le fond de l'air avait beau être frais, le soleil au-dessus de Rome apportait aux jardins du Vatican une luminosité particulièrement chaude tandis que le frère Mendoza et le père Dominic marchaient le long de la Stradone dei Giardini qui bordait le bâtiment de la bibliothèque apostolique.

Dominic avait remarqué que depuis quelques jours, son ami était plus paisible et à l'aise qu'avant son départ de Rome, comme s'il était parvenu à régler ce qui le tracassait auparavant.

— Miguel, je dois t'avouer quelque chose, commença-t-il alors qu'il avançaient sous les vieux pommiers Mela Nesta.

Dominic cueillit deux fruits bien mûrs qu'il fit rouler entre ses mains.

— Que se passe-t-il, Cal ? demanda-t-il en croquant dans la pomme.

Mendoza prit la pomme, mais se contenta de la tripoter tout en marchant.

— Mon ami, un grand défi s'est présenté à moi lorsque j'ai découvert le papyrus de Madeleine dans la Riserva. Comme

349

je vous l'ai dit, ma foi s'en est trouvée profondément ébranlée. J'ai mal dormi pendant des jours et je ne mangeais quasiment rien. Je me suis retrouvé dans un abîme moral.

Il s'arrêta, regarda Dominic dans les yeux et lui adressa un sourire angélique.

— Mais le Saint-Esprit est alors venu à moi et je me suis souvenu d'une phrase de saint Augustin : « Ne cherche pas à comprendre pour croire, mais crois afin de comprendre. » Ce manuscrit est peut-être bien authentique, Miguel, mais j'ai choisi de continuer à croire afin de comprendre. Tout est limpide pour moi désormais.

Dominic ne dit pas un mot. C'était le moment de vérité de son ami.

— Mais tout au long de ces jours d'épreuves, poursuivit Mendoza, j'ai fini par comprendre qu'il était temps pour moi de prendre ma retraite. Ma foi est désormais plus solide que jamais, mais je désire être libéré des responsabilités inhérentes à mon poste, ici. Je vais bientôt avoir quatre-vingts ans et je souhaite passer le temps qui me reste à vivre dans la contemplation. Je trouverai un monastère, en Toscane, peut-être, où la nourriture et le vin conviennent à un homme qui, comme moi, a des besoins simples.

« Il y a autre chose, ajouta-t-il. Je veux que vous preniez ma place. Je vais vous recommander comme prochain préfet des Archives secrètes. Et comme vous êtes proche du cardinal Petrini, je pense que c'est comme si vous aviez déjà le poste si vous le désirez. Acceptez-vous mon offre, Miguel ?

Dominic était abasourdi. Il regarda Mendoza, l'émotion embuant soudain ses yeux, puis il enlaça le moine.

— Oh, mon cher Calvino. Je suis flatté que vous me teniez en si haute estime. Vous avez été un bon ami et mentor depuis mon arrivée et vous m'avez appris bien plus que ce que je ne pourrais jamais vous rendre. Je serais incroyablement honoré d'accepter, si vous ne pensez à personne d'autre à qui le poste conviendrait mieux.

— Même si vous n'êtes pas ici depuis longtemps, Miguel, vous avez l'esprit vif et vous êtes un historien compétent. Vous êtes plus dévoué à votre tâche que n'importe qui dans notre petite équipe et je sais que le cardinal Petrini et le Saint-Père seront d'accord avec moi. C'est une fonction importante au sein de l'Église et je pense que vous être prêt à embrasser ses devoirs et ses responsabilités.

— Merci, Cal. Je suis tellement soulagé que vous ayez réussi à vous débarrasser de ces pensées noires qui vous hantaient à cause du manuscrit de Madeleine. Je me suis inquiété, pendant un moment.

Comme vous le voyez, j'ai réussi à traverser cette épreuve. Merci de vous être soucié de moi, Miguel. Ça signifie beaucoup pour moi.

Les deux hommes continuèrent de déambuler dans les jardins papaux en silence, profitant d'une rare chaleur sous un soleil automnal.

Notes de l'auteur

Traiter de problèmes de théologie, de croyances religieuses et aborder des événements bibliques sous l'angle de la fiction peut parfois être terrifiant.

J'aimerais demander aux lecteurs de considérer cette histoire pour ce qu'elle est : un travail de pure fiction, créé à partie des graines de nombreuses traditions orales et de l'Histoire, du moins ce que nous en savons aujourd'hui.

En dehors de raconter une histoire captivante, je n'ai aucune arrière-pensée et je respecte toutes les croyances, de l'agnosticisme au zoroastrisme et toutes celles entre deux.

De nombreux lecteurs des Chroniques de Madeleine m'ont demandé de faire la part des choses entre les faits et la fiction dans mes livres. En général, j'aime bien partir d'événements réels et de personnages historiques et construire de façon créative à partir de là – mais la plus grande partie de ce que j'écris est historiquement exact. Dans cette partie, je vais passer en revue certains chapitres qui pourraient soulever des questions en espérant que ça puisse aider ceux qui s'interrogent.

PROLOGUE

Tous les personnages figurant dans le prologue – Raymond-Roger Trancavel, le vicomte de Carcassonne ; Raymond VI, comte de Toulouse ; Godefroy de Bouillon, conquérant et premier souverain de Jérusalem ; Raymond VII, comte de Toulouse et Pietro Vesconte, le plus célèbre cartographe de son époque – sont tous des personnages réels. Le reliquaire sacré qu'ils se transmettent est un objet fictif.

Le casse-tête que je décris plus tard est en réalité une création d'un maître des casse-tête qui vit actuellement en Grèce.

CHAPITRE 1

Les techniques de spéléologie décrites ici sont parfaitement exactes et m'ont été généreusement fournies par un spéléologue britannique chevronné du nom de Martin Hoff. Comme pour le père Dominic, les espaces étroits ne sont pas mes endroits favoris.

Il existe en réalité une légende disant que les cathares ont enterré leur « trésor » dans une des grottes de la région du Languedoc. Rien ne permet de savoir ce que pouvait être ce trésor.

CHAPITRE 3

In Codice Ratio est un véritable programme du Vatican grâce auquel d'anciens manuscrits sont traduits en texte lisible par des machines en utilisant un logiciel sophistiqué de reconnaissance optique de caractères.

CHAPITRE 5

Guillaume de Sonnac, dix-huitième grand maître des Templiers, est un personnage historique réel, mais son journal a été inventé pour cette histoire.

CHAPITRE 6

Bien que l'Oustacha croate originelle ait été une véritable organisation fasciste, la « Novi » Oustacha est entièrement fictive.

CHAPITRE 7

Les Archives secrètes du Vatican (récemment rebaptisées Archives apostoliques) s'étendent de fait sous la cour Pigna et comportent quatre-vingt-cinq kilomètres linéaires de rayonnages. La plus grande partie de cette vaste réserve n'a jamais été cataloguée ni été vue par quiconque d'encore vivant.

CHAPITRE 9

Étant moi-même un fin gourmet, j'adore nourrir mes personnages de plats dont je pense qu'ils les apprécieraient. Les repas décrits dans mes histoires proviennent d'authentiques menus dans les restaurants réels que je mentionne – dans ce cas, La Pergola, à Rome, un restaurant étoilé du guide Michelin.

CHAPITRE 13

Le casse-tête qui se plie décrit ici existe réellement, et je l'ai utilisé avec l'accord de son ingénieux créateur, Pantazis the

Megistian. En utilisant des éléments semblables à ceux du Rubik's cube, il l'a transformé en une inhabituelle tour carrée.

CHAPITRE 24

La description simplifiée du séquençage de l'ADN que je fournis ici est plus ou moins exacte, bien que la plupart des éléments soient réels. Mais le b.a.-ba décrit est réellement utilisé.

CHAPITRE 34

L'histoire de Marie Madeleine, ses frères et sœurs et plusieurs disciples, et d'une jeune fille prénommée Sarah – jetés à la dérive sur un bateau sans rames en Méditerranée – est basée sur une véritable tradition orale.

CHAPITRE 35

Les *tombaroli* ou « pilleurs de tombes » sont une véritable organisation et leur chef est appelé *capo zona*, chef régional. Il n'est pas étonnant qu'il existe à Rome un énorme marché noir d'antiquités, qui donne beaucoup de travail à la réelle brigade de protection des biens culturels italienne, ou brigade artistique.

CHAPITRE 43

La description de la datation au carbone-14 est aussi exacte que je pouvais la rendre sans que ça ne soit beaucoup trop compliqué. Comme mes plus anciens lecteurs le savent, je préfère transmettre certaines connaissances qui m'ont toujours intéressé en les simplifiant.

CHAPITRE 51

Le port franc de Genève existe réellement et il est rempli d'œuvres d'art, de bouteilles de vin et d'autres objets de collection de valeur, exactement comme je le décris. C'est aussi une calamité pour les autorités douanières puisque les achats et les ventes peuvent se dérouler à l'intérieur de son enceinte, sans aucune taxe, les objets étant gardés sur place dans cet établissement hautement sécurisé.

CHAPITRE 54

Comme je l'ai mentionné dans les notes de *Le Secret de Madeleine*, les AirTags de Apple sont de véritables appareils qui fonctionnent comme décrits dans le livre. J'en fais la remarque uniquement parce que – grâce à un tuyau en interne – j'en ai parlé dix-huit mois avant leur mise sur le marché (en croisant les doigts), si bien que beaucoup de lecteurs pensaient que je les avais inventés.

CHAPITRE 61

La technique pour déverrouiller une voiture à distance en utilisant un amplificateur d'émission existe réellement, telle qu'elle est décrite.

REMERCIEMENTS

De nombreuses scènes de ce livre n'auraient pu être aussi correctement conçues sans l'aide inestimable de Greg McDonald, dont la pensée logique n'a d'égale que celle de M. Spock – et, encore, il y a débat.

Je remercie infiniment Pantazis Houlis, sur l'île grecque de Kastellorizon, de m'avoir laissé utiliser l'ingénieux concept du casse-tête pliable. Merci aussi à Martin Hoff, un spéléologue averti en Grande-Bretagne qui m'a guidé avec professionnalisme à travers les sombres grottes françaises.

Merci aussi à Kent Gray et Brad Gray (qui ne sont pas parents) pour leur expertise en matière d'armement et d'explosifs et m'avoir protégé de dommages littéraires.

Tout ceci a finalement pris forme entre les mains compétentes de mon éditrice de longue date, Sandra Haven, à qui je serai éternellement reconnaissant, ainsi qu'à John Burgess, dont la vision pour les couvertures de mes livres est toujours inspirée.

Et, enfin, à mon équipe de lancement, dont les critiques et les retours sont toujours acceptés avec reconnaissance : Kim Cheel, Rob Conway, Kathleen Costello, Michelle Harden, Jim Harris, Jeanne Jabour, Fran Libra Kœnigsdorf, Yale Lewis et Carolyn Walsh.

Crédit pour le plan de la grotte : « Carte de www.gozzys.com (CCBY-SA 4.0) »